紫藤萝瀑布·丁香结

宗璞 著

长江出版传媒 长江文艺出版社

高端阅读指导委员会

（系各省教研员）

优雅的宗璞

何西来

我把宗璞风格归入优雅的由来

早在年轻时代，我就特别喜欢宗璞的作品。那时我正在读大学，她的《红豆》，不仅使我得到了审美的满足，而且大大提升了我欣赏短篇小说的能力和境界。许多年龄相仿的同学，都有和我相似的体验。

但是不久，这个作品便受到了批判，被判定为"毒草"，而且从作者"感情的细流里"挖出了可怕的"修正主义思潮"。按我当时的认识能力和思想水平，不可能也不敢说那场批判是不公正的，无理的，但心里还是感到惋惜和遗憾：怎么那样美的故事竟会是毒草呢？我想不清楚，也不敢深究；深究则很难否认自己感情的细流里也有类似的可怕东西。

二十年后，宗璞的《红豆》和其他当时被批判的作品一道，被冠以"重放的鲜花"结集出版，重新面世。历史终于证明了自己的公正，把被颠倒了的善恶、美丑、真伪，又扭转了回来。

原来我当年的审美直觉并没有错。"红豆"依然是红豆，而不是黑豆，那其中寄寓的主人公的缕缕相思，依然鲜亮，依然缠绵，回味起来依然有一种优雅的感受。接着，宗璞开始了她整个创作生涯的高产期，我陆续读了她的《弦上的梦》《三生石》《鲁鲁》等相继问世的中短篇小说和散文、童话。读宗璞的绝大部分作品，都会唤醒或引起类似于初读《红豆》时的某些审美感受。我深信，宗璞是一位个性风格相当鲜明的女性作家。当我试图寻找一个可以对应的美学范畴来概括她的风格特色时，我想到了优雅。优雅是一种很高的审美境界，它包含了优美、优柔、优游、雅洁、雅致、高雅等多重意蕴。它基本上属于柔性美，而与刚性美，如壮丽、壮美、崇高、风骨等相对。在外国作家中，以俄罗斯作家为例，我只有在读普希金和屠格涅夫时产生过类似的感受；在我国古代作家中，我只是从李清照的《漱玉词》，王实甫的《西厢记》，汤显祖的《牡丹亭》，曹雪芹的《红楼梦》中读到了这优雅；在现代作家中，孙犁的作品风格中也有这种东西。

我最初读宗璞的作品，感到的是温婉、晶莹、透亮和清纯，没有认真做美学属性上的追寻。优雅，是我读了普希金的诗和小说，又读了俄罗斯十九世纪和前苏联二十世纪诸多批评家有关的文学批评或研究论著之后，对普希金艺术风格的美学属性的一种归类。二十世纪八十年代初，我系统地读了十月出版社出的《宗璞小说散文选》。当我试图对她的艺术风格进行概括时，便联想到了读普希金时的相似感受。我坚信她的风格属于优雅的美学范畴，在当代作家中，可以划入此一范畴的人是不多的。

纯净的道德感和美感

"纯净的道德感"，是当年车尔尼雪夫斯基评价列夫·托尔斯泰的早期作品时概括出的头一个、也是最基本的特点，当然，还有"心灵辩证法"的特点。但在我看来，这个"心灵辩证法"正好是"纯净的道德感"的一个必然的艺术延伸。

我以"纯净的道德感"来说明宗璞的优雅风格特色，只是一种借用。宗璞说："我自己写作时遵循两个字：一曰'诚'，一曰'雅'。这是我国金代诗人元遗山的诗歌理论。郭绍虞先生将遗山诗论总结为诚乃诗之本，雅为诗之品，我以为很简约恰当。"如果按照宗璞的意思，把

"雅"理解为"文章的艺术性"（其实不完全是）的话，那么"诚"则是更核心、更基本的元素。"诚"，就是真诚，它是作家对社会人生，对艺术，对自己笔下的人物和事件的一种基本态度。在现代作家中，巴金强调得最多的就是作家的真诚，而他自己的创作就是真诚的最好证明，尤其是他晚年的《随想录》。所以，宗璞以诚为自己创作的圭臬，是继承了中国传统文学艺术中最值得珍惜的东西，这也是新文学运动以来最宝贵的传统。

诚，是一个伦理概念，儒者有"诚心、正意、修身、齐家、治国、平天下"之说，就是把诚作为人格教育和个人人格修养的核心来看待的。有了这样的道德人格，才有资格去治国平天下。至于"修辞立其诚"，更是把诚作为写作或表达活动的前提。诚之不立，则其辞也难修。在宗璞的创作中，诚既表现为她的态度，表现为她的抒情、推理和判断，表现为她的人格理想和价值尺度，也表现为她笔下的人物的伦理态度，特别是那些她所肯定的人物的伦理态度，如《红豆》里的江玫。

宗璞作品中的纯净的道德感，主要来自作者的真诚，这种真诚使她的眼睛不被尘世的浊雾所蒙蔽，而通过她的心灵镜面呈现给读者的人生画面也就显得格外清晰。在她的笔下，既有对真、善、美的颂扬，也有对假、恶、丑的揭露，因为这揭露从另一面反映着作者的真诚，并最终肯定着作者的理想和人格，所以并不影响艺术画面的纯净。

在艺术创作中，特别是在以社会人生为描写对象的小说中，道德，特别是道德情感往往是进入作品的各种因素完成其审美转化的中介。在这种情况下，真诚既是一种道德理想和伦理价值尺度，同时也作为审美的对象感染着读者。

在我对宗璞的艺术风格进行必要的结构分析时，我感到宗璞所特有的那种纯净的道德感，即源于她的主体真诚的道德感，是她的艺术风格中最基本的东西。正是这种道德感，从根本上决定了她的作品的审美品位。

情感的投入与节制

宗璞的作品之所以感动人，是由于作家的真诚。但文学作品是以情动人的，有的理论家甚至认为情感是作品作为艺术品的主要审美标志。情之动人，则必须真挚。所以，托尔斯泰在《艺术论》里特别强调真挚情感的投入。黑格尔的《美学》带有浓厚的理性主义色彩，但他也颇为强调"动情力"，而这"动情力"，又只能源于作家情感的真挚。中国古典美学强调情远重于西方，谈情志，谈情理，谈情采，说是"情动而言形"（《文心雕龙·体性》），作文主张"为情而造文"，反对"为文而造情"，强调的也都是情的真和诚。所以宗璞说："没有真性情，写不出好文章。如果有真情，则普通人的一点感慨常常很动人。如果心口不一，纵然洋洒千言，对人也如春风过耳，哪里谈得到感天地、泣鬼神。"（《小说和我》）

我以为，宗璞作品的感人，固然因其真情的投入，因其作为创作主体的真诚而十分突出，然而从构成优雅的艺术风格的要素和特点来说，她对情感的节制、控驭，却更为重要。

宗璞是节制和控驭情感的大家。从事创作，用情难，把情感节制和控驭在合理的范围内更难。这里主要是一个艺术的分寸问题。但是分寸在哪里、怎样掌握，这就要看艺术家的感知和才分了。蹩脚的演员，自己哭得昏天黑地、涕泪滂沱、泣不成声，而观众并不感到怎样悲痛；好的演员，自己并不撕肝裂肺地去哭，甚至不哭，但是却能引得台下悲痛欲绝，哭成一片。作家也是这样。如果说演员一般只演一个角色，那么按照柳青《艺术论》中的观点，作家则要把自己不断对象化为笔下的所有人物，想其所想，忧其所忧，乐其所乐。否则，写不好。

宗璞是研究新西兰籍英国女作家曼斯菲尔德的专家，写过专论曼斯菲尔德的文章，其中一篇就叫做《论节制》。这个节制的理念是她从中国古代文论、古代美学和古代经典作品创作实践中领悟并概括出来的。她说："蒲松龄的《聊斋志异》是短篇小说的高峰。他能以极精练的笔墨给读者一个蕴藏丰富的艺术世界。……《文心雕龙·熔裁篇》中说："规范本体谓之熔，剪截浮词谓之裁。裁则芜秽不生，熔则纲领昭畅……"一般作文如此，短篇小说更需如此。"她的结论是："这就需要节制。"她把这个得之于中国古典美学和古典小说的认识，应用于对曼斯菲尔德小说的分析："节制是一种美德。英国女小说家曼斯菲尔德在这方面很有功夫。"接着，她从内容的取舍熔裁、结尾的处理、细节的选择、文字的加工等四个方面对这位女作家的节制进行了精细的分析，不难从中见出她的行家眼光。比如谈到曼斯菲尔德的语言时，她讲了如下一段话："她的文字十分简洁，读来如溪水琮琤，有透明之感。据说她写作时经常朗读，要听起来顺耳才行。可见她在文字上下的功夫。如果一句话能表达，她决不用两句。如果短一点的字能表达，她决不用长的字。如果易识的字能表达，她决不用艰僻的字。"这里讲的是英语原文的语言，如果用这段话来评价宗璞自己的汉语文字的作品，我觉得也是无一字不贴切的。宗璞在评人，却无意中做了自评。

由于讲节制，重分寸，宗璞的作品就有了一种总体的含蓄和蕴藉。无论她的哪一篇作品，都没有显山露水、锋芒逼人的躁锐，更不要说张牙舞爪了。无论是人物的对话，还是环境的描写，宗璞都追求着尽可能的含蓄与温婉，追求着简约与凝练，以便把更大的艺术创造的空间、情感活动的空间，留给能与她心心相印、相通的读者。她说："我国文化素来主张节制，讲究中和，哀而不伤，乐而不淫……"无论哀，无论乐，都是情感。所以在宗璞笔底，情感的节制是一切艺术节制之本。刘勰说"言所不追，笔固知止"，此之谓也。

诗意和乐感

无论读宗璞哪种体裁的作品，你都不难读出其中深蕴的诗情和诗意。诗情，是指她行文的节奏感和旋律感。她的文字，是那样抒情，那样优美，那样让人流连。诗情，不是"愤怒出诗人"的那种直露的、未经审美化的、多少带有狂暴性的原初状态的情，而是被提升了的"哀而不伤，乐而不淫，怨而不怒"的情。她的节奏感和旋律感，主要还不是或不完全是文字音律的搭配和声韵的谐调，而是一种情感的律动所引起的更为深致，更为内在的东西。正是这种内在的情感的律动，推动着、激发着、选择着外在的语言文字的节奏与旋律。

诗意，除指内在的审美化了的诗情，还指作品总体的意境，这意境是经过诗情晕染的物我混一的审美境界，它带有极强的个性特点，既是宗璞优雅风格的构成要素，也是这一风格的又一个审美标志。

探寻诗意，表现诗意，创造诗的意境，使自己的作品显出诗化的特点，这在宗璞，是自觉的。她十五岁发表的处女作是写滇池海埂的散文，但在文集中保存下来的最早的作品却是一九四七年即她十九岁那一年发表的《我从没有这样接近过你》。她的诗不多，有些写得很有味道，新诗如《归来的短诗》中的《衣冠冢》《纪念碑》；旧体诗如《江城子·定州寻夫》《怀仲四首》等。当然，就整体看，她的诗的成就不能与她在小说领域的成就相比。

宗璞说："文字到了诗，则应是精练之至，而短篇小说则应是和诗相通的。"事实上，她也是拿小说当诗写的，称她为小说诗人，应该说恰如其分。她的诗确是她特有的优雅的诗，她的小说和散文是她特有的优雅的、诗意的小说和散文。毋宁说，她是睁着诗性的眼睛，用她诗意的心灵，优雅地感受人生和艺术的。

宗璞作品中间的诗情和诗意，像清江锦石，像溪流清澈，可以是微波潋滟的滇池，可以是烟水迷漾的太湖，但不是"波撼岳阳城"的云梦洞庭，也不是"波浪兼天"的长江，更不是"咆哮万里"的黄河。

宗璞认为一切优秀的艺术品，都应当有诗意，音乐尤其如此。她称肖邦为"钢琴诗人"，并以此为题，专门写过一篇论述和评价肖邦的文章。她问道："那使得他能够如此鲜明独特的，是什么呢?"回答是："那是一种诗意。那是一切艺术品不可缺少的，任何艺术家不能互相代替的，只属于个人气质的特有的诗意。"这里强调了两点：一是诗意，一是独特。诗意，是指肖邦的乐曲和他的演奏，就像诗篇的写作和朗诵一样。李斯特从肖邦的钢琴曲中看到了银白的色调，有时则是热烈燃烧的火一般的色调。宗璞解释道："赋予他音乐银白或火红色调的是诗的激情。诗的激情使得他的音乐永远有肖邦的灵魂在歌唱，在呼喊。无论那音乐是哀而不伤，怨而不怒；或是山崩海啸，动地撼天。"她认为，肖邦"诗的激情来自祖国民间音乐的熏陶，来自远离祖国，深深压在心头的对祖国、人民的热爱"。宗璞的这篇文章写得很在行。只有具有很深的音乐素养，并且非常熟悉肖邦的音乐作品、对肖邦很有研究的人，才能写出这样的好文章。

在《红豆》里，不仅齐虹和江玫两位男女主人公都会弹钢琴，他们的爱情也和音乐上的相通、共鸣有关系，而且整个作品都仿佛氤氲着、弥漫着一支青春的旋律，这旋律不时流泻出几缕淡淡的感伤，因而更是浪漫。《知音》是在回旋飘荡的琴声中结尾的。"文革"后的第一篇小说《弦上的梦》则又是在大提琴的如泣如诉的乐声中开头的。在这个作品中，宗璞特别写了乐珺称赞梁遐的乐感。乐感，实际上是音乐演奏者或鉴赏者对旋律、节奏及其意蕴的一种感受性和直觉能力。

乐感，特别是音乐的旋律和节奏，像诗人的语感和诗意的旋律与节奏一样，在本质上都是情感的律动的表现。宗璞的许多小说、散文、童话，都能读出情感的律动，而这律动，既是诗的，也是音乐的，更是优雅的。

童心和童趣

童心和童趣，是宗璞优雅风格的又一构成要素。虽不能说她的所有作品都如此，但至少有相当多的作品有这样的特色。

童心指的是创作主体的一种特定的人格状态和心灵状态。这种状态，往往是未曾涉世的儿童所特有的，它晶莹、透亮、一丝杂质也没有，它天真、稚拙、不设防。童趣则是童心对象化在作品中的特殊审美趋向、审美色调。

童心作为一个重要的中国传统审美范畴，是明代李卓吾提出来的；王国维在《人间词话》里所说的"赤子之心"，在概念的内涵和外延上，与童心相当。人受环境的熏染，随着年龄增长、涉世日深，就要保存一颗童心，也非常困难。但是童年的记忆对每个人都是深刻的、难忘的，它总是浮动在纯真的诗意里。所以，表现了童心、童趣的艺术作品，容易引起读者广泛的关注和共鸣，他们要从阅读和欣赏中寻回逝去的童年的旧梦，从而中得到灵魂的慰藉。难得的是宗璞有一颗不泯的童心，她用自己的作品帮助读者追索着永去的童年的旧梦，因而受到几代读者广泛的欢迎。

在宗璞那里，童心和童趣，连结着她的真诚，充盈着她的诗情、诗意和乐感，它们在优雅的风格总体里相互叠合着、相生着、补充着、丰富着。宗璞作品的晶莹剔透，如果认真分析，大都不难发现它们背后的童心。

宗璞作品中的童心和童趣，主要表现在两个方面：一是她的童话；二是她对童年旧事的追忆。

宗璞是写童话的，童话是她创作的重要领域。在这个领域里，她辛勤劳作，其成就是公认的。我认为，她的童话的成就虽不及小说，但强于诗歌。她说，童话主要是写给孩子看的，所以"童话是每个人童年的好伴侣"。但她又说，童话"也是成年人的知己"。关于欣赏童话，她说："读童话除了傻劲，还需要一点童心，一点天真烂漫，把明明是幻想的世界当真。每个正常的成年人都该有一颗未泯的童心，使生活更有趣、更美好。用这点童心读童话，童话也可以帮助这点童心不泯。"其实，她就是这样一位童心不泯的女性作家，未泯的童心，使她写出了美丽的童话，也丰富了她的优雅风格。她说："也许因为我有那么一点傻劲和天真，便很喜欢童话，也学着写。"在宗璞看来，"童话不仅表现孩子的无拘束的幻想，也应表现成年人对人生的体验，为成年人爱读。如果说，小说是反映社会的一幅画卷，童话就是反映人生的一首歌。那曲调应是优美的，那歌词应是充满哲理的。"这段话反映了她对童话这种文学样式的一般看法，但是未尝不可以拿来评说她本人的童话作品。她收在文集里的童话，从第一篇较长的《寻月记》，到《遗失了的铜钥匙》，都可以从儿童和成人两个角度去欣赏。

但是在更多的时候，还是她用自己提倡的那股"傻劲"、那点童心所写的小说，特别是那些追忆童年往事的小说，表现出更为深致的童趣。

宗璞的父亲、著名哲学家冯友兰在为女儿的小说散文选写的"佚序"中写到宗璞在清华成志小学幼稚园时的一段往事："宗璞是那个幼稚园的毕业生，毕业时成志小学召开了一个家长会，最后是文艺表演。表演开始时，只见宗璞头戴花纸帽、手拿指挥棒，和好些小朋友一起走上台来。宗璞喊了一声口令，小朋友们整齐地站好队。宗璞的指挥棒一上一下，这个小乐队又奏又唱，表演了好几个曲调，当时台下掌声雷动，家长和来宾们都哈哈大笑。"这是宗璞儿时一个实有的场景，也可以把它看作某种象征：当了作家的宗璞，好像仍拿着那根指挥棒，用她的作品，指挥着她的童真烂漫的小读者和同她一样有股"傻劲"而又童心未泯的成年读者、老读者演唱富于童趣的乐章。演而乐之，哈哈大笑。

《鲁鲁》是宗璞最有代表性的作品，追忆了童年时代一段与小狗鲁鲁有关的故事，许多细节，许多场景，都在追忆中激活了。几度丧家的小狗，其命运的飘流不定、祸福难测，一如战乱中颠沛流离、居无定所的主人们。故事是从童心的镜面上映照出来的，所以透明、晶亮而又略带感伤。这个作品，美就美在写出了这略带感伤的童心和童趣。

《野葫芦引》是以作者及其家人在抗战期间的生活和体验为依据的长篇多卷本小说，其中就有追忆中的童年的观察、体验的角度，当她状写小儿女的情态时，尤其如此。在对环境的感觉上，无论对北平，还是对昆明，也都不难看出其童心和童趣。

总之，只要有"傻劲"、重真诚，就不乏童趣。

民族文化气韵

我始终认为，宗璞的优雅而独特的艺术风格，是她的综合文化素养的表现。刘勰在《文心雕龙·体性篇》里，曾把构成风格的要素离析为

"才、气、学、习"四端，其中的才性、气质，虽亦受后天的涵养与护持，但大体禀之于天。学力和习染，则主要得之于后天。与此相应，刘勰还提出过"积学以储宝"和"研阅以写照"的思想。"积学"说的是"学"，"研阅"说的则是"习"，一个是提高学养，一个是积累阅历。综合起来，可以称之为文化素养。作家孙犁在谈到宗璞的创作时，特别强调了她的修养对她创作的意义。孙犁说："宗璞从事外语工作多年，阅读外国作品很多，家学又有渊源，中国古典文学修养也很好。"

宗璞出身于书香门第，从小受到很好的中国传统文化和西方现代文化的教育，她父母是学界泰斗，而她的姑母冯沅君（即淦女士）不仅在"五四"时代的新文学运动中曾是一员骁将，后来在中国诗史的研究中，也起了开山的作用，是享有盛誉的文学史家。

冯友兰说，宗璞成了作家，他们做父母的当然高兴，但他们也担心女儿"聪明或者够用，学力恐怕不足。一个伟大作家必须既有很高的聪明，又有过人的学力"。他说："我不曾写过小说。我想，创作一个文学作品，所需要的知识比写在纸上的要多得多。"他提出要读两种书："有字人书"和"无字天书"。有字人书指的是书本知识，无字天书是指"自然、社会、人生这三部大书"。他认为无字天书比有字人书更为重要，它们是一切知识的根据，一切智慧的源泉。

就是在这样的家族环境和知识观念的熏陶和哺育下，宗璞累积起自己中国的和外国的文化蕴积，逐渐形成了自己独特的文化性格与文化心理。就其主导面而言，这种文化性格与心理无疑是东方的、中国的，可以以大家闺秀名之。同时，这种文化性格和心理又是开放的、不封闭、不固守的，其中颇吸纳了西方现代文化的素质。

这样，便有了宗璞为人为文的独有的文化气韵，这种气韵充实着她的优雅风格，使她成为现当代中国文学的骄傲，同时也使她能够为其他更多民族的读者所欣赏，影响远及海外。

目录

紫藤萝瀑布

我不由得停住了脚步。

从未见过开得这样盛的藤萝，只见一片辉煌的淡紫色，像一条瀑布，从空中垂下，不见其发端，也不见其终极，只是深深浅浅的紫，仿佛在流动、在欢笑、在不停地生长。紫色的大条幅上，泛着点点银光，就像进溅的水花。仔细看时，才知那是每一朵紫花中的最浅淡的部分，在和阳光互相挑逗。

这里春红已谢，没有赏花人群，也没有蜂围蝶阵。有的就是这一树闪光的、盛开的藤萝。花朵儿一串挨着一串，一朵接着一朵，彼此推着挤着，好不活泼热闹！

"我在开花！"它们在笑。

"我在开花！"它们嚷嚷。

每一穗花都是上面的盛开，下面的待放。颜色便上浅下深，好像那紫色沉淀下来了，沉淀在最嫩最小的花苞里。每一朵盛开的花像是一个张满了的小小的帆，帆下带着尖底的舱。船舱鼓鼓的，又像一个忍俊不禁的笑容，就要绽开似的。那里装的是什么仙露琼浆？我凑上去，想摘一朵。

但是我没有摘。我没有摘花的习惯。我只是伫立凝望，觉得这一条紫藤萝瀑布不只在我眼前，也在我心上缓缓流过。流着流着，它带走了这些时一直压在我心上的关于生死的疑惑，关于疾病的痛楚。我浸在这繁密的花朵的光辉中，别的一切暂时都不存在，有的只是精神的宁静和生的喜悦。

这里除了光彩，还有淡淡的芳香，香气似乎也是浅紫色的，梦幻一般轻轻地笼罩着我。忽然记起十多年前家门外也曾有过一大株紫藤萝，它依傍一株枯槐爬得很高，但花朵从来都稀落，东一穗西一串伶仃地挂在树梢，好像在察言观色，试探什么。后来索性连那稀零的花串也没有了。园中别的紫藤花架也都拆掉，改种了果树。那时的说法是，花和生活腐化有什么必然关系。我曾遗憾地想：这里再看不见藤萝花了。

过了这么多年，藤萝又开花了，而且开得这样盛、这样密，紫色的瀑布遮住了粗壮的盘虬卧龙般的枝干，不断地流着、流着，流向人的心田。

花和人都会遇到各种各样的不幸，但是生命的长河是无止境的。我抚摸了一下那小小的紫色的花舱，那里满装生命的酒酿，它张满了帆，在这闪光的花的河流上航行。它是万花中的一朵，也正是由每一个一朵，组成了万花灿烂的流动的瀑布。

在这浅紫色的光辉和浅紫色的芳香中，我不觉加快了脚步。

1982 年 5 月 6 日

2

丁香结

今年的丁香花似乎开得格外茂盛，城里城外，都是一样。城里街旁，尘土纷嚣之间，忽然呈出两片雪白，顿使人眼前一亮，再仔细看，才知是两行丁香花。有的宅院里探出半树银妆，星星般的小花缀满枝头，从墙上窥着行人，惹得人走过了还要回头望。

城外校园里丁香更多。最好的是图书馆北面的丁香三角地，种有十数棵白丁香和紫丁香。月光下白的潇洒，紫的朦胧。还有淡淡的幽雅的甜香，非桂非兰，在夜色中也能让人分辨出，这是丁香。

在我住了断续近三十年的斗室外，有三棵白丁香。每到春来，伏案时抬头便见檐前积雪。雪色映进窗来，香气直透毫端。人也似乎轻灵得多，不那么浑浊笨拙了。从外面回来时，最先映入眼帘的，也是那一片莹白，白下面透出参差的绿，然后才见那两扇红窗。我经历过的春光，几乎都是和这几树丁香联系在一起的。那十字小白花，那样小，却不显得单薄。许多小花形成一簇，许多簇花开满一树，遮掩着我的窗，照耀着我的文思和梦想。

古人词云："芭蕉不展丁香结"，"丁香空结雨中热"。在细雨迷蒙中，着了水滴的丁香格外妩媚。花墙边两株紫色的，如同印象派的画，线条模糊了，直向窗前的莹白渗过来。让人觉得，丁香确实该和微雨连在一起。

只是赏过这么多年的丁香，却一直不解，何以古人发明了丁香结的说法。今年一次春雨，久立窗前，望着斜伸过来的丁香枝条上的一柄花蕾。小小的花苞圆圆的，鼓鼓的，恰如衣襟上的盘花扣。我才恍然，果然是丁香结。

丁香结，这三个字给人许多想象。再联想到那些诗句，真觉得它们负担着解不开的愁怨了。每个人一辈子都有许多不顺心的事，一件完了一件又来。所以丁香结年年都有。结，是解不完的；人生中的问题，也是解不完的。不然，岂不太平淡无味了么？

小文成后一直搁置，转眼春光已逝。要看满城丁香，需待来年了。来年又有新的结待人去解——谁知道是否解得开呢。

1985 年清明—冬至

松 侣

一位朋友曾说她从未注意过木槿花是什么样儿，我答应院中木槿花开时，邀她来看。这株木槿原在窗前，为了争得光线，春末夏初时我把它移到篱边。它很挣扎了一阵，活下来了，可是秋初着花时节，一朵未见。偶见大图书馆前两排木槿，开着紫、白、红各色的花朵，便想通知朋友，到那里观看。不知有什么事，一天天因循，未打电话。过了些时，偶然走过图书馆，却见两排绿树，花朵已全落尽了。一路很是怅然，似乎不只失信于朋友，也失信于木槿花。又因木槿花每一朵本是朝开夕谢的，不免伤时光之不再，联想到自己的疾病，不知还剩有几多日子。

回到家里，站在院中三棵松树之间，那点脆弱的感怀忽然消失了。我感到镇定平静。三松中的两棵高大稳重，一株直指天空，另一株过房顶后做九十度折角，形貌别致，都似很有魅力，可以倚靠。第三棵不高，枝条平伸做伞状，使人感到亲切。它们似乎说，好了，不要小资情调了，有我们呢。

它们当然是不同的。它们不落叶，无论冬夏，常给人绿色的遮蔽。

那绿色十分古拙，不像有些绿色的鲜亮活跳。它们也是有花的，但不显著，最后结成松塔掉下来，带给人的是成熟的喜悦，而不是凋谢的惆怅。它们永远散发着清净的气息，使得人也清爽，据说像负离子发生器一样，有着实实在在的医疗作用。

更何况三松和我的父亲是永远分不开的。我的父亲晚年将这住宅命名为"三松堂"。"庭中有三松，抚而盘桓，较渊明犹多其二焉。"（《三松堂自序》之自序）寄意深远，可以揣摩。我站在三松之下感到安心，大概因为同时也感到父亲的思想、父亲的影响和那三松的华盖一样，仍在荫蔽着我。

父母在堂时，每逢节日，家里总是很热闹。二十世纪七十年代末，放鞭炮之风还未盛，我家得风气之先，不只放鞭炮，还要放花，一道道彩光腾空而起，煞是好看。这时大家又笑又叫。少年人持着竹竿，孩子们躲在大人身后探出个小脑袋。放花放炮的乐趣就在此了。放了几年，家里人愈来愈少了。剩下的人还坚持这一节目。有一次一个闪光雷放上去，其中一些纸燃烧着落到松树顶上，一支松针马上烧起来，幸亏比较靠边，往上泼水还能泼到，及时扑灭了。浇水的人和树一样，也成了落汤鸡。以后因子侄辈纠缠，也还放了两年。再以后，没有高堂可娱，青年人又大都各奔前程，几乎走光，三松堂前便再没有节日的喧闹。

这一切变迁，三松和院中的竹子、丁香、藤萝、月季、玉簪都曾亲见，其中松树无疑是祖字辈的。阅历最多，感怀最深，却似乎最无话说。只是常绿常香，默默地立在那里，让人觉得，累了时它总是可以靠一靠的。

这三棵松树似是家中的一员，是亲人，是长辈。燕园中还有许许多多松柏枞桧之类的树，便是我的好友了。

在第二体育馆之北，六座中西合璧的庭院之间，有一片用松墙围起来的园子，名为静园。这里原来是没有墙的，有的是草地、假山，又宽又长的藤萝架。"文革"中，这些花草因有不事生产的罪名，全被铲除，换上了有出息的果树，又怕人偷果子，乃围以松墙。我对这一措施素不以为然，静园也很少去。

这两年，每天清晨坚持散步，据说这是我性命攸关的大事，未敢稍懈。散步的路径，总寻找有松柏之处，静园外超过千步的松墙边便成为好地方。一到墙边，先觉清气扑人，一路走下去，觉得全身的血液都换过了。

临湖轩前有一处三角地，也围着松墙。其中一段路两边皆松，成为夹道。那松的气息，更是向每个毛孔渗来。一次雨后，走过夹道，见树顶上一片云气蒸腾，树枝上挂满亮晶晶的水珠，蜘蛛网也成了彩色的璎珞，最主要的是那气息，清到浓重的地步，劈头盖脸将人包裹住了。这时便想，若不能健康地活下去，实在愧对造化的安排。

走出夹道不远，有一处小松林，有白皮松、油松等，空气自然是好的。我走过时，总见六七位老太太在一起做操，一面拍拍打打，一面大声谈家常。譬如昨天谁的媳妇做的什么饭，谁的孙子念的什么书。松树也不嫌聒噪，只管静静地进行负离子疗法。

中国文学中一直推崇松的品格，关于松的吟咏很多。松树的不畏岁寒，正可视为不阿时不媚俗的一种气节。这是士应有的精神境界，所以都愿意以松为友。白居易《庭松》诗云：

朝昏有风月，燥湿无尘泥。

疏韵秋瑟瑟，凉荫夏萋萋。

春深微雨夕，满叶珠蓑蓑。

岁暮大雪天，压枝玉皑皑。

四时各有趣，万木非其侪。

……

即此是益友，岂友须贤才。

顾我犹俗士，冠带走尘埃。

未称为松主，时时一愧怀。

　　最后两句用松之德要求自己勉励自己，要够格做松的主人。松不只给人安慰，给人健康，还在道德上引人向上，世之益友，又有几人能做到呢？

　　自然界中，能为友侣的当然不止松柏一类。虽木槿之短暂，也有它的作用与位置。人若能时时亲近大自然，会较容易记住自己的本色。嵇康有诗云：

目送归鸿，手挥五弦。

俯仰自得，游心太玄。

　　纵然手不能举足不能抬，纵然头上悬着疾病的利剑，我们也要俯仰自得，站稳自己的位置。

花的话

春天来了，几阵轻风，数番微雨，洗去了冬日的沉重。大地透出嫩绿的颜色，花儿们也陆续开放了。若照严格的花时来说，它们可能彼此见不着面，但在这既非真实，也非虚妄的园中，它们聚集在一起了。不同的红，不同的黄，以及洁白、浅紫，颜色十分绚丽；繁复新巧的，纤薄秀弱的，式样各出新裁。各色各式的花朵在园中铺展开一片锦绣。

花儿们刚刚睁开眼睛时，总要惊叹道："多么美好的世界，多么明媚的春天！"阳光照着，蜜蜂儿、蝴蝶儿，绕着花枝上下飞舞，一片绚烂的花的颜色，真叫人眼花缭乱，忍不住赞赏生命的浓艳。花儿们带着新奇的心情望着一切，慢慢地舒展着花瓣，从一个个小小的红苞开成一朵朵鲜丽的花。它们彼此学习着怎样斜倚在枝头，怎样颤动着花蕊，怎样散发出各种各样的清雅的、浓郁的、幽甜的芳香，给世界更增几分优美。

开着开着，花儿们看惯了春天的世界，觉得也不过是如此。却渐渐地觉得自己十分重要，自己正是这美好世界中最美好的。

一个夜晚，明月初上，月光清幽，缓缓流进花丛深处。花儿们呼吸着夜晚的清新空气，都想谈谈心里话。榆叶梅是个急性子，她首先开口道："春天的花园里，就数我最惹人注意了。你们听人们说过吗，远望着，我简直像是朵朵红云，飘在花园的背景上。"大家一听，她把别人全算成了背景，都有点发愣。玫瑰花听她这么不谦虚，很生气，马上提醒她："你虽说开得茂盛，也不过是个极普通的品种，要取得突出的位置，还得出身名门。玫瑰是珍贵的品种，这是人所共知的。"她说着，骄傲地昂起头。真的，她那鲜红的、密密层层的花瓣，组成一朵朵异常娇艳的不太大也不太小的花，叫人忍不住想去摸一摸，嗅一嗅。

"要说出身名门——"芍药端庄地颔首微笑。当然，大家都知道芍药自古有花相之名，其高贵自不必说。不过这种门第观念，花儿们也都知道是过时了。有谁轻轻嘟囔了一句："还讲什么门第，这是十八世纪的话题！"芍药听了不再开口，仿佛她既重视门第，也觉得不能光看门第似的。

"花要开得好，还要开得早！"已经将残的桃花把话题转了开去。"我是冒着春寒开花的，在这北方的没有梅花的花园里，我开得最早，是带头的。可是那些耍笔杆儿的，光是松呵，竹呵，说他们怎样坚贞，就没人看见我这种突出的品质！"

"我开花也很早，不过比你稍后几天，我的花色也很美呀！"说话的是杏花。

连翘忙插话道："论美丽，实在没法子比，有人喜欢这个，有人喜欢那个，难说，难说。倒是从有用来讲，整个花园里，只有我和芍药姐姐能做药材，治病养人。"她得意地摆动着柔长的枝条，一长串的小黄花都在微笑。

玫瑰花略侧一侧她那娇红的脸，轻轻笑道："你不知道玫瑰油的贵重吧。玫瑰花瓣儿，用途也很多呢。"

白丁香正在半开，满树如同洒了微霜，她是不大爱说话的，这时也被这番谈话吸引了，慢慢地说："花么，当然还是要比美。依我看，颜色态度，既清雅而又高贵，谁都比不上玉兰。她贵而不俗，雅而不酸，这样白，这样美——"丁香慢吞吞地想着适当的措辞。微风一过，摇动着她的小花，散发出一阵阵幽香。

盛开的玉兰也矜持地开口了。她的花朵大，显得十分凝重，颜色白，显得十分清丽，又从高处向下说话，自然而然便有一种屈尊纡贵的神气。"丁香的花真像许多小小银星，她也许不是最美的花，但她是最迷人的花。"她的口气是这样有把握，大家一时都想不出话来说。

忽然间，花园的角门开了，一个小男孩飞跑进来，他没有看那月光下的万紫千红，却一直跑到松树背后的一个不受人注意的墙角，在那如茵的绿草中间，采摘着野生的二月兰。

那些浅紫色的二月兰，是那样矮小，那样默默无闻。她们从没有想到自己有什么特殊招人喜爱的地方，只是默默地尽自己微薄的力量，给世界加上点滴的欢乐。

小男孩预备把这一束小花插在墨水瓶里，送给他敬爱的、终日辛勤劳碌的老师。老师一定会从那充满着幻想的颜色，看出他的心意的。

月儿行到中天，花园里始终没有再开始谈话。花儿们沉默着，不知怎么，都有点不好意思。

1963 年

好一朵木槿花

又是一年秋来，洁白的玉簪花挟着凉意，先透出冰雪的消息。美人蕉也在这时开放了。红的黄的花，耸立在阔大的绿叶上，一点不在乎秋的肃杀。以前我有"美人蕉不美"的说法，现在很想收回。接下来该是紫薇和木槿。在我家这以草为主的小园中，它们是外来户。偶然得来的枝条，偶然插入土中，它们就偶然地生长起来。紫薇似娇气些，始终未见花。木槿则已两度花发了。

木槿以前给我的印象是平庸。"文革"中许多花木惨遭摧残，它却得全性命，陪伴着显赫一时的文冠果，免得那钦定植物太孤单。据说原因是它的花可食用，大概总比草根树皮好些吧。学生浴室边的路上，两行树挺立着，花开有紫、红、白等色，我从未仔细看过。

近两年木槿在这小园中两度花发，不同凡响。

前年秋至，我家刚从死别的悲痛中缓过气来不久，又面临了少年人的生之困惑。我们不知道下一分钟会发生什么事，陷入极端惶恐中。我在坐立不安时，只好到草园中踱步。那时园中荒草没膝，除我们的基本队伍——亲爱的玉簪花外，只有两树忍冬，结了小红果子，玛瑙扣子似

12

的，一簇簇挂着。我没有指望还能看见别的什么颜色。

忽然在绿草间，闪出一点紫色，亮亮的，轻轻的，在眼前转了几转。我忙拨开草丛走过去，见一朵紫色的花缀在不高的绿枝上。

这是木槿。木槿开花了，而且是紫色的。

木槿花的三种颜色，以紫色最好。那红色极不正，好像颜料没有调好；白色的花，有老伙伴玉簪已经够了。最愿见到的是紫色，好和早春的二月兰、初夏的藤萝相呼应，让紫色的幻想充满在小园中，让风吹走悲伤，让梦留着。

惊喜之余，我小心地除去它周围的杂草，做出一个浅坑，浇上水。水很快渗下去了。一阵风过，草面漾出绿色的波浪，薄如蝉翼的娇嫩的紫花在一片绿波中歪着头，带点调皮，却丝毫不知道自己显得很奇特。

去年，月圆过四五次后，几经洗劫的小园又一次遭受磨难。园旁小兴土木，盖一座大有用途的小楼。泥土、砖块、钢筋、木条全堆在园里，像是零乱地长出一座座小山，把植物全压在底下。我已习惯了这类景象，知道毁去了以后，总会有新的开始。尽管等的时间会很长。

没想到秋来时，一次走在这崎岖山路上，忽见土山一侧，透过砖块钢筋伸出几条绿枝。绿枝上，一朵紫色的花正在颤颤地开放！

我的心也震颤起来，一种悲壮的感觉攫住了我。土埋大半截了，还开花！

我跨过障碍，走近去看这朵从重压下挣扎出来的花。仍是娇嫩的薄如蝉翼的花瓣，略有皱褶，似乎在花蒂处有一根带子束住，却又舒展自得，它不觉得环境的艰难，更不觉自己的奇特。

忽然觉得这是一朵童话中的花，拿着它，任何愿望都会实现，因为持有的，是面对一切苦难的勇气。

紫色的流光抛洒开来，笼罩了凌乱的工地。那朵花冉冉升起，倚着明亮的紫霞，微笑地俯看着我。

今年果然又有一个开始。小园经过整治，不再以草为主，所以有了对美人蕉的新认识。那株木槿高了许多，枝繁叶茂，只是重阳已届，仍不见花。

我常在它身旁徘徊，期待着震撼了我的那朵花。

它不再来。

即使再有花开，也不是去年的那一朵了。也许需要纪念碑，纪念那逝去了的、昔日的悲壮？

1988 年重阳

送 春

说起燕园的野花，声势最为浩大的，要数二月兰了。它们本是很单薄的，脆弱的茎，几片叶子，顶上开着小朵小朵简单的花。可是开成一大片，就形成春光中重要的色调。阴历二月，它们已探头探脑地出现在地上，然后忽然一下子就成了一大片。一大片深紫浅紫的颜色，不知为什么总有点朦胧。房前屋后，路边沟沿，都让它们占据了，熏染了。看起来，好像比它们实际占的地盘还要大。微风过处，花面起伏，丰富的各种层次的紫色一闪一闪地滚动着，仿佛还要到别处去涂抹。

没有人种过这花，但它每年都大开而特开。童年在清华，屋旁小溪边，便是它们的世界。人们不在意有这些花，它们也不在意人们是否在意，只管尽情地开放。那多变化的紫色，贯穿了我所经历的几十个春天。只在昆明那几年让白色的木香花代替了。木香花以后的岁月，便定格在燕园，而燕园的明媚春光，是少不了二月兰的。

斯诺墓所在的小山后面，人迹罕到，便成了二月兰的天下。从路边到山坡，在树与树之间，挤满花朵。有一小块颜色很深，像需要些水化一化；有一块颜色很浅，近乎白色。在深色中有浅色的花朵，形成一些

15

小亮点儿；在浅色中又有深色的笔触，免得它太轻灵。深深浅浅连成一片。这条路我也是不常走的，但每到春天，总要多来几回，看看这些小友。

其实我家近处，便有大片二月兰。各芳邻门前都有特色，有人从荷兰带回郁金香，有人从近处花圃移来各色花草。这家因主人年老，儿孙远居海外，没有人侍弄园子，倒给了二月兰充分发展的机会。春来开得满园，像一块花毡，衬着边上的绿松墙。花朵们往松墙的缝隙间直挤过去，稳重的松树也似在含笑望着它们。

这花开得好放肆！我心里说。我家屋后，一条弯弯的石径两侧直到后窗下，每到春来，都是二月兰的领地。面积虽小，也在尽情抛洒春光。不想一次有人来收拾院子，给枯草烧了一把火，说也要给野花立规矩。次年春天便不见了二月兰，它受不了规矩。野草却依旧猛长。我简直想给二月兰写信，邀请它们重返家园。信是无处投递，乃特地从附近移了几棵，也尚未见功效。

许多人不知道二月兰为何许花，甚至语文教科书的插图也把它画成兰花的模样。兰花素有花中君子之称，品高香幽。二月兰虽也有个"兰"字，可完全与兰花没有关系，也不想攀高枝，只悄悄从泥土中钻出来，如火如荼点缀了春光，又悄悄落尽。我曾建议一年轻画徒，画一画这野花，最好用水彩，用印象派手法。年轻人交来一幅画稿，在灰暗的背景中只有一枝伶仃的花，又依照"现代"眼光，在花旁画了一个破竹篮。

"这不是二月兰的典型姿态。"我心里评判着。二月兰是一大片一大片的，千军万马。身躯瘦弱，地位卑下，却高扬着活力，看了让人透不过气来。而且它们不只开得隆重茂盛，尽情尽性，还有持久的精神。这是今春才悟到的。

因为病，因为懒，常几日不出房门。整个春天各种花开花谢，来去匆匆，有的便不得见。却总见二月兰不动声色地开在那里，似乎随时在等候，问一句："你好些吗？"

又是一次小病后，在园中行走。忽觉绿色满眼，已为遮蔽炎热做准备。走到二月兰的领地时，不见花朵，只剩下绿色直连到松墙。好像原有一大张绚烂的彩画，现在掀过去了，卷起来了，放在什么地方，以待来年。

我知道，春归去了。

在领地边徘徊了一会儿，忽然意识到二月兰的忠心和执着。从春如十三女儿学绣时，它便开花，直到雨屡风愁，春深春老。它迎春来，伴春在，送春去。古诗云"开到荼蘼花事了"，我始终不知荼蘼是个什么样儿，却亲见二月兰蓦然消失，是春归的一个指征。

迎春人人欢喜，有谁喜欢送春？忠心的、执着的二月兰没有推托这个任务。

1992 年 9 月下旬

报　秋

　　似乎刚过完春节，什么都还来不及干呢，已是长夏天气，让人懒洋洋得像只猫。一家人夏衣尚未打点好，猛然却见玉簪花那雪白的圆鼓鼓的棒槌，从拥挤着的宽大的绿叶中探出头来。我先是一惊，随即怅然。这花一开，没几天便是立秋。以后便是处暑便是白露便是秋分便是寒露，过了霜降，便立冬了。真真的怎么得了！

　　一朵花苞钻出来，一个柄上的好几朵都跟上。花苞很有精神，越长越长，成为玉簪模样。开放都在晚间，一朵持续约一昼夜。六片清雅修长的花瓣围着花蕊，当中的一株顶着一点嫩黄，颤颤地望着自己雪白的小窝。

　　这花的生命力极强，随便种种，总会活的。不挑地方，不拣土壤，而且特别喜欢背阴处，把阳光让给别人，很是谦让。据说花瓣可以入药。还有人来讨那叶子，要捣烂了治脚气。我说它是生活上向下比，工作上向上比，算得一种玉簪花精神罢。

　　我喜欢花，却没有侍弄花的闲情。因有自知之明，不敢邀名花居留，只有时要点草花种种。有一种太阳花又名"死不了"，开时五色缤纷，杂在草间很好看。种了几次，都不成功。"连'死不了'都死了。"

我们常这样自嘲。

玉簪花却不同，从不要人照料。只管自己蓬勃生长。往后院月洞门小径的两旁，随便移栽了几个嫩芽，次年便有绿叶白花，点缀着夏末秋初的景致。我的房门外有一小块地，原有两行花，现已形成一片，绿油油的，完全遮住了地面。在晨光熹微或暮色朦胧中，一柄柄白花擎起，隐约如绿波上的白帆，不知驶向何方。有些植物的繁茂枝叶中，会藏着一些小活物，吓人一跳。玉簪花下却总是干净的。可能因为气味的缘故，不容虫豸近身。

花开有十几朵，满院便飘散着芳香。不是丁香的幽香，不是桂花的甜香，也不是荷花的那种清香。它的香比较强，似乎有点醒脑的作用。采几朵放在养石子的水盆中，房间里便也飘散着香气，让人减少几分懒洋洋，让人心里警惕着：秋来了。

秋是收获的季节，我却是两手空空。一年、两年过去了，总是在不安和焦虑中。怪谁呢，很难回答。

久居异乡的兄长，业余喜好诗词。前天寄来自译的朱敦儒的那首《西江月》。原文是：

日日深杯满满，朝朝小圃花开，自歌自舞自开怀，无拘无束无碍。青史几番春梦，红尘多少奇才，不消计较与安排，领取而今现在。

若照他译的英文再译回来，最后一句是认命的意思。这意思有，但似不够完全。我把"领取而今现在"一句反复吟哦，觉得这是一种悠然自得的境界。其实不必深杯酒满，不必小圃花开，只在心中领取，便得逍遥。

领取自己那一份，也有品味、把玩、获得的意思。那么，领取秋，领取冬，领取四季，领取生活罢！

那第一朵花出现已一周，凋谢了。可是别的一朵一朵在接上来。圆鼓鼓的花苞，盛开了的花朵，由一个个柄擎着，在绿波上漂浮。

1990 年 8 月 10 日

冬 至

这次手术之后，已经年余，却还是这里那里不舒服，连晨起的散步也久废不去了。今天拉开窗帘，见满地白亮亮，还以为是下了雪。再看时，原是一片月光，从松树的枝条间筛下。大半个月亮，挂在中天偏西。天空宽阔而洁净，和月光一起，罩着静悄悄的大地。

以为表出了问题，看钟，同样是六时一刻。又看日历，原来今天是冬至，从入秋起盼着的冬至。

近年有个奇怪心理：一见落叶悄悄飘离了树木，就盼冬至。随着落叶飘零，白昼一天天短，黑夜愈来愈长。清晨散步，几同夜行，无甚意趣。只要到了冬至，经过这一年中最短的白天，便昼渐长，夜渐短，渐渐地，春天就来了。好像人在生活的道路上落到了谷底，无可再落，就有了上升的希望。可以期待花开草长，可以期待那拖着蓝灰色长尾巴的喜鹊的喳喳叫声，并且在粉红色的晨光中吸进清新的空气。

很想看一看月光怎样淡去，晨光怎样浓来，却无这点闲逸的福分。在开始忙碌的一天时，心中充满了喜悦，因为冬至毕竟来了。因为天时有四季变化，时代有巨大变革；因为生活的丰富是尝不尽的。

冬至是一年的转机，我喜欢转机。

萤 火

　　点点银白的、灵动的光，在草丛中飘浮。草丛中有各色的野花：黄的野菊，浅紫的二月兰，淡蓝的"勿忘我"。还有一种高茎的白花，每一朵都由许多极小的花朵组成，简直看不清花瓣。它的名字恰和"勿忘我"相反，据说是叫做"不要记得我"，或可译作"勿念我"罢。在迷茫的夜中，一切彩色都失去了，有的只是黑黝黝一片。亮光飘忽地穿来穿去，一个亮点儿熄灭了，又有一个飞了过来。

　　若在淡淡的月光下，草丛中就会闪出一道明净的溪水，潺潺地、不慌不忙地流着。溪上有两块石板搭成的极古拙的小桥，小桥流水不远处的人家，便是我儿时的居处了。记得萤火虫很少飞近我们的家，只在溪上草间，把亮点儿投向反射出微光的水，水中便也闪动着小小的亮点，牵动着两岸草莽的倒影。现在看到童话片中要开始幻景时闪动的光芒，总会想起那条溪水，那片草丛，那散发着夏夜的芳香，飞翔着萤火虫的一小块地方。

　　幼小的我，经常在那一带玩耍。小桥那边，有一个土坡，也算是山罢。小路上了山，不见了。晚间站在溪畔，总觉得山那边是极遥远的地方，隐约在树丛中的女生宿舍楼，也是虚无缥缈的。其实白天常和游伴跑过去玩，大学生们有时拉住我们的手，说："你这黑眼睛的女孩子！你的眼睛好黑啊。"

大概是两三岁时，一天母亲进城去了，天黑了许久，还不回来。我不耐烦，哭个不停。老嬷嬷抱我在桥头站着，指给我看那桥边的小道。"回来啦，回来啦——"她唱着。其实这全不是母亲回来的路。夜未深，天色却黑得浓重，好像蒙着布，让人透不过气。小桥下忽然飞出一盏小灯，把黑夜挑开一道缝。接着又飞出一盏，又飞出一盏。花草亮了，溪水闪了。黑夜活跃起来，多好玩啊！我大声叫了："灯！飞的灯！"回头看家里，已经到处亮着灯了，而且一片声在叫我。我挣下地来，向灯火通明的家跑去，却又屡次回头，看那使黑夜发光的飞灯。

照说幼儿时期的事，我不该记得。也许我记得的，其实是后来母亲的叙述，或自己更人事后的心境罢。但那一晚我在桥头的景象，总是反复地、清晰地出现在我眼前，那黑夜，那划破了黑夜的萤火，以及后来的灯光——

长大了，又回到这所房屋时，我在自己的房间里便可以看到起伏明灭的萤火了。我的窗正对着那小溪。溪水比以前窄了，草丛比以前矮了，只有萤火，那银白的，有时是浅绿色的光，还是依旧。有时抛书独坐，在黑暗中看着那些飞舞的亮点，那么活泼，那么充满了灵气，不禁想到《仲夏夜之梦》里那些吵闹的小仙子；又不禁奇怪这发光的虫怎么未能在《聊斋志异》里占一席重要的地位。它们引起多么远、多么奇的想象。那一片萤光后的小山那边，像是有什么仙境在等待着我。但是我最多只是走出房来，在溪边徘徊片刻，看看墨色涂染的天、树，看看闪烁的溪水和萤火。仙境么，最好是留在想象和期待中的。

日子一天天热闹起来。解放，毕业，几乎每个人都觉得自己在发光。我们是解放后第三届大学生。毕业前夕，一个星光灿烂的夜晚，和几个好友，曾久久地坐在这溪边山坡上，望着星光和萤光。我们看准一棵树，又看准一个萤，看它是否能飞到那棵树，来卜自己的未来。几乎每一个萤都能飞到目的地，因为没有飞到的就不算数。那时，我们的表格里无一不填着"坚决服从分配，到祖国最需要的地方去"！无论分到哪里，我们都会怀着对美好未来的向往扑过去的。星空中忽然闪了一下，是一颗流星划过了天空。据说流星闪亮时，心中闪过的希望是会如愿的。但我们谁也没有再想要什么。有了祖国，不就有了一切么？我觉得重任在肩，而且相信任何重任我都担得起。难道还有比这种信心更使人兴奋、欢喜，使人感到无可比拟的幸福么？虽然我知道自己很小，小得像萤火虫那样。萤却是会发光的，使得就连黑夜也璀璨美丽，使得就连黑夜也充满了幻想——

　　奇怪的是，自从离开清华园，再也不曾见到萤火虫。可能因为再也没有住在水边了。后来从书上知道，隋炀帝在江都一带经营过"萤苑"，征集"萤火数斛"，为夜晚游山之用。这皇帝连萤都不放过，都要征来服役，人民的苦难，更可想见了。但那"萤苑"风光，一定是好看的。因为那种活泼的光，每一点都呈现着生命的力量。以后无意中又得知萤能捕食害虫，于农作物有益，不觉十分高兴。便想，何不在公园中布置个"萤苑"，为夏夜增光，让曾被皇帝拘来当劳工的萤，有机会为人民服务呢。但在那十年浩劫中，连公园都几乎查封，那"萤苑"的构思，早也逃之夭夭了。

　　前几天，偶得机缘，和弟弟这个从小的同学往清华走了一遭。图书馆看去一次比一次小，早不是小时心目中的巍峨了。那肃穆的、勤奋的读书气氛依然，书库中的玻璃地板也还在；底层的报刊阅览室也还是许多人站着看报。弟弟说他常做一个同样的梦——到这里来借报纸。底层增加了检索图书用的计算机，弟弟兴致勃勃地和机上人员攀谈，也许他以后的梦，要改变途径了。我的萤火虫却在梦中也从未出现。行向小河那边时，因为在白天，本不指望看见萤火，但以为草坡上的"勿忘我"和"勿念我"总会显出了颜色。不料看见的，是一条干涸的沟，两岸干黄的土坡，春雨轻轻地飘洒，还没有一点绿意。那明净的、潺潺地不慌不忙流着的溪水，已不知何时流往何处了。我们旧日的家添盖了房屋，现在是幼儿园了。虽是假日，还有不少孩子，一个个转动着点漆般的眼睛看着我们。"你们这些黑眼睛的孩子！好黑的眼睛啊。"我不由得想。

事物总是在变迁，中心总要转移的。现在清华主楼的堂皇远非工字厅可比了。而那近代物理实验室中的元素光谱，使人感到科学的光辉，也是萤火虫们望尘莫及的。我们骑着车，淋着雨，高兴地到处留下校友的签名。二十世纪从一十年代到七十年代排过来的长桌前，那如同戴着雪帽般的白头发，那敦实可靠的中年的肩膀，那发亮的、润泽的皮肤和眼睛，俨然画出了人生的旅程。我以为，在这条漫长而又短促的道路上，那淡蓝色和纯白的花朵，"勿忘我"和"勿念我"，是必不可少的。因为人世间，有许多事应该永远记得，又有许多事是早该忘却了。

但总要尽力地发光，尤其在困境中。草丛中飘浮的、灵动的、活泼的萤火，常在我心头闪亮。

1980 年

26

热　土

　　弯曲的石径从小山坡上伸延下去，坡上坡下，长满了茂密的树木，望去只觉满眼一片浓绿，连身子都染得碧沉沉的。坡底绿草如茵，这里那里，点缀着粉红、淡蓝的小喇叭花。石径穿过草地，又爬上对面的小山坡，消失在绿荫深处。微风掠过这幽深的谷底，清晨芬芳的空气沁人心脾。许久以来，我还是第一次来到这隐秘的所在。

　　这不是我儿时常来游玩的地方么？对了。那四根白石柱本是藤萝架，曾经开满淡紫色的花朵，宛如一个大的幔帐。记得我和弟弟，还有几个小朋友一起，常在这里跑来跑去捉迷藏。而我们最喜欢的游戏是玩土。小山脚下石径旁，那一块地方土质松软，很像砂土，我们便常在这里进行大规模的建设，造桥、铺路、挖河……把土盖在手背上拍紧，然后慢慢抽出手来，便形成一个洞，还可以堆起土墙、土房。我们几乎天天要造一座城池呢。

　　那正是"七七"事变后不久，我们几个孩子住在姑母家，因为那时这里是教会学校，可以苟安一时。虽然我们每天只是玩，但在小小的心里也感到国破的厄运了。记得就在这藤萝架下，我给飞蚂蚁咬了一口，哭个不停。弟弟担心地拉着我的手吹着，一个大些的小朋友不耐烦了，说道："这是什么大事，日本兵都打进来了！"

"他们来抢我们的土地吗？"我马上停住了哭，记起了这句大人说过的话。紧接着我就去抚摸我们经常抚摸的泥土，觉得土地是这样温暖，这样可亲可爱。我恨不得把祖国大地紧紧拥抱在胸怀之间，免得被人抢走。我生长在这里，我爱这树、这山、这泥土……

我不觉坐在石径的最下一阶，抚摸着那绿草遮盖的土地，沉入了遐想。

我想起清华校门内的那条林荫道，夹道两行槐树。每年夏初，淡淡的槐花香，便预告着要有一批年轻人飞向祖国各地，去建设我们亲爱的祖国。记得我走上工作岗位那年，我们几个同学在那条路上徘徊了多少次！我们讨论怎样服从祖国的需要，怎样使自己成为一丝一缕，来为祖国、为人民、为革命织造锦绣前程！后来我们全班十一个同学一起写了一份决心书，其中有这样的话语："如果有不如意的时候，请不要跺脚吧！脚下的土地，埋藏着烈士的头颅，浸染着烈士的鲜血。我们没有权利惊扰他们，我们只有义务在他们为之献身的土地上，实现共产主义理想。"记得在大礼堂宣读这份决心书时，会场是那样安静，气氛是那样激动和热烈，每个年轻的心都充满着建设祖国的美好愿望。会后，我走出礼堂，看到门前一片草坪，我又一次想拥抱祖国的土地。我要用每一分力量，使祖国的土地更温暖……

下放劳动时，我亲耳听到一个公社书记也说了类似的话：我们脚下的土地非比寻常，"不要跺脚"。在村中住下了，我才知道确实有"热土"这两个字。我的房东大娘在抗日战争、解放战争中都是积极分子。她常说，这附近十几个村庄，多少里地，每一寸都有她的脚印。"连那桑干河的水波纹，都让我踩平了。"她的儿子没有大枪高就参了军，五十年代末期在张家口地委工作，多次来信请娘去住。我就坐在大门前小凳上给老人家念过几次这样的信。大娘每次听过，总要怔怔地望着村外那一片果树林。村子居高临下，越过那一片雪白的花海，可以望见花林外面的桑干河，闪着亮光，正在滔滔流去。"热土难离呵！"大娘每次都喃喃地说，"热土难离！"

热土难离！我们的泪水、血汗灌溉着它，怎能不热！我们的骨殖身体营养着它，怎能不热！因为我们在这里度过了童年，在这里寄托着青年时代的梦想，我们还要永远安息在这里。因为这是我们的，我们自己的，我们自己的祖国的土地。

可是在六十年代末期，一切过去的和将来的梦，一切美好的人为之生活、战斗的信念，都成为十恶不赦的罪行。正在建设的城池轰然倾倒，热土变成了废墟。那段沉重的日子，说不完写不尽，但有些记忆，也会随着岁月的流逝而淡漠的。可有一个说来平淡的印象，却使我永不能忘。由于各种原因，我好几个月不曾出城。一次终于来到这校园中看望年迈的父母。在经过几个宿舍楼时，感到气氛异常，两边楼顶上都横放着床板，后来知道那是武斗中的防御工事。行人经常来往的大路空荡荡的，到处扔着些破砖烂瓦。虽然阳光照得刺眼，却显得十分荒凉惨淡。不知是怎么回事，我踌躇良久便绕道而行。后来听人说，幸亏没有愣走过去，要是走过去，还不知有怎样的下场！那时，无论怎样的下场，我都不在乎，但我却记下了那空荡荡点缀着碎砖石的路面，阳光照得刺眼。

以后我每想起这制造出来的空荡荡的荒凉惨淡，就想起我们的流过明亮的河水、开着鲜花的热土，就想起曾有的要在这一片热土上建设祖

29

国的热切的心情，就想起幼年时怕失去祖国的恐惧。无论经过怎样的曲折艰险，我总觉得脚下的热土在给我力量，无论怎样迷茫绝望，我从未失去对祖国的信念。

清晨和煦的阳光，从浓密的树荫间照了下来，可以看见一束束亮光里浅淡的白雾，雾气正在消散。一束光恰照在我儿时玩沙土的地方。这里是一片鲜嫩的绿色，我们那幼小的手建造起来的玩具城池，当然不复存在。但我们现在正用成人的坚定的手，在祖国的热土上，建设着新的、各种各样的美好的城池了。即或面对疾风骤雨、惊雷骇电，我们会成功！因为我们是站在亿万人民的血泪和汗水浇灌的热土上，是站在中华民族祖祖辈辈的身体骨殖营养的热土上啊！

我离开这幽静的绿谷，慢慢走回家去，远远看见巍峨的图书馆门前，有一群群背着书包的年轻人在等候……

1979 年 6 月

西湖漫笔

平生最喜游山逛水。这几年来，很改了不少闲情逸致，只在这山水上头，却还依旧。那五百里滇池辚辚的水波，那兴安岭上起伏不断的绿沉沉的林海，那开满了各色无名的花儿的广阔的呼伦贝尔草原，以及那举手可以接天的险峻的华山……曾给人多少有趣的思想，曾激发起多少变幻的感情。一到这些名山大川异地胜景，总会有一种奇怪的力量震荡着我，几乎忍不住要呼喊起来："这是我的伟大的、亲爱的祖国——"

然而在足迹所到的地方，也有经过很长久的时间，我才能理解、欣赏的。正像看达·芬奇的名画《永远的微笑》，我曾看过多少遍，看不出她美在哪里；看过多少遍之后，一次又拿来把玩，忽然发现那温柔的微笑，那嘴角的线条，那手的表情，是这样无以名状的美，只觉得眼泪直涌上来。山水，也是这样的，去上一次两次，可能不会了解它的性情，直到去过三次四次，才恍然有所悟。

我要说的地方，是多少人说过写过的杭州。六月间，我第四次去到西子湖畔，距第一次来，已经有九年了。这九年间，我竟没有说过西湖一句好话。发议论说，论秀媚，西湖比不上长湖，天真自然，楚楚有致；论宏伟，比不上太湖，烟霞万顷，气象万千——好在到过的名湖不多，不然，不知还有多少谬论。

奇怪的很，这次却有着迥乎不同的印象。六月，并不是好时候，没有花，没有雪，没有春光，也没有秋意。那几天，有的是满湖烟雨，山光水色，俱是一片迷蒙。西湖，仿佛在半醒半睡。空气中，弥漫着经了雨的栀子花的甜香。记起东坡诗句："水光潋滟晴方好，山色空蒙雨亦奇。"便想，东坡自是最了解西湖的人，实在应该仔细观赏、领略才是。

正像每次一样，匆匆地来，又匆匆地去。几天中我领略了一个字，那就是"绿"，西湖的绿，只凭这一点，已使我流连忘返。雨中去访灵隐，一下车，只觉得绿意扑眼而来。道旁古木参天，苍翠欲滴，似乎飘着的雨丝儿也都是绿的。飞来峰上层层叠叠的树木，有的绿得发黑，深极了，浓极了；有的绿得发蓝，浅极了，亮极了。峰下蜿蜒的小径，布满青苔，直绿到石头缝里。在冷泉亭上小坐，真觉得遍体生凉，心旷神怡。亭旁溪水玲琮，说是溪水，其实表达不出那奔流的气势，平稳处也是碧澄澄的，流得急了，水花飞溅，如飞珠滚玉一般，在这一片绿色的影中显得分外好看。

西湖胜景很多，各有不同的好处，即便一个绿色，也各有不同，黄龙洞绿得幽，屏风山绿得野，九曲十八涧绿得闲……不能一一去说。漫步苏堤，两边都是湖水，远水如烟，近水着了微雨，泛起一层银灰的颜色。走着走着，忽见路旁的树十分古怪，一棵棵树身虽然离得较远，却给人一种莽莽苍苍的感觉，似乎是从树梢一直绿到了地下。走近看时，原来是树身上布满了绿茸茸的青苔，那样鲜嫩，那样可爱，使得绿阴阴的苏堤，更加绿了几分。有的青苔，形状也有趣，如耕牛，如牧人，如树木，如云霞；有的整片看来，布局宛然，如同一幅青绿山水。这种绿苔，给我的印象是坚韧不拔，不知当初苏公对它们印象怎样。

在花港观鱼，看到了又一种绿。那是满地的新荷，圆圆的绿叶，或亭亭立于水上，或宛转靠在水面，只觉得一种蓬勃的生机，跳跃满地。绿色，本来是生命的颜色。我最爱看初春的杨柳嫩枝，那样鲜，那样亮，柳枝儿一摆，似乎蹭着脚告诉你，春天来了。荷叶，则要持重一些，初夏，则更成熟一些，但那透过活泼的绿色表现出来的苗壮的生命力，是一样的。再加上叶面上的水珠儿滴溜溜滚，简直好像满池荷叶都要裙袂飞扬，翩然起舞了。

从花港乘船而回，雨已停了，远山青中带紫，如同凝住了一段云霞。波平如镜，船儿在水面上滑行，只有桨声欸乃，愈增加了一湖幽静。一会儿摇船的姑娘歇了桨，喝了杯茶，靠在船舷，只见她向水中一摸，顺手便带上一条欢蹦乱跳的大鲤鱼。她自己只微笑着一声不出，把鱼甩在船板上。同船的朋友看得入迷，连连说，这怎么可能！上岸时，又回头看那在浓重暮色中变得无边无际的白茫茫的湖水，惊叹道："真是个神奇的湖！"

我还领略到西湖生动活泼的一面。星期天，游人泛舟湖上，真是满湖的笑，满湖的歌！西湖的度量，原也是容得了热闹的。两三人寻幽访韵固然好，许多人畅谈畅游也极佳。见公共汽车往来运载游人，忽又想起东坡在密州出猎时写的一首《江城子》："老夫聊发少年狂。左牵黄，右擎苍，锦帽貂裘，千骑卷平冈。"想来他在杭州，当有更盛的情景吧？那时是"倾城随太守"，这时是每个人在公余之暇，来休息身心，享山水之乐。这热闹，不更有意思么？

希腊画家亚伯尔曾把自己的画放在街上，自己躲在画后，听取意见。有一个鞋匠说人物的鞋子画得不对，他马上改了。这鞋匠又批评别的部分，他忍不住从画后跑出来说，你还是只谈鞋子好了。因为对西湖的印象究竟只有浮光掠影，这篇小文，很可能是鞋匠的议论，然后心到神知，想西湖不会怪我唐突罢？

三峡散记

我所见的三峡，从中峡巫峡始。

船从汉口开。那一天天色灰蒙蒙的；水色也灰蒙蒙的。在一片灰蒙蒙之间，长江大桥平静稳重地跨在龟蛇二山上。古色古香的黄鹤楼和现代化的二十层的晴川饭店遥相对峙。水面上忽然闪出一道亮光，摇着、跳着，往船头方向漾开去。一直到大桥那一边。原来云层里透出小半个灰白的太阳来。

船开了，追着水面跳荡的远去的阳光开行了。

大桥看不见了。两岸房屋越来越少，江面越来越宽，有一道绿边围着，极目前方，出口很窄，水天相接，长江从窄窄的天上流过来。等船驶近，原来也是十分宽阔。窄窄的水天相接的出口又移到远处了。于是又向前去穿过那窄的出口。

船行的次日中午过沙市，约停四五小时又起锚。直到黄昏，原野还是平阔，江流浩荡。暮色中更显得浑重。我想不出三峡是怎样开始的。便去问过来人。据说山势逐渐高起，过了宜昌才见分晓。日程表上写明第三日七时左右到下峡西陵峡，尽可放心休息。

半夜两点多钟，一阵喧闹的人声、哨声和拖铁链的声音把我惊醒。从窗中看出去，只见一堵铁壁挡在眼前，几乎伸手便可摸到。"到葛洲坝了！"我猛省，连忙起身出房。只见甲板上灯火辉煌，我们的船在船闸里。上下四层的船不及闸墙三分之一高，抬头觉得闸顶很远，那一块黑漆漆的天空更远。人们从船头走到船尾，又从船尾走到船头，互相招呼："要放水了！""要开闸了！"据说闸门每扇有两个篮球场大。等到船闸停满了船只，便开始放水。眼看着我们的船向上浮升，一会儿工夫，已不用仰望闸顶，只消平视了。紧接着闸门缓缓打开，"扬子江"号破浪前行，黑夜间，觉得风声水声灌满两耳。站在船尾看时，璀璨的葛洲坝灯火渐渐远去，终于消失在黑暗里。我心中充满了对人——我的同类的无限敬仰之情。只因有了人，万物之灵长的人，万物本身，包括这日夜奔腾不息的长江，才有各自的意义。

　　我自己却是愚蠢之物，过分相信日程表，以为离七点钟尚早，便又回房。等我再出来时，两岸有丘陵起伏，满心以为要到三峡了，不想伙伴们说："西陵峡已经过了！屈原和昭君故里都过了！"

　　我好懊恼。"百里西陵一梦中。"我说。

　　可是没有时间懊恼或推敲诗句。船左舷很快出现一座山城，古旧的房屋依山势而建，层层叠叠，背倚高山，下临江水，颇为神秘。这是寇莱公初登仕途，做县令的地方。大江东流，沿岸哺育了多少俊杰人物，有名的和无名的，使人在山水草木城郭之间总有许多联想。不只是地理的，而且是历史的，这是中国风景的特色。

　　天还是灰蒙蒙的，雨点儿在空中乱飞。据说这是标准的巫峡天气。我们在云雾弥漫中向前行驶。忽然面前出现两座奇峰，布满树木，呈墨绿色。江水从两山间流来。两山后还有山，颜色淡得多，披云着雾。江水在这山前弯过去了，真不知里面有多深多远！这就是巫峡东口了，只觉得一派仙气笼罩着山和水。人们都很兴奋，山水却显得无比的沉静，像一幅无言的画，等待人走进去。

船进入巫峡，江流顿时窄了许多。两岸峭壁如同刀削，插在水里。浑浊泥黄的江水形成一个个小漩涡，从船两边退去，分不清水究竟向哪个方向流。面前秀丽的山峰截断了江流，到山前才知道可以绕过去。绕过去又是劈开的两座结构奇特的山峰，峰后云遮雾掩，一座座峰颜色越来越淡，像是墨在纸上洇了开来。大家惊异慨叹，不顾风雨，倚在栏边，眼睛都不敢眨一眨。我望着从船旁退去的葱葱郁郁的高山，真想伸手摸一摸。这山似乎并不比船闸远多少。

据说神女峰常为云雾遮蔽，轻易不肯露面。人们从上船起便关心是否有缘得见。抬头仰望，只觉得巉岩绝壁压顶而来，令人赞叹之间不免惶悚。一个个各种名目的峡过去了，奇极了，也美极了。冷风挟着雨滴和山水一起迎接我们的船。"快看，快看!"大家互相指着叫着，"看到了! 看到了!"看到的舒一口气，没看到的懊丧地继续伸长脖子。

我看到了。我早就知道神女会见我的。那山峰本来就峻峭秀奇，在云雾中似乎有飞腾之势。就在峰顶侧，站着一个窈窕女子，衣袂飘飘，凝神远望。怎能信她是块石头! 再一想，她本是块石头，多亏了人，才化为仙女，得万人瞻仰；她才有她的事迹，得千古流传。薄薄的淡灰色的云纱缠绕着仙女和峰顶，云和山一起移动，人们回头看，再回头看，看不见了。

快到巫山时，一只货船自上流急驶而下，船上人大声喊着，听起来像歌一样萦绕在峡谷中。临近时才听清他喊的是"道谢了! 道谢了!"原来是大船为免小船颠簸，放慢了速度。

"道谢了！道谢了！"喊声随着船远去了。忽然想起《水经注》上对巫峡的总结："巴东三峡巫峡长，猿鸣三声泪沾裳。"现在没有猿啼了。却有人的喊声在峡谷中撞击，充满了和自然搏斗的欢乐。

过了巫山县，驶过黛溪宽谷，便是上峡瞿塘峡。上峡只有八公里，仍是高山重障断岸千尺，很是雄浑壮伟，只不如中峡灵秀。出夔门时，据说滟滪就在脚下，还有传说为八阵图的礁石也炸掉了。人，当然是要胜过石头的。

五月四日上午到重庆。距一九四六年过此地，已是三十九年了。当时全家六人，如今只余其半。得诗一首志此："四十年前忆旧游，曾怀凤约在渝州。雾浓山转疑无路，月冷波回知有秋。似纸人情薄不卷，如云往事散难收。恸哭几度服缟素，销尽心香看白头。"

这里不是物是人非，物也大大变迁了。夜晚在码头候船。江中也有万家灯火，大小船只密密麻麻，好一派热闹气象。这晚皓月当空，距上次见此山城月，已近五百回圆了。

五日从重庆返回，顺江而下。次日上午到奉节停泊。有一小汽船带一座船，载我们到上峡中风箱峡看纤道。小船行驶在长江里，两岸的山显得格外高，直插入云，水中漩涡急转，深不可测。船行近一座峭壁，只见山侧有一道凹进去的沟，那就是从前的纤道了。《水经注》载过三峡下水五日，上水百日，可见其难。五十年代初上水还需半个月，也是人力为主。登石阶数百，可以站在纤道上，头顶山崖几乎不可直立。想当初拉纤人便是这样弯着身子逆水拖船的。这时人没有船的支撑，山势更显雄伟，脚下急流滚滚，真觉得个人不过渺如沧海之一粟。从峡口望进去，可以看到六层山色，最近的是黄，然后是深绿、绿、蓝灰、灰和在江尽处天下边的灰白，灰白后似乎还有什么，每个人可以自己在想象里补充。

我忽然想跳进江去，当然没有实行。其实真有机会一亲长江流水时，是绝不肯的。

回去时，小船正驶在江心，上游飞快地下来了一只货船。船上人高声喊着，还是唱歌一样。忽然一声巨响，船猛地歪了一下，许多人跌倒了，有的人头上碰出血来。两边船上都惊呼，又有人喊话，寂静的江心一时好不热闹。原来那货船把小汽船和我们的座船之间的缆绳撞断了。那货船仍在喊话，顺着急流转眼就不见了。下水船是停不住的。我们的座船在江心滴溜溜乱转。我正奇怪它到底要往哪边行驶，忽然发现它不能开，只能随旋转的水而旋转。不免心向下一沉。幸亏小汽船及时抛过缆绳，很快调整好了，平安驶回"扬子江"号。回船后大家都有些后怕。座船上没有任何工具，若冲下去，只有撞在礁石上粉身碎骨了。想来江流吞没的英雄好汉，不在少数。

而吞没的尽管吞没了，几千万年如水流去。人渐渐了解江河了，然而究竟又了解多少呢？

船在奉节停泊一夜，七日晨又进入三峡。水急船速，中午时分已到下峡。我因上水时错过了，便一直守在船栏边。一般的说法是上峡雄，中峡秀，下峡险。近年来下峡的巨石险滩多已除去，并无特别险阻之处了。眼前是叠峦秀峰，可以引出各种想象。不可仰视的断岸绝壁上有着斑斓的花纹，有的如波浪，有的如山峦，有的如大幅抽象派的画。繁复的线条和颜色，气势逼人，不可名状。这可以说是西陵峡的特色吧。但是我想不出一个准确的字来概括。大幅绝壁上面是葱葱郁郁的山巅。据

39

说山巅上平野肥沃，别有天地。山水奇妙，真不可思议。

船过秭归、香溪，是屈原、昭君故里。滚滚长江，每一段都有中华民族可歌可泣的历史遗迹。以"扬子江"号的速度，怀古都来不及。而我们的绝才绝色都出于此，也是天地灵秀之所钟了。香溪水斜插入江，颜色与江水截然不同。一青一黄，分明得很。世事滔滔，总有人是在"独醒"的。其实，对于"世事洞明皆学问，人情练达即文章"这两句话，我倒是很佩服。

船驶出西陵峡口，顿觉天地一宽。见峡口两峰并不很高大，这是因葛洲坝使水位提高了。峡口山上有亭台，众人如蚁行其上，显然是一公园。远见大堤拦截，各种横杆竖线，我们又回到了红尘。

峡口两山老实地站在江中，船仍随水东流。我和我的记忆，也随船飘远了。

废墟的召唤

冬日的斜阳无力地照在这一片田野上。刚是下午，清华气象台上边的天空，已显出月牙儿的轮廓。顺着近年修的柏油路，左侧是干皱的田地，看上去十分坚硬，这里那里，点缀着断石残碑。右侧在夏天是一带荷塘，现在也只剩下冬日的凄冷。转过布满枯树的小山，那一大片废墟呈现在眼底时，我总有一种奇怪的感觉，好像历史忽然倒退到了古希腊罗马时代。而且乱石衰草中间，仿佛应该有着妲己、褒姒的窈窕身影，若隐若现，迷离扑朔。因为中国社会出奇的"稳定性"，几千年来的传统一直传到那拉氏，还不中止。

这一带废墟是圆明园中长春园的一部分。从东到西，有圆形的台，长方形的观，已看不出形状的堂和小巧的方形的亭基。原来都是西式建筑，故俗称"西洋楼"。在莽苍苍的原野上，这一组建筑遗迹宛如一只正在覆没的船只，而那丛生的荒草，便是海藻；杂陈的乱石，便是这荒野的海洋中的一簇簇泡沫了。三十多年前，初来这里，曾想：下次来时，它该下沉了罢？它该让出地方，好建设新的一切。但是每次再来，它还是停泊在原野上。远瀛观的断石柱，在灰蓝色的天空下，依然寂寞地站着，显得四周那样空荡荡，那样无依无靠。大水法的拱形石门，依然卷着波涛。观水法的石屏上依然陈列着兵器甲胄，那雕镂还是那样清晰，那样有力。但石波不兴，雕兵永驻，这蒙受了奇耻大辱的废墟，只管悠闲地、若无其事地停泊着。

时间在这里，如石刻一般，停滞了，凝固了。建筑家说，建筑是凝固的音乐。建筑的遗迹，又是什么呢？凝固了的历史么？看那海晏堂前（也许是堂侧）的石饰，像一个近似半圆形的容器，年轻时，曾和几个朋友坐在里面照相。现在石"碗"依旧，我当然懒得爬上去了，但是我却欣然。因为我的变化，无非是自然规律之功罢了。我毕竟没有凝固——

对着这一段凝固的历史，我只有怅然凝望。大水法与观水法之间的大片空地，原来是两座大喷泉，想那水姿之美，已到了标准境界，所以以"法"为名。两行可见一座高大的废墟，上大下小，像是只剩了一截的、倒置的金字塔。悄立"塔"下，觉得人是这样渺小，天地是这样广阔，历史是这样悠久——

路旁的大石龟仍然无表情地蹲伏着。本该竖立在它背上的石碑躺倒在上坡旁。它也许很想驮着这碑，尽自己的责任罢。风在路另侧的小树林中呼啸，忽高忽低，如泣如诉，仿佛从废墟上飘来了"留——留——"的声音。

我诧异地回转身去看了。暮色四合，方外观的石块白得分明，几座大石叠在一起，露出一个空隙，像要对我开口讲话。告诉我这里经历的烛天的巨火么？告诉我时间在这里该怎样衡量么？还是告诉我你的向往，你的期待？

风又从废墟上吹过，依然发出"留——留——"的声音。我忽然省悟了。它是在召唤！召唤人们留下来，改造这凝固的历史。废墟，不愿永久停泊。

然而我没有为这努力过？便在这大龟旁，我们几个人曾怎样热烈地争辩啊。那时的我们，是何等慷慨激昂，是何等的满怀热忱！和人类比较起来，个人的一生是小得多的概念了，每个人自有理由做出不同的解释。我只想，楚国早已是湖北省，但楚辞的光辉，不是永远充塞于天地之间么？

空中一阵鸦噪，抬头只见寒鸦万点，驮着夕阳，掠过枯树林，转眼便消失在已呈粉红色的西天。在它们的翅膀底下，晚霞已到最艳丽的时刻。西山在朦胧中涂抹了一层娇红，轮廓渐渐清楚起来。那娇红中又透出一点蓝，显得十分凝重，正配得上空气中摸得着的寒意。

这景象也是我熟悉的，我不由得闭上眼睛。

"断碣残碑，都付与苍烟落照。"身旁的年轻人在自言自语。事隔三十余年，我又在和年轻人辩论了。我不怪他们，怎能怪他们呢！我嗫嚅着，很不理直气壮："留下来吧！就因为是废墟，需要每一个你呵。"

"匹夫有责。"年轻人是敏锐的，他清楚地说出我嗫嚅着的话。"但是怎样尽每一个我的责任？怎样使环境更好地让每一个我尽责任？"他微笑，笑容介于冷和苦之间。

我忽然理直气壮起来："那怎样，不就是内容么？"

他不答，我也停了说话，且看那瞬息万变的落照。迤逦行来，已到水边。水已成冰。冰中透出支支荷梗，枯梗上漾着绮辉。远山凹处，红日正沉，只照得天边山顶一片通红。岸边几株枯树，恰为夕阳做了画框。框外娇红的西山，这时却全呈黛青色，鲜嫩润泽，一派雨后初晴的模样，似与这黄昏全不相干，但也有浅淡的光，照在框外的冰上，使人

43

想起月色的清冷。

树旁乱草中窸窣有声，原来有人作画。他正在调色板上蘸着颜色，蘸了又擦，擦了又蘸，好像不知怎样才能把那奇异的色彩捕捉在纸上。

"他不是画家。"年轻人评论道，"他只是爱这景色——"

前面高耸的断桥便是整个圆明园唯一的遗桥了。远望如一个乱石堆，近看则桥的格局宛在。桥背很高，桥面只剩下了一小半，不过桥下水流如线，过水早不必登桥了。

"我也许可以想一想，想一想这废墟的召唤。"年轻人忽然微笑说，那笑容仍然介于冷和苦之间。

我们仍望着落照。通红的火球消失了，剩下的远山显出一层层深浅不同的紫色。浓处如酒，淡处如梦。那不浓不淡处使我想起春日的紫藤萝，这铺天的霞锦，需要多少个藤萝花瓣啊。

仿佛听得说要修复圆明园了，我想，能不能留下一部分废墟呢？最好是远瀛观一带，或只是这座断桥，也可以的。

为了什么呢？为了凭吊这一段凝固的历史，为了记住废墟的召唤。

猫　冢

十月份到南方转了一圈，成功地逃避了气管炎和哮喘——那在去年是发作得极剧烈的。月初回到家里，满眼已是初冬的景色。小径上的落叶厚厚一层，树上倒是光秃秃的了。风庐屋舍依旧，房中父母遗像依旧，我觉得一切似乎平安，和我们离开时差不多。

见过了家人以后，觉得还少了什么。少的是家中另外两个成员——两只猫。"媚儿和小花呢？"我和仲同时发问。

回答说，它们出去玩了，吃饭时会回来。午饭之后是晚饭，猫儿还不露面。晚饭后全家在电视机前小坐，照例是少不了两只猫的，媚儿常坐在沙发扶手上，小花则常蹲在地上，若有所思地望着我，我总是和它说话，问它要什么，一天过得好不好。它以打呵欠来回答。有时就试图坐到膝上来，有时则看看门外，那就得给它开门。

可这一天它们不出现。

"小花，小花，快回家！"我开了门灯，站在院中大声召唤。因为有个院子，屋里屋外，猫们来去自由，平常晚上我也常常这样叫它，叫过几分钟后，一个白白圆圆的影子便会从黑暗里浮出来，有时快步跳上台阶，有时走两步停一停，似乎是闹着玩。有时我大开着门它却不进来，忽然跳着抓小飞虫去了，那我就不等它，自己关门。一会儿再去看时，它坐在台阶上，一脸期待的表情，等着开门。

小花被家人认为是我的猫。叫它回家是我的差事，别人叫，它是不理的，仲因为给它洗澡，和它隔阂最深。一次仲叫它回家，越叫它越往外走，走到院子的栅栏门了，忽然回头见我出来站在屋门前，它立刻转身飞箭也似跑到我身旁。没有衡量，没有考虑，只有天大的信任。

对这样的信任我有些歉然，因为有时我也不得不哄骗它，骗它在家等着，等到的是洗澡。可它似乎认定了什么，永不变心，总是坐在我的脚边，或睡在我的椅子上。再叫它，还是高兴地回家。

可是现在，无论怎么叫，只有风从树枝间吹过，好不凄冷。

二十世纪七十年代初，一只雪白的、蓝眼睛的狮子猫来到我家，我们叫它狮子，它活了五岁，在人来讲，约三十多岁，正在壮年。它是被人用鸟枪打死的。当时正生过一窝小猫，好的送人了，只剩一只长毛三色猫，我们便留下了它，叫它花花。花花五岁时生了媚儿，因为好看，没有舍得送人。花花活了十岁左右，也还有一只小猫没有送出。也是深秋时分，它病了，不肯在家，曾回来有气无力地叫了几声，用它那妩媚温顺的眼光看着人，那是它的告别了。后来忽然就不见了。猫不肯死在自己家里，怕给人添麻烦。

孤儿小猫就是小花，它是一只非常敏感，有些神经质的猫，非常注意人的脸色，非常怕生人。它基本上是白猫，头顶、脊背各有一块乌亮的黑，还有尾巴是黑的。尾巴常蓬松地竖起，如一面旗帜招展，很有表情。它的眼睛略呈绿色，目光中常有一种若有所思的神情。我常常抚摸它，对它说话，觉得它不知什么时候就会回答。若是它忽然开口讲话，我一点不会奇怪。

小花有些狡猾，心眼儿多，还会使坏。一次我不在家，它要仲给它开门，仲不理它，只管自己坐着看书。它忽然纵身跳到仲膝上，极为利落地撒了一泡尿，仲连忙站起时，它已方便完毕，躲到一个角落去了。"连猫都斗不过"，成了一个话柄。

小花也是很勇敢的，有时和邻家的猫小白或小胖打架，背上的毛竖起，发出和小身躯全不相称的吼声。"小花又在保家卫国了。"我们说。它不准邻家的猫践踏草地。猫们的界限是很分明的，邻家的猫儿也不欢迎客人。但是小花和媚儿极为友好地相处，从未有过纠纷。

媚儿比小花大四岁，今年已快九岁，有些老态龙钟了。它浑身雪白，毛极细软柔密，两只耳朵和尾巴是一种娇嫩的黄色。小时可爱极了，所以得一"媚儿"之名。它不像小花那样敏感，看去有点儿傻乎乎的。它曾两次重病，都是仲以极大的耐心带它去小动物门诊，给它打针服药，终得痊愈。两只猫洗澡时都要放声怪叫。媚儿叫时，小花东藏西躲，想逃之夭夭。小花叫时，媚儿不但不逃，反而跑过来，想助一臂之力。其憨厚如此。它们从来都用一个盘子吃饭。小花小时，媚儿常让它先吃。小花长大，就常让媚儿先吃，有时一起吃，也都注意谦让。我不免自夸几句："不要说郑康成婢能诵毛诗，看看咱们家的猫！"

可它们不见了！两只漂亮的、各具性格的、懂事的猫，你们怎样了？

据说我们离家后几天中，小花在屋里大声叫，所有的柜子都要打开看过。给它开门，又不出去。以后就常在外面，回来的时间少，以后就不见了，带着爱睡觉的媚儿一起不见了。

"到底是哪天不见的？"我们追问。

都说不清，反正好几天没有回来了。我们心里沉沉的，找回的希望

47

很小了。

"小花，小花，快回家！"我的召唤在冷风中，向四面八方散去。

没有回音。

猫其实不仅是供人玩赏的宠物，它对人是有帮助的。我从来没有住过新造成的房子，旧房就总有鼠患。在城内乃兹府居住时，老鼠大如半岁的猫，满屋乱窜，实在令人厌恶，抱回一只小猫，就平静多了。风庐中鼠洞很多，鼠们出没自由。如有几个月无猫，它们就会偷粮食，啃书本，坏事做尽。若有猫在，不用费力去捉老鼠，只要坐着，甚至睡着喵呜几声，鼠们就会望风而逃。一次父亲和我还据此讨论了半天"天敌"两字。猫是鼠的天敌，它就有灭鼠的威风！驱逐了鼠的骚扰，面对猫的温柔娇媚，感到平静安详，赏心悦目，这多么好！猫实在是人的可爱而有力的朋友。

小花和媚儿的毛都很长，很光亮。看惯了，偶然见到紧毛猫，总觉得它没穿衣服。但长毛也有麻烦处，它们好像一年四季都在掉毛，又不肯在指定的地点活动，以致家里到处是猫毛。有朋友来，小坐片刻，走时一身都是毛，主人不免尴尬。

一周过去了，没有踪影。也许有人看上了它们那身毛皮——亲爱的小花和媚儿，你们究竟遇到了什么！

我们曾将狮子葬在院门内枫树下，大概早融在春来绿如翠、秋至红如丹的树叶中了。狮子的儿孙们也一代又一代地去了，它们虽没有葬在家内，也各自到了生命的尽头。"前不见古人，后不见来者。"生命只有这么有限的一段，多么短促。我亲眼看见猫儿三代的逝去，是否在冥冥中，也有什么力量在看着我们一代又一代消逝呢。

恨 书

写下这个题目，自己觉得有几分吓人。书之可宝可爱，尽人皆知，何以会惹得我恨？有时甚至是恨恨不已，恨声不绝，恨不得把它们都扔出去，剩下一间空荡荡的屋子。

显而易见，最先的问题是地盘问题。老父今年九十岁了，少说也积了七十年书。虽然屡经各种洗礼，所藏还是可观。原先集中摆放，一排一排，很有个小图书馆的模样。后来人口扩张，下一代不愿住不见阳光的小黑屋，见"图书馆"阳光明媚，便对书有些怀恨。"怕都把人挤得没地方了。"这意见母亲在世时便有。听说有位老学者一直让书住正房，我这一代人可没有那修养了，以为人为万物之灵，书也是人写的，人比书更应该得到阳光空气与推窗得见的好景致。

后来便把书化整为零，分在各个房间。于是我的斗室也摊上几架旧书，《列子》《抱朴子》《亢仓子》《淮南子》《燕丹子》……它们遥远又遥远，神秘又无用。还有《皇清经解》，想起来便觉得腐气冲天。而我的文稿札记只好塞在这些书缝中，可怜地露出一点纸边，几乎要遗失在悠久的历史的茫然里。

其次惹得人恨的是书柜。它们的年龄都已有半个世纪，有的古色古香，上面的大篆字至今没有确解。这我倒并无恶感。糟糕的是许多书柜没有拉手，当初可能没有这种"设备"（照说也不至于），以至很难开关，关时要对准榫头，关上后便再也开不开，每次都得起用改锥（那也得找半天）。可是有的柜门却太松，低头屈身，找下面柜中书时，上面的柜门会忽然掉下，"啪"的一声砸在头上，真把人打得发昏！岂非关系人命的大事！怎不令人怀恨！有时晚饭后全家围坐笑语融融之际，或夜深梦酣之时，忽然一声巨响，使人心惊胆战，以为是地震或某种爆炸，惊走或披衣起来查看，原来是柜门掉了下来！

其实这些都不是解决不了的问题，只因我理家包括理书无方，才因循至此。可是因为书，我常觉惶惶然。这种惶惶然的感觉细想时可分为二：一是常感负疚，一是常觉遗憾。确是无法解决的。

邓拓同志有句云："闭户遍读家藏书。"谓是人生一乐。在家藏旧书中遇见一本想读的书，真令人又惊又喜。但看来我今生是不能有遍读之乐了。不要说读，连理也做不到。一因没有时间，忙里偷闲时也有比书更重要的人和事需要照管料理。二是没有精力，有时需要放下最重要的事坐着喘气儿。三是因有过敏疾病，不能接触久置积尘的书。于是大家推选外子为图书馆长。这些年我们在这座房子里搬来搬去，可怜他负书行的路约也在百里以上了。在每次搬动之余，也处理一些没有保存价值的东西。一次我从外面回来，见我们的图书馆长正在门前处理旧书。我稍一拨弄，竟发现两本"丛书集成"中的花卉书。要知道"丛书集成"约四千本一套的啊！于是我在怒火上升又下降之后，觉得他也太辛苦，哪能一本本都仔细看过。又怀疑是否扔去了珍贵的书，又责怪自己无能，没有担负起应尽的责任，如此怨天尤人，到后来觉得罪魁祸首都是书!

书还使我常觉遗憾。在我们磕头碰脑满眼旧书的居所中，常常发现有想读的或特别珍爱的书不见了。我曾遇一本英文的《杨子》，翻了一两页，竟很有诗意。想看，搁在一边，也找不到了。又曾遇一本陆志韦关于唐诗的五篇英文演讲，想看，搁在一边，也找不到了。后来大图书馆中贴出这一书目，当然也不会特意去借。最令人痛惜的是《四库全书》中萧云从《离骚全图》的影印本，很大的本子，极讲究的锦面，醒目的大字，想细细把玩，可是，又找不到了！也许"只在此山中，云深不知处"？据图书馆长说已遍寻无着——总以为若是我自己找，可能会出现。但是总未能找，书也未出现。

好遗憾啊！于是我想，还不如根本没有这些书，也不用负疚，也没有遗憾。

那该多么轻松，对无能如我者来说，这可能是上策。但我毕竟神经正常，不能真把书全请出门，只好仍时时恨恨，凑合着过日子。

是曰恨书。

卖 书

几年前写过一篇短文《恨书》，恨了若干年，结果是卖掉。

这话说说容易，真到做出也颇费周折。

卖书的主要目的是扩大空间。因为侍奉老父，多年随居燕园，房子总算不小，但大部为书所占。四壁图书固然可爱，到了四壁容不下，横七竖八向房中伸出，书墙层叠，挡住去路，则不免闷气。而且新书源源不绝，往往信手一塞，混入历史之中，再难寻觅。有一天忽然悟出，要有搁新书的地方，先得处理旧书。

其实处理零散的旧书，早在不断进行。现在的目标，是成套的大书。以为若卖了，既可腾出地盘，又可贴补家用，何乐而不为。依外子仲的意见，要请出的首先是"丛书集成"，而我认为这部书包罗万象，很有用；且因他曾险些错卖了几本，受我责备，不免有衔恨的嫌疑，不能卖。又讨论了百衲本的《二十四史》，因为放那书柜之处正好放饭桌。但这书恰是父亲心爱之物，虽然他现在视力极弱，不能再读，却愿留着。我们笑说这书有大后台，更不能卖。仲屡次败北后，目光转向《全唐文》。《全唐文》有一千卷，占据了全家最大书柜的最上一层。若要取

52

阅，须得搬椅子，上椅子，开柜门，翻动叠压着的卷册，好不费事。作为唯一读者的仲屡次呼吁卖掉它，说是北大图书馆对许多书实行开架，查阅方便多了。又不知交何运道，经过"文革"洗礼，这书无损污，无缺册，心中暗自盘算一定卖得好价钱，够贴补家用几个月。经过讨论协商，顺利取得一致意见。书店很快来人估看，出价一千元。

这部书究竟价值几何，实在心中无数。可这也太少了！因向北京图书馆馆长请教。过几天馆长先生打电话来说，《全唐文》已有新版，这种线装书查阅不便。经过调查，价钱也就是这样了。

书店来取书的这天，一千卷《全唐文》堆放在客厅地下等待捆扎，这时我才拿起一本翻阅，只见纸色洁白，字大悦目。随手翻到一篇讲音乐的文章："烈与悲者角之声，欢与壮者鼓之声；烈与悲似火，欢与壮似勇。"作者李磎。心想这形容很好，只是久不见悲壮的艺术了。又想知道这书的由来，特地找出第一卷，读到嘉庆皇帝的序文："天地大文日月山川万古昭著者也。人受天地之中以生，经世载道，立言牖民。观乎人文以化成天下。文之时义大矣哉！"又知嘉庆十二年，皇帝得内府旧藏唐文缮本一百六十册，认为体例未协，选择不精，命儒臣重加厘定，于十九年编成。古代开国皇帝大都从马上得天下，以后知道不能从马上治之，都要演习斯文，不敢轻渎知识的作用，似比某些现代人还多几分见识。我极厌烦近来流行的"宫廷热"，这时却对皇帝生出几分敬意，虽然他还说不出科学技术是生产力这样的话。

书店的人见我把玩不舍，安慰道，这价钱也就差不多。以前官宦人家讲究排场，都得有几部老书装门面，价钱自然上去。现在不讲这门面了，过几年说不定只能当废纸卖了。

为了避免一部大书变为废纸，遂请他们立刻拿走。还附带消灭了两套最惹人厌的《皇清经解》。《皇清经解》中夹有父亲当年写的纸签，倒是珍贵之物，我小心地把纸签依次序取下，放在一个信封内。可是一转眼，信封又不知放到何处去了。

虽然得了一大块地盘，许多旧英文书得以舒展，心中仍觉不安，似乎卖书总不是读书人的本分事。及至读到《书太多了》(《读书》杂志一九八八年七月号) 这篇文章，不觉精神大振。吕叔湘先生在文中介绍一篇英国散文《毁书》，那作者因书太多无法处理，用麻袋装了大批初版诗集，午夜沉之于泰晤士河，书既然可毁，卖又何妨！比起毁书，卖书要强多了。若是得半夜里鬼鬼祟祟跑到昆明湖去摆脱这些书，我们这些庸人怕只能老老实实缩在墙角，永世也不得出来了。

最近在一次会上得见吕先生，因说及受到的启发。吕先生笑说："那文章有点讽刺意味，不是说毁去的是初版诗集么！"

可不是！初版诗集的意思是说那些不必再版，经不起时间考验的无病呻吟，也许它们本不应得到出版的机会。对大家无用的书可毁，对一家无用的书可卖，自是天经地义。至于卖不出好价钱，也不是我管得了的。

如此想过，心安理得。整理了两天书，自觉辛苦，等疲劳去后，大概又要打新主意。那时可能真是迫于生计，不只为图地盘了。

乐 书

多年以前，读过一首《四时读书乐》，现在只记得四句，"读书之乐乐何如？绿满窗前草不除"，"读书之乐乐无穷，瑶琴一曲来熏风"。这是春夏的情景，也是读书的乐境。"绿满窗前草不除"一句，是形容生机盎然的自由自在的情趣。"瑶琴一曲来熏风"一句，是形容炎炎夏日中书会给人一个清凉的世界。这种乐境只有在读书时才会有。

作者写书总是把他这个人最有价值的一面放进书里，他在写书的时候，对自己已经进行了过滤。经常读书，接触的都是别人的精华。读书本身就是一件聪明的事，也是一件快乐的事。陶渊明说："每有会意，便欣然忘食。"金圣叹读到《西厢记》"不瞅人待怎生"一句，感动得三日卧床不食不语。这都是读书的至高境界。不只是书本身的力量，也需要读者的会心。

我不是一个做学问的读书人，读书缺少严谨的计划，常是兴之所至。虽然不够正规，也算和书打了几十年交道。我想，读书有一个分——合——分的过程。

"分"就是要把各种书区分开来，也就是要有一个选择的过程。现在书出得极多，有人形容，写书的比读书的还多，简直成了灾。我看见那些装帧精美的书，总想着又有几棵树冤枉地献身了。"开卷有益"可以说是一句完全过时的话。千万不要让那些假冒、伪劣的"精神产品"侵蚀。即便是列入必读书目的，也要经过自己的慎重选择。有些书评简直就是一种误导，名实不符者极多，名实相悖者也有。当然可读的书更多。总的说来，有的书可精读，有的书可泛读，有的书浏览一下即可。美国教授老温德告诉我，他常用一种"对角线读书法"，即从一页的左上角一眼看到右下角。这种读书法对现在的横排本也很适用。不同的读法可以有不同的收获，最重要的是读好书，读那些经过时间圈点的书。

书经过区分，选好了，读时就要"合"。古人说读书得间，就是要在字里行间得到弦外之音，象外之旨，得到言语传达不尽的意思。朱熹说读书要"涵泳玩索，久之自有所见"，涵泳在水中潜行，也就是说必须入水，与水相合，才能了解水，得到滋养润泽。王国维谈读书三境界，第三种境界是"蓦然回首，那人却在灯火阑珊处"，这种豁然贯通，便是一种会心。在那一刻间，读者必觉作者是他的代言人，想到他所不能想的，说了他所不会说不敢说的，三万六千毛孔也都张开来，好不畅快。

古时有人自外回家，有了很大变化。人们议论，说他不是遇见了奇人，就是遇见了奇书。书对人的影响是非常大的。不过要使书真的为自己所用，就要从"合"中跳出来，再有一次"分"，把书中的理和自己掌握的理参照而行。虽然自己的理不断受书中的理影响，却总能用自己的理去衡量、判断、实践。用现在的话说就是活学活用，用文一点的话，就叫作"六经注我"。读书到这般地步不只有乐，而且有成矣。

其实，这些都是废话，每个人有自己的读书法，平常读书不一定都想得那么多，随意翻阅也是一种快乐。我从小喜欢看书，所以得了一双高度近视眼。小时候家里人形容我一看书就要吃东西，一吃东西就要看书，可见不是个正襟危坐的学者，最多沾染了些书呆子气，或美其名曰书卷气。因为从小在书堆中长大，磕头碰脑都是书，有一阵子很为其困扰，曾写了《恨书》《卖书》等文，颇引关注。后来把这些朋友都安排到妥当或不甚妥当的去处，却又觉得很为想念，眼皮子底下少了这一箱那一柜或索性乱堆着的书，确实失去了很多。原来走到房屋的每一个角落，都可以接触到各种宏论，感受到各种情感，这里那里还不时会冒出一个个小故事。虽然足不出户，书把我的生活从时空上都拓展了。因为思念，曾想写一篇《忆书》，也只是想想而已。近几年来眼疾发展，几乎不能视物，和书也久违了。幸好科学发达，经治疗后，忽然又看见了世界，也看见经过整顿后书柜里的书。我拿起几部特别喜爱的线装书抚摸着，一部《东坡乐府》，一部《李义山诗集》，一部《世说新语》。还有一部《温飞卿诗集》，字特别大，我随手翻到"捣麝成尘香不灭，拗莲作寸丝难绝"，不觉一惊，现在哪里还有这样的真诚和执着呢。

寒暑交替，我们的忙总无变化，忙着做各种有意义和无意义的事。我和老伴现在最大的快乐就是每晚在一起读书，其实是他念给我听。朋友们称赞他的声音厚实有力，我通过这声音得到书的内容，更觉得丰富。书房中有一副对联："把酒时看剑，焚香夜读书。"我们也焚香，不过不是龙涎香、鸡舌香，而是最普通的蚊香，以免蚊虫骚扰。古人焚香或也有这个用处？

四时读书乐，另两时记不得了。乃另诌了两句，曰"读书之乐何处寻？秋水文章不染尘"；"读书之乐乐融融，冰雪聪明一卷中"。聊充结尾。

1999 年 8 月上旬

书当快意

　　"书当快意"后面本来还有三个字"读易尽"，说的是人生中的憾事。读书正读得高兴，却已经完了，令人若有所失。其实细想起来，书已尽也算不得什么，可以重读、再读、反复读。一本书，它该经得起反复读，才算得好书。这篇小文，除介绍我曾读得快意的书外，还想介绍两位老古董人物所嘉许的老古董书。这些书可能读起来并不顺利。

　　王国维在《静安文集续编·文学小言》中说："三代以下之诗人，无过于屈子、渊明、子美、子瞻者。此四子，苟无文学之天才，其人格亦自足千古。故无高尚伟大之人格，而有高尚伟大之文学者，殆未之有也。"他提出必需"感自己之所感，言自己之所言"，才能产生伟大的文学。又说："宋以后之能感自己之感，言自己之所言者，其唯东坡乎！山谷可谓能言其言矣，未可谓能感所感也。"可见能言其言比能感所感要容易。言其言需要艺术的功力，感所感则需要人格的力量。在无法享有完整的人格时，是无法感自己所感的。

　　屈子的诗篇自以《离骚》为最，我却偏爱《九歌》。"若有人兮山之阿，被薜荔兮带女萝，既含睇兮又宜笑，子慕予兮善窈窕。"那神态多

58

美！"嫋嫋兮秋风，洞庭波兮木叶下。"那景色多美。"带长剑兮挟秦弓，首身离兮心不惩"；"身既死兮魂以灵，魂魄毅兮为鬼雄！"那精神多么伟大，千载下仍然感人至深。综观我们文学的发展，实觉得对浪漫主义继承得太少了。

陶渊明和杜甫声名之高，影响之大，世所共和。我说不出什么新鲜话。手边有中华书局的《陶渊明集》（逯钦立校注）、人民文学出版社的《杜甫诗选注》（萧涤非选注），都是普及本，对把诗读懂很有帮助。

我从少年时便喜东坡文字，多次宣称愿为苏门弟子——假如考得上的话。今见静安居士"宋以后之能感自己之感，言自己之所言者，其唯东坡乎"之语，才知道这位老人也是东坡知己。而且现在似乎谈论苏学的人日见其多。东坡的一个特点是有仙气。他不同于"仙人摩我顶""餐霞漱瑶泉"的李白。他经受的苦难更深，和老百姓也更贴近，他的仙气从地下升起，贯穿于至情至性之中，贯穿于绝代才华创造的艺术意境之中。我总觉得这些文学作品有点像莫扎特的音乐作品。四川巴蜀书社出版了《苏轼全集》。若能有一个诗、词、文具备的选本最好。

此四子外我想加一位，李义山。义山诗是另外一格。如果说他算是唯美主义，我举双手拥护唯美主义！

现在提到高尚、伟大、美等等字眼，好像有点不大时髦。不过我还是想说，在我们当今无比浮躁、无比实际的世界，最好读一读诗。莎士比亚通过他的一个人物说"最真的诗是最假的谎言"。诗是谎言，不错。可就凭这美丽的谎言，我们干枯的心灵，或可润泽一些。在没有能力把现实丑化为艺术美的时候，过于赤裸的描写，实在让人受不了。

叔本华在《论文学形式》一文中说，世间最好的四部小说是《唐·吉珂德》《项迪传》《新爱洛绮丝》和《维廉·迈斯特》。他的标准是愈能深入内心愈好，反之愈差。

《唐·吉珂德》是全世界的明星，不必说了。《项迪传》全名为《特利斯川的生平和见解》，英国劳伦斯·斯泰恩（1713—1768）所作。各文学史都说它的叙述时间颠倒、头绪纷出，以情感的变化为准，而不按照事态发展的逻辑。有时突然中断，留下空白让读者补充。斯泰恩认为文学的任务是描写人的内心世界，与叔本华正相合。数年前我向外文所借得第一卷（全书共四卷），至今没有读完。

《新爱洛绮丝》的作者是卢梭，全书以书信体写成，有很多感情的倾诉。据说写景亦是一绝。勃兰兑斯在《十九世纪文学主潮》中有一节专讲此书，说它有三点重要意义：打击了当时的风流时尚，以男女主人公的不平等地位代替门当户对，以道德信念确认婚姻神圣。遗憾的是，我没有看过这书还不知什么时候有机会看。

《维廉·迈斯特》是歌德最重要的文学作品。写一个少年的成长。这类小说在德国文学史上称为修养小说或发展小说，也称教育小说。歌德曾对爱克曼说，这书的主要意义很难说，如果一定要找一个，可用书末一个人物对主角说的话："我觉得你像基士的儿子扫罗，他出去寻找他父亲的驴，而得到一个王国。""后来常有人从这比喻引申出一句话，'维廉寻求戏剧艺术，而得到人生艺术'。"（引自冯至译序）

也许有人会问，这些书有的你没有看完，有的你根本没有看过，凭什么写在这里？我想我们荐书不过是一种提示，可以荐自己之所见，也可以转转手荐他人之所见。也许哪一天，会从叔本华的见解中得到点什么。

希望每个人在出去找驴时，都得到一个王国。

我自己近几年读得最有兴趣的书，是冯友兰著"哲学三史"。"三史"者，《中国哲学史》（两卷本）、《中国哲学简史》、《中国哲学史新编》（七卷本）是也。

《中国哲学史》出版于三十年代，是我国第一部完整的用现代方法写作的哲学史。绪论中讲到，西方哲学史著述多用叙述，中国过去的哲学史多用选录。这部书则用叙述和选录相结合的方式。其叙述，经过潜心研究仔细梳理，把庞杂的历史讲得条理分明。譬如："合同异""离坚白"这六个字，原来哲学史上并没有，是作者钻研总结出来，让人一看就头脑清醒。其选录，于讲解时配合节选原著主要篇章，使读者能看到本来面目。有人以引文多为此书病，孰知这正是作者有意为之，俾使一书在手，整个中国哲学思想的来龙去脉全在目前。

《中国哲学简史》原用英文写作，于一九八四年在美国出版，一九八五年由华中理工大学教育研究所涂又光教授译为中文。我曾将中、英文对照通读，译文流利。这是一本有趣味、省时间的书。全书不过二十万字，却能不只勾画出中国哲学发展的轮廓，还使读者品味到中国哲学的真髓，可谓出神入化。我常想这本书像是太上老君炼出来的仙丹，经过熔炼，把浩繁的史册浓缩得可以一口吞，我们怎能不感谢作者呢！北大哲学系博士生导师陈来教授最近在电视台荐书时说："冯先生用这样一个不大的篇幅，把几千年中国哲学的历史内容，深入浅出，讲得非常透彻、非常精彩。这样的著作，我在世界上还没有见过第二本。"想来我的欣赏不能算是外行。

《中国哲学史新编》约一百五十万字，写作用时十二年。七卷各卷的内容是：先秦诸子、两汉经学、魏晋玄学、隋唐佛学、宋明道学、近代变法、现代革命。不只较两卷本详尽，且时有新意。实在是一部大文化史。作者在第四册自序中说，因为抓住了主题，对玄学和佛学的分析

61

比以前加深了。第六册中提出大胆的看法：太平天国向西方学习的不是长处，而是中世纪神权政治。推而论之，对曾国藩的评价也一反时贤，认为他阻止了中国的倒退。作者曾说写此书愈到后来愈感自由。可谓"感自己之所感，言自己之所言"了。第七册中更有许多新论，惜乎此卷迄今尚未在内地出版。

记得似乎是列宁说过，读书要有计划，不然不如不读。这和我们"开卷有益"的想法大不同。我想两者可以相互补充，也不必做太功利的打算，只要"书当快意"便是了。

告别阅读

二〇〇〇年，正逢阴历龙年。春节前，看到各种颜色鲜艳、印刷精美的贺卡，写着千禧龙年，街上挂着红灯，摆着花篮，真觉得辉煌无比。

龙年是我的本命年，还未进入龙年，便有人说，你要准备一条红腰带。我笑笑说，才不信那些呢。临近兔年除夕，我站在窗前，突然眼前一黑，左眼中仿佛遮上了一层黑纱帘，它是我依靠的那只眼睛，右眼早已不大能用。现在一切都变得朦胧，这是怎么了？我很奇怪。自从去年夏天，做过白内障手术后，我已经习惯了过明白日子，而且以为再不会糊涂，现在的情况显然是眼睛又出了问题。因为就要过节，只好等到春节后再去就医。

龙年的第一件大事便是去医院。诊断是我没有想到的：视网膜脱落。医言只要做一个小手术，打气泡到眼睛里，即可复位。我便听医生的话住院，做手术。手术后真有两周令人兴奋的时光，眼前的纱帘没有了，一切和以前差不多，头脑似乎还更清楚些。

不料十几天后，气泡消尽，再加上我患喘息性支气管炎，咳嗽得山摇地动。二月二十七日，视网膜再次脱落。

我只有再次求医，医生还是说要打气泡。我想这次脱落的范围大了，气泡是否顶得住。经过劝说，还是做了打气泡的决定。

　　当时我认为咳嗽是大敌，特住进医院求保护，果然咳嗽是躲过了，但仍然没有躲过网脱。

　　三月二十日，气泡快消尽时，视网膜第三次脱落。气泡果然不能完成任务。我清楚地看见，视网膜挂在眼前，不再是黑纱，而像是布片。夜晚，我久不能寐，依稀看见窗下的月光，月光淡淡的，我很想去抚摸它。我怕自己再也不能感受光亮。查夜的护士问，为什么不睡，有什么不舒服。我只能说，我很不幸。

　　第三次手术，是把硅油打在眼睛里，是眼科的大手术。手术确定了，可是没有床位。一天天过去了，可以清楚地感觉到网脱的范围越来越大，后来，无论怎样睁大眼睛，眼前还是一片黑暗，无边无涯，没有人帮助我解脱。忽然，我仿佛看见了我的父亲，他也在睁大了他那视而不见的眼睛，手拈银须，面带微笑，安详地口授巨著。晚年的父亲是准盲人，可是他从未停止工作，以后父亲多次出现在黑暗中，像是在指点我，应该怎样面对灾祸。

　　终于熬到住进了医院，到了做手术的这天，上手术台前的诊断是，视网膜全脱。

　　在手术室里还和麻醉师有一番争论。麻醉师很年轻，很认真负责。她见我头晕，十分艰难地躺上手术台，便不肯用原订的麻醉计划，说："你这是要眼睛不要命。要我用麻醉最好再签一回字。"经主刀医生解释，已经过各科会诊，麻醉师最后同意用局麻进行手术。她怕我出问题，给麻药很吝啬。于是我向关云长学习，进行了一次刮骨疗毒。麻醉师也是有道理的，疼是小事，命是大事。就是手术安排的不恰当，时间的延误，我都没有什么好抱怨的，我只怪一个人，那就是上帝。他老人家造人造得太不完美了，好好的器官，怎么要擅离职守掉下来，而且还顽固地不肯复位。头在颈上，手在臂上，脚在腿上，谁曾见它们掉下来过，怎么视网膜这样特别。

其实，我自己也知道这不过是几句气话。网脱是一种病，高度近视是起因。我再一次被病魔擒获。

手术顺利，离战胜病魔还很远。接下来的是长期俯卧位——趴着。人是站立的动物，怎么能趴着呢？为了眼睛也渐习惯了。据说手术成功与否和是否认真趴着很有关系。硅油的作用是帮着视网膜重新长好。三个月到半年后，再做一次手术将油取出。油取出后常有网膜重落的病例。我真奇怪科学发达这样迅速，怎么对网脱的治疗没有完善的办法。用油或气顶住，气消失油取出后，重脱的可能性极大，也只能到时候再说了。希望我这是杞人忧天。

手术后，重又感觉到光亮。视力已经很可怜，但是能感觉光亮。光亮和黑暗是两个世界，就像阳间和阴间一样。我又回到了阳间，摆脱了黑暗，我很满足。回到家中，我在房间里走来走去，还可以指出窗帘该换，猫该洗了。丁香早已开过，草玉兰还剩几朵，我赶上了蔷薇花，有人家的蔷薇一直爬到楼上，几百朵同时开放，我看不清楚花朵，但能感受到那是一大幅鲜艳的画图。

但是我不再能阅读。

对于从小躲在被子里看小说的我来说，不能阅读真是残酷的事。文字给了我多么丰富，多么美妙的世界。小小的方块字，把社会和历史都摆在了面前。我曾长时期因患白内障不能阅读，但那时总怀有希望，总以为将来总是要看书的，午夜梦回，开出一长串书单，我要读丘吉尔的文章，感受他的文采，《维摩诘所说经》、苏曼殊文都想再读。白内障手术后，这些都未做到，但是希望并未灭绝。视网膜的叛变，扑灭了读书的希望，我不再能享受文字的世界，也不再能从随时随地磕头碰脑的书中汲取营养。我觉得自己好像孤零零地悬在空中，少了许多联系，变得迟钝了，干瘪了，奇怪的是我没有一点烦躁。既然我在健康上是这样贫穷，就只能安心地过一种清贫的生活。我的箪食瓢饮就是报刊上的大字标题，或书籍封面上的名字，我只有谨慎地保护维持目前的视力，不要变成盲人。

我的父亲晚年成为准盲人，但思想仍是那样丰富，因为他有储存，可以"反刍"。这一点我是做不到的。听人读书也是一乐，但和阅读毕竟是不一样的。幸好我还有一位真正可听的朋友，那就是音乐。

文学和音乐，伴随着我的一生。可以说，文学是已完嫁娶的终身伴侣，音乐是永不变心的情人（如果世界上有这种东西的话）。文学是土地，是粮食；音乐是泉水，是盐。文学的土地是我耕耘的，它是这样无比宽广，容纳万物。音乐的泉水流动着，洗涤着听者的灵魂，帮助我耕耘。

我又站在窗前，想起父亲在不能读写时，写出的那部大书，模糊中似乎看见老人坐在轮椅上，指一指院中的几朵蔷薇，粉红色的花瓣有些透亮。忽然间，"桃色的云"出现在花架边，他是盲诗人爱罗先珂笔下的精灵——春的侍者。我揉揉眼睛，"桃色的云"那翩翩美少年，手持蔷薇花，正含笑站在那里。

我不能读书，可是我可以写书。也许，我不读别人的书，更能写好自己的书。

我用大话安慰自己，平心静气地告别阅读。

花朝节的纪念

农历二月十二日，是百花出世的日子，为花朝节。节后十日，即农历二月二十二日，从一八九四年起，是先母任载坤先生的诞辰。迄今已九十九年。

外祖父任芝铭公是光绪年间举人。早年为同盟会员，奔走革命，晚年倾向于马克思主义。他思想开明，主张女子不缠足，要识字。母亲在民国初年进当时的女子最高学府北京女子师范学校读书。一九一八年毕业。同年，和我的父亲冯友兰先生在开封结婚。

家里有一个旧印章，刻着"叔明归于冯氏"几个字。叔明是母亲的字。以前看着不觉得怎样，父母都去世后，深深感到这印章的意义。它标志着一个家族的繁衍，一代又一代来到世上扮演各种角色，为社会做一点努力，留下了各种不同的色彩的记忆。

在我们家里，母亲是至高无上的守护神。日常生活全是母亲料理。三餐茶饭，四季衣裳，孩子的教养，亲友的联系，需要多少精神！我自幼多病，常在和病魔作斗争，能够不断战胜疾病的主要原因是我有母亲。如果没有母亲，很难想象我会活下来。在昆明时严重贫血，上纪念周站着站着就晕倒。后来索性染上肺结核休学在家。当时的治法是一天吃五个鸡蛋,晒太阳半小时。母亲特地把我的床安排到有阳光的地方,不论多忙,这半小时必在我身边,一分钟不能少。我曾由于各种原因多次发高烧,除延医服药外,母亲费尽精神护理。用小匙喂水,用凉手巾敷在额上。有一次高烧昏迷中,觉得像是在一个狭窄的洞中穿行,挤不过去,我以为自己就要死了,一抓到母亲的手,立刻知道我是在家里,我是平安的。后来我经历名目繁多的手术,人赠雅号"挨千刀的"。在挨千刀的过程中,也是母亲,一次又一次陪我奔走医院。医院的人总以为是我陪母亲,其实是母亲陪我。我过了四十岁,还是觉得睡在母亲身边最心安。

母亲的爱护,许多细微曲折处是说不完、也无法全捕捉到的。也就是有这些细微曲折才形成一个家。这个家处处都是活的,每一寸墙壁,每一寸窗帘都是活的。小学时曾以"我的家庭"为题作文。我写出这样的警句:"一个家,没有母亲是不行的。母亲是春天,是太阳。至于有没有父亲,不很重要。"作业在开家长会时展览,父亲去看了。回来向母亲描述,对自己的地位似并不在意,以后也并不努力增加自己的重要性,只顾沉浸在他的哲学世界中。

古希腊文明是在奴隶制时兴起的,原因是有了奴隶,可以让自由人充分开展精神活动。我常说父亲和母亲的分工有点像古希腊。在父母那时代,先生专心做学问,太太操劳家务,使无后顾之忧,是常见的。不过父母亲特别典型。他们真像一个人分成两半,一半主做学问,一半主理家事,左右合契,毫发无间。应该说,他们完成了上帝的愿望。

母亲对父亲的关心真是无微不至,父亲对母亲的依赖也是到了极点。我们的堂姑父张岱年先生说:"冯先生做学问的条件没有人比得上。

冯先生一辈子没有买过菜。"细想起来，在昆明乡下时，有一阵子母亲身体不好，父亲带我们去赶过街子，不过次数有限。他的生活基本上是水来湿手，饭来张口。古人形容夫妇和谐用举案齐眉几个字，实际上就是孟光给梁鸿端饭吃，若问"是几时孟光接了梁鸿案"，应该是做好饭以后。

旧时有一副对联："自古庖厨君子远，从来中馈淑人宜。"放在我家正合适。母亲为一家人真操碎了心。在没有什么东西的情况下，变着法子让大家吃好。她向同院的外国邻居的厨师学烤面包，用土豆作引子，土豆发酵后力量很大，能"嘭"的一声，顶开瓶塞，声震屋瓦。在昆明时一次父亲患斑疹伤寒，这是当时西南联大一位校医郑大夫经常诊断出的病，治法是不吃饭，只喝流质，每小时一次，几天后改食半流质。母亲用里脊肉和猪肝做汤，自己擀面条，擀薄切细，下在汤里。有人见了说，就是吃冯太太做的饭，病也会好。

一九六四年父亲患静脉血栓，在北京医院卧床两个月。母亲每天去送饭，有时从城里我的住处，有时从北大，都总是第一个到。我想要帮忙，却没有母亲的手艺。父亲暮年，常想吃手擀的面，我学做过几次，总不成功，也就不想努力了。

母亲把一切都给了这个家。其实母亲的才能绝不只限于持家。母亲结业于当时的女子最高学府，曾任河南女子师范学校预科算术教员。她有一双外科医生的巧手，还有很高的办事能力。外科医生的工作没有实践过，但从日常生活中，从母亲缝补、修理的功夫可以想见。办事能力倒是有一些发挥。

五十年代初至一九六六年，母亲做居民委员会工作，任北大燕南、燕东、燕农、镜春、朗润、蔚秀、承泽、中关八大园的主任。曾为家庭妇女们办起装订社、缝纫社等。母亲不畏辛劳，经常坐着三轮车来往于八大园间。这是在家庭以外为社会服务，她觉得很神圣，总是全心全意去做。居委会成员常在我家学习。最初贺麟夫人刘自芳、何其芳夫人牟决鸣等都是成员。后来她们迁往城内，又有吴组缃夫人沈淑园等参加。五十年代有一次选举区人民代表，不记得是哪一位曾对我说："任大姐呼声最高。"这是真正来自居民的声音。

我心中有几幅图像，愈久愈清晰。

一幅在清华园乙所，有一间平台加出的房间，三面皆窗，称为玻璃房。母亲常在其中办事或休息。一个夏日，三面窗台上摆着好几个宽口瓶和小水盆，记得种的是慈姑。母亲那时大概不到四十岁，身着银灰色起蓝花的纱衫，坐在房中，鬓发漆黑，肌肤雪白。常见外国油画有什么什么夫人肖像，总想怎么没有人给母亲画一幅。

另一幅在昆明乡下龙头村。静静的下午，泥屋、白木桌，母亲携我坐在桌前，为我讲解鸡兔同笼四则题。父亲从城里回来，笑说这是一幅《乡居课女图》。

龙头村旁小河弯处有一个小落差，水的冲力很大。每星期总有一两次，母亲把一家人的衣服装在箩筐里，带着我和小弟到河边去。还有一幅图像便是母亲弯着腰站在欢快的流水中，费力地洗衣服，还要看着我们不要跑远，不要跌进河里。近来和人说到洗衣的事，一个年轻人问，是给别人洗吗？还没到那一步，我答。后来想，如果真的需要，母亲也不怕。在中国妇女贤淑的性格中，往往有极刚强的一面，能使丈夫不气馁，能使儿女肯学好，能支撑一个家度过最艰难的岁月。孔夫子以为女人难缠，其实儒家人格的最高标准"富贵不能淫，贫贱不能移，威武不能屈"，用来形容中国妇女的优秀品质倒很恰当，不过她们是以家庭为中心罢了。

母亲六十二岁时患甲状腺癌，手术后一直很好。从六十年代末患胆结石，经常大发作，疼痛，发烧，最后不得不手术。那一年母亲七十五岁。夜里推进手术室，父亲和我在过厅里等，很久很久，看见手术室甬道那边推出一辆平车，一个护士举着输液瓶，就像一盏灯。我们知道母亲平安，仍能像灯一样给我们全家以光明，以温暖。这便是那第四幅图像了。握住母亲的手时，我的一颗心落在腔子里，觉得自己很有福气。

母亲虽然身体不好，仍是操劳家务，真没有过一天清闲的日子。她总是说，你们专心做你们的事。我们能专心做事，都因为有母亲，操劳一生的母亲！

一九七七年九月十日左右母亲忽然吐血，拍片后确诊为肺门静脉瘤。当时小弟在家，我们商量说，母亲虽然年迈，病还是该怎么治就怎么治，不可延误。在奔走医院的过程中，受到许多白眼。一家医院住院部一位女士说："都八十三岁了，还治什么！我还活不到这岁数呢。"可以说，母亲的病没有得到治疗，发展很快。最后在校医院用杜冷丁控制疼痛，人常在昏迷状态。一次忽然说："要挤水！要挤水！"我俯身问什么要挤水，母亲睁眼看我，费力地说："白菜做馅要挤水。"我的眼泪一下涌了出来，滴在母亲脸上。

母亲没有让人多伺候，不过三周便抛弃了我们。当时父亲还在受审查，她走时很不放心，非常想看个究竟，但她拗不过生死大限。她曾自我排解说，知道儿女是好的，还有什么别的可求呢。十月三日上午六时三刻，我们围在母亲床前，眼见她永远阖上了眼睛。我知道，我再不能睡在母亲身边讨得那样深的平安感了；我们的家从此再没有春天和太阳了。我们的家像一叶孤舟忽然失了掌舵的人，在茫茫大海中任意漂流。我和小弟连同父亲，都像孤儿一样不知漂向何方。

因为政治形势，亲友都很少来往。没有足够的人抬母亲下楼，幸亏那天来了一位年轻的朋友，才把母亲抬到太平间。当晚哥哥自美国飞回，到家后没有坐下，立刻要"看娘去"，我不得不告诉他母亲已去。他跌坐在椅上，停上半晌，站起来还是说"看娘去"。

父亲为母亲撰写了一副挽联："忆昔相追随，同荣辱，共安危，期颐望齐眉，黄泉碧落君先去；从今无牵挂，斩名缰，破利锁，俯仰无愧怍，海阔天空我自飞。"自己一半的消失使父亲把一切都看透了。以后母亲的骨灰盒，一直放在父亲卧室里。每年春节，父亲必率领我们上香。如此凡十三年。直到一九九〇年初冬那凄惨的日子父母相聚于地下。又过了一年，一九九一年冬我奉双亲归窆于北京万安公墓。一块大石头作为石碑，隔开了阴阳两界。

我曾想为母亲百岁冥寿开一个小小的纪念会，又想到老太太们行动不便最好少打扰，便只就平常的了解或电话上交谈，记下几句话。

姨母任均是母亲最小的妹妹。姨父母在驻外使馆工作时，表弟妹们读住宿小学，周末假日接回我家，由母亲照管。姨母说，三姐不只是你们一家的守护神，也是大家的贴心人。若没有三姐，那几年我真不知怎么过。亲戚们谁没有得过她关心照料？人人都让她费过心血。我们心里是明白的。

牟决鸣先生已很久不见了。前些时打电话来，说："回想起在北大居住的那段日子，觉得很有意思。任大姐那时是活跃人物，她做事非常认真，总是全力以赴。而且头脑总是很清楚。"

在昆明时赵萝蕤先生和我家几次为邻居。那时她还很年轻，她不止一次对我说很想念冯太太。她说在人际关系的战场上，她总是一败涂地当俘虏。可是和冯太太相处，从未感到战场问题。是母亲教她做面食，是母亲教她用布条打纽扣结。有什么事可以向母亲倾诉。记得在昆明乡下龙头村时，有一次赵先生来我家，情绪不大好，对母亲说，一位军官太太要学英语，又笨又俗又无礼，总问金刚钻几克拉怎么说，她不想教，来躲一躲。母亲安慰她，让她一起做家务事。赵先生走时，已很愉快。

另一位几十年的邻居是王力夫人夏蔚霞。现在我们仍然对门而居。夏先生说："你千万别忘记写上我的话。我的头生儿子缉志是你母亲接生的。当时昆明乡下缺医少药，那天王先生进城上课去了。半夜时分我遣人去请你母亲。冯先生一起来的，然后先回去了。你母亲留下照顾我，抱着我坐了一夜。次日缉志才出世。若没有你母亲，我和孩子会吃许多苦！"

像春天给予百花诞辰一样，母亲用心血哺育着，接引着——

亲爱的母亲的诞辰，是花朝节后十日。

哭小弟

我面前摆着一张名片，是小弟前年出国考察时用的。名片依旧，小弟却再也不能用它了。

小弟去了。小弟去的地方是千古哲人揣摩不透的地方，是各种宗教企图描绘的地方；也是每个人都会去，而且不能回来的地方。但是现在怎么能轮得到小弟！他刚五十岁，正是精力充沛，积累了丰富的学识经验，大有作为的时候，有多少事等他去做啊！医院发现他的肿瘤已相当大，需要立即做手术，他还想去参加一个技术讨论会，问能不能开完会再来。他在手术后休养期间，仍在看研究所里的科研论文，还做些小翻译。直到卧床不起，他手边还留着几份国际航空材料，总是"想再看看"。他也并不全想的是工作。已是滴水不进时，他忽然说想吃虾，要对虾。他想活，他想活下去啊！

可是他去了，过早地去了。这一年多，从他生病到逝世，真像是个梦，是个永远不能令人相信的梦。我总觉得他还会回来，从我们那冬夏一律显得十分荒凉的后院走到我窗下，叫一声"小姊——"。

可是他去了，过早地永远地去了。

我长小弟三岁。从我有比较完整的记忆起，生活里便有我的弟弟，一个胖胖的、可爱的小弟弟，跟在我身后。他虽然小，可是在玩耍时，他常常当老师，照顾着小朋友，让大家坐好，他站着上课，那神色真是庄严。他虽然小，在昆明的冬天里，孩子们都生冻疮，都怕用冷水洗脸，他却一点不怕。他站在山泉边，捧着一个大盆的样子，至今还十分清晰地在我眼前。

"小姊，你看，我先洗！"他高兴地叫道。

在泉水缓缓地流淌中，我们从小学、中学到大学，大部分时间都在一个学校。毕业后就各奔前程了。不知不觉间，听到人家称小弟为强度专家；不知不觉间，他担任了总工程师的职务。在那动荡不安的年月里，很难想象一个人的将来。这几年，父亲和我倒是常谈到，只要环境许可，小弟是会为国家做出点实际的事的。却不料，本是最年幼的他，竟先我们而去了。

去年夏天，得知他患病后无法得到更好的治疗，我于八月二十日到西安。记得有一辆坐满了人的车来接我。我当时奇怪何以如此兴师动众，原来他们都是去看小弟的。到医院后，有人进病房握手，有人只在房门口默默地站一站，他们怕打扰病人，但他们一定得来看一眼。

手术时，有航空科学研究院、六二三所、六三一所的代表，弟妹、侄女和我在手术室外，还有一辆轿车在医院门口。车里有许多人等着，他们一定要等着，准备随时献血。小弟如果需要把全身的血都换过，他的同志们也会给他。但是一切都没有用。肿瘤取出来了，有一个半成人的拳头大，一面已经坏死。我忽然觉得一阵胸闷，几乎透不过气来——这是在穷乡僻壤为祖国贡献着才华、血汗、生命的人啊，怎么能让这致命的东西在他身体里长到这样大！

我知道在这黄土高原上生活的艰苦，也知道住在这黄土高原上的人工作之劳累，还可以想象每一点工作的进展都要经过十分恼人的迂回曲折。但我没有想到，小弟不但生活在这里，战斗在这里，而且把性命交付在这里了。他手术后回京在家休养，不到半年，就复发了。

那一段焦急的悲痛的日子，我不忍写，也不能写。每一念及，便泪下如缕，纸上一片模糊。记得每次看病，候诊室里都像公共汽车上一样拥挤。等啊等啊，盼啊盼啊，我们知道病情不可逆转，只希望能延长时间，也许会有新的办法。航空界从莫文祥同志起，还有空军领导同志都极关心他，各个方面包括医务界的朋友们也曾热情相助，我还往海外求医。然而错过了治疗时机，药物难再奏效。曾有个别的医生不耐烦地当面对小弟说，治不好了，要他"回陕西去"。小弟说起这话时仍然面带笑容，毫不介意。他始终没有失去信心，他始终没有丧失生的愿望，他还没有累够。

小弟生于北京，一九五二年从清华大学航空系毕业。他填志愿到西南，后来分配在东北，以后又调到成都、调到陕西。虽然他的血没有流在祖国的土地上，但他的汗水洒遍全国，他的精力的一点一滴都献给祖国的航空事业了。个人的功绩总是有限的，也许燃尽了自己，也不能给人一点光亮，可总是为以后的绚烂的光辉做了一点积累吧。我不大明白各种工业的复杂性，但我明白，任何事业也不是只坐在北京就能够建树的。

我曾经非常希望小弟调回北京，分我侍奉老父的重担。他是儿子，三十年在外奔波，他不该尽些家庭的责任么？多年来，家里有什么事，大家都会这样说"等小弟回来"，"问小弟"。有时只要想到有他可问，也就安心了。现在还怎能得到这样的心安？风烛残年的父亲想儿子，尤其这几年母亲去世后，他的思念是深的、苦的，我知道，虽然他不说。

现在他永远失去他的最宝贝的小儿子了。我还曾希望在我自己走到人生的尽头，跨过那一道痛苦的门槛时，身旁的亲人中能有我的弟弟，他素来的可依可靠会给我安慰。哪里知道，却是他先迈过了那道门槛啊！

一九八二年十月二十八日上午七时，他去了。

这一天本在意料之中，可是我怎能相信这是事实呢！他躺在那里，但他已经不是他了，已经不是我那正当盛年的弟弟，他再不会回答我们的呼唤，再不会劝阻我们的哭泣。你到哪里去了，小弟！自1974年沅君姑母逝世起，我家屡遭丧事，而这一次小弟的远去最是违反常规，令人难以接受！我还不得不把这消息告诉当时也在住院的老父，因为我无法回答他每天的第一句问话："今天小弟怎么样?"我必须告诉他，这是我的责任。再没有弟弟可以依靠了，再不能指望他来分担我的责任了。

父亲为他写挽联："是好党员，是好干部，壮志未酬，洒泪岂止为家痛；能娴科技，能娴艺文，全才罕遇，招魂也难再归来!"我那唯一的弟弟，永远地离去了。

他是积劳成疾，也是积郁成疾。他一天三段紧张地工作，参加各式各样的会议。每有大型试验，他事先检查到每一个螺丝钉，每一块胶布。他是三机部科技委员会委员，他曾有远见地提出多种型号研究。有一项他任主任工程师的课题研制获国防工办和三机部科技一等奖。同时他也是六二三所党委委员，需要在会议桌上坦率而又让人能接受地说出自己对各种事情的意见。我常想，能够"双肩挑"，是我们二十世纪五十年代到六十年代初期出来的知识分子的特点。我们是在"又红又专"的要求下长大的。当然，有的人永远也没有能达到要求，像我。大多数人则挑起过重的担子，在崎岖的、荆棘丛生的，有时是此路不通的山路上行走。那几年的批判斗争是有远期效果的。他们不只是生活艰苦，过于劳累，还要担惊受怕，心里塞满想不通的事，谁又能经受得起呢！

小弟入医院前，正负责组织航空工业部系统的一个课题组，他任主任工程师。他的一个同志写信给我说，一九八一年夏天，西安一带出奇的热，几乎所有的人晚上都到室外乘凉，只有"我们的老冯"坚持伏案看资料，"有一天晚上，我去他家汇报工作，得知他经常胃痛，有时从睡眠中痛醒，工作中有时会痛得大汗淋漓，挺一会儿，又接着做了。天啊，谁又知道这是癌症！我只淡淡地说该上医院看看。回想起来，我心里很内疚，我对不起老冯，也对不起您！"

这位不相识的好同志的话使我痛哭失声！我也恨自己，恨自己没有早想到癌症对我们家族的威胁，即使没有任何症状，也该定期检查。云山阻隔，我一直以为小弟是健康的。其实他早感不适，已去过他该去的医疗单位。区一级的说是胃下垂，县一级的说是肾游走。以小弟之为人，当然不会大惊小怪，惊动大家。后来在弟妹的催促下，趁工作之便到西安检查，才做手术。如果早一年有正确的诊断和治疗，小弟还可以再为祖国工作二十年！

往者已矣。小弟一生，从没有"埋怨"过谁，也没有"埋怨"过自己，这是他的美德之一。他在病中写的诗中有两句："回首悠悠无恨事，丹心一片向将来。"他没有恨事。他虽无可以彪炳史册的丰功伟绩，却有一个普通人的认真的、勤奋的一生。历史正是由这些人写成的。

小弟白面长身，美丰仪；喜文艺，娴诗词，且工书法、篆刻。父亲在挽联中说他是"全才罕遇"，实非夸张。如果他有三次生命，他的多方面的才能和精力也是用不完的；可就这一辈子，也没有得以充分地发挥和施展。他病危弥留的时间很长，他那颗丹心，那颗让祖国飞起来的丹心，顽强地跳动，不肯停息。他不甘心！

这样壮志未酬的人，不止他一个啊！

我哭小弟，哭他在剧痛中还拿着那本航空资料"想再看看"，哭他的"胃下垂""肾游走"；我也哭蒋筑英抱病奔波，客殇成都；我也哭罗健夫不肯一个人坐一辆汽车！我还要哭那些没有见诸报章的过早离去的我的同辈人。他们几经雪欺霜冻，好不容易奋斗着张开几片花瓣，尚未盛开，就骤然凋谢。我哭我们这迟开而早谢的一代人！

已经是迟开了，让这些迟开的花朵尽可能延长他们的光彩吧。

这些天，读到许多关于这方面的文章，也读到了《痛惜之余的愿望》，稍得安慰。我盼"愿望"能成为事实。我想需要"痛惜"的事应该是越来越少了。

小弟，我不哭！

1982 年 11 月

三松堂断忆

转眼间父亲离开我们已经快一年了。

去年这时，也是玉簪花开得满院雪白，我还计划在向阳的草地上铺出一小块砖地，以便把轮椅推上去，让父亲在浓重的树荫中得一小片阳光。因为父亲身体渐弱，忙于延医取药，竟没有来得及建设。九月底，父亲进了医院，我在整天奔忙之余，还不时望一望那片草地，总不能想象老人再不能回来，回来享受我为他安排的一切。

哲学界人士和亲友们认为父亲的一生总算圆满，学术成就和他从事的教育事业使他中年便享盛名，晚年又见到了时代的变化，生活上有女儿侍奉，诸事不用操心，能在哲学的清纯世界中自得其乐。而且，他的重要著作《中国哲学史新编》八十多岁才从头开始写，许多人担心他写不完，他居然写完了。他是拼着性命支撑着，他一定要写完这部书。

在父亲的最后几年里，经常住医院，一九八九年下半年起更为频繁。一次是十一月十一日午夜，父亲突然发作心绞痛，外子蔡仲德和两个年轻人一起，好不容易将他抬上救护车。他躺在担架上，我坐在旁边，数着脉搏。夜很静，车子一路尖叫着驶向医院。好在他的医疗待遇很好，每次住院都很顺利。一切安排妥当后，他的精神好了许多，我俯身为他掖好被角，正要离开时，他疲倦地用力说："小女，你太累了！""小女"这乳名几十年不曾有人叫了。"我不累。"我说，勉强忍住了眼泪。说不累是假的，然而比起担心和不安，劳累又算得了什么呢。

过了几天，父亲又一次不负我们的劳累和担心，平安回家了。我们笑说："又是一次惊险镜头。"十二月初，他在家中度过九十四寿辰。也是他最后的寿辰，这一天，民盟中央的几位负责人丁石孙等先生前来看望，老人很高兴，谈起一些文艺杂感，还说，若能汇集成书，可题名为《余生札记》。

这余生太短促了。中国文化书院为他筹办了庆祝九十五寿辰的"冯友兰哲学思想国际研讨会"，他没有来得及参加。但他知道了大家的关心。

一九九〇年初，父亲因眼前有幻象，又住医院。他常常喜欢自己背诵诗词，每住医院，总要反复吟哦《古诗十九首》。有记不清的字，便是我们查对。"青青陵上柏，磊磊涧中石。人生天地间，忽如远行客。""浩浩阴阳移，年命如朝露。人生忽如寄，寿无金石固。"他在诗词的意境中似乎觉得十分安宁。一次医生来检查后，他忽然对我说："庄子说过，生为附赘悬疣，死为决疴溃痈。孔子说过，朝闻道，夕死可矣。张横渠又说，生，吾顺事，没，吾宁也。我现在是事情没有做完，所以还要治病。等书写完了，再生病就不必治了。"我只能说："那不行，哪有生病不治的呢！"父亲微笑不语。我走出病房，便落下泪来。坐在车上，更是泪如泉涌。一种没有人能分担的孤单沉重地压迫着我。我知道，分别是不可避免的。

我们希望他快点写完《新编》，可又怕他写完。在住医院的间隙中，他终于完成了这部书。亲友们都提醒他还有本《余生札记》呢。其实老人那时不只有文艺杂感，又还有新的思想，他的生命是和思想和哲学连在一起的。只是来不及了。他没有力气再支撑了。

人们常问父亲有什么遗言。他在最后几天有时念及远在异国的儿子钟辽和唯一的孙儿冯岱。他用力气说出的最后的关于哲学的话是："中国哲学将来一定会大放光彩！"他是这样爱中国、这样爱哲学。当时有李泽厚和陈来在侧。我觉得这句话应该用大字写出来。

然后，终于到了十一月二十六日那凄冷的夜晚，父亲那永远在思索的头脑进入了永恒的休息。

作为父亲的女儿，而且是数十年都在他身边的女儿，在他晚年又身兼几大职务，秘书、管家兼门房，医生、护士带跑堂，照说对他应该有深入的了解，但是我无哲学头脑，只能从生活中窥其精神于万一。根据父亲的说法，哲学是对人类精神的反思，他自己就总是在思索，在考虑问题。因为过于专注，难免有些呆气。他晚年耳目失其聪明，自己形容自己是"呆若木鸡"。其实这些呆气早已有之。抗战初期，几位清华教授从长沙往昆明，途经镇南关，父亲手臂触城墙而骨折。金岳霖先生一次对我幽默地提起此事，他说："当时司机通知大家，不要把手放在窗外，要过城门了。别人都很快照办，只有你父亲听了这话，便考虑为什么不能放在窗外，放在窗外和不放在窗外的区别是什么，其普遍意义和特殊意义是什么。还没考虑完，已经骨折了。"这是形容父亲爱思索。他那时正是因为在思索，根本就没有听见司机的话。

他的生命就是不断地思索，不论遇到什么挫折，遭受多少批判，他仍顽强地思考，不放弃思考。不能创造体系，就自我批判，自我批判也是一种思考。而且在思考中总会冒出些新的想法来。他自我改造的愿望是真诚的，没有经历过二十世纪中叶的变迁和六七十年代的各种政治运动的人，是很难理解这种自我改造的愿望的。首先，一声"中国人民站起来了"促使了多少有智慧的人迈上走向炼狱的历程。其次，知识分子前冠以"资产阶级"，位置固定了，任务便是改造，又怎知自是之为是，自非之为非？第三，各种知识分子的处境也不尽相同，有居庙堂而一切看得较为明白，有处林下而只能凭报纸和传达，也只能信报纸和传达。其感受是不相同的。

幸亏有了新时期，人们知道还是自己的头脑最可信。父亲明确采取了不依傍他人，"修辞立其诚"的态度。我以为，这个诚字并不能与"伪"相对。需要提出"诚"，需要提倡说真话，这是我们这个时代的大悲哀。

我想历史会对每一个人做出公允的、不带任何偏见的评价。历史不会忘记有些微贡献的每一个人，而评价每一个人时，也不要忘记历史。

父亲一生对物质生活的要求很低，他的头脑都让哲学占据了，没有空隙再来考虑诸般琐事。而且他总是为别人着想，尽量减少麻烦。一个人到九十五岁，没有一点怪癖，实在是奇迹。父亲曾说，他一生得力于三个女子：一位是他的母亲、我的祖母吴清芝太夫人，一位是我的母亲任载坤先生，还有一个便是我。一九八二年，我随从父亲访美，在机场父亲作了一首打油诗："早岁读书赖慈母，中年事业有贤妻。晚来又得女儿孝，扶我云天万里飞。"确实得有人料理俗务，才能有纯粹的精神世界。近几年，每逢我的生日，父亲总要为我撰寿联。一九九〇年夏，他写最后一联，联云："鲁殿灵光，赖家有守护神，岂独文采传三世；文坛秀气，知手持生花笔，莫让新编代双城。"父亲对女儿总是看得过高。"双城"指的是我的长篇小说，第一卷《南渡记》出版后，因为没有时间，没有精力，便停顿了。我必须以《新编》为先，这是应该的，也是值得的。当然，我持家的能力很差，料理饭食尤其不能和母亲相比，有的朋友都惊讶我家饭食的粗糙。而父亲从没有挑剔，从没有不悦，总是兴致勃勃地进餐，无论做了什么，好吃不好吃，似乎都滋味无穷。这一方面因为他得天独厚，一直胃口好，常自嘲"还有当饭桶的资格"；另一方面，我完全能够体会，他是以为能做出饭来已经很不容易，再挑剔好坏，岂不让管饭的人为难。

父亲自奉俭，但不乏生活情趣。他并不永远是道貌岸然，也有豪情奔放，潇洒闲逸的时候，不过机会较少罢了。一九二六年父亲三十一岁时，曾和杨振声、邓以蛰两先生，还有一位翻译李白诗的日本学者一起豪饮，四个人一晚喝去十二斤花雕。六十年代初，我因病常住家中，每于傍晚随父母到颐和园包坐大船，一元钱一小时，正好览尽落日的绮辉。一位当时的大学生若干年后告诉我说，那时他常常看见我们的船在彩霞中飘动，觉得真如神仙中人。我觉得父亲是有些仙气的，这仙气在于一切看得很开。在他的心目中，人是与天地等同的。"人与天地参"，我不止一次听他讲解这句话。《三字经》说得浅显，"三才者，天地人"。既与天地同，还屑于去钻营什么！那些年，一些稍有办法的人都能把子女调回北京，而他，却只能让他最钟爱的幼子钟越长期留在医疗落后的黄土高原。一九八二年，钟越终于为祖国的航空事业流尽了汗和血，献出了他的青春和生命。

父亲的呆气里有儒家的伟大精神，"天行健，君子以自强不息"，自强不息到"知其不可而为之"的地步；父亲的仙气里又有道家的豁达洒脱。秉此二气，他穿越了在苦难中奋斗的中国的二十世纪。他的一生便是二十世纪中国文化的一个篇章。

据河南家乡的亲友说，一九四五年初祖母去世，父亲与叔父一同回老家奔丧，县长来拜望，告辞时父亲不送，而对一些身为老百姓的旧亲友，则一直送到大门，乡里传为美谈。从这里我想起和读者的关系。父亲很重视读者的来信，许多年常常回信。星期日上午活动常常是写信。和山西一位农民读者车恒茂老人就保持了长期的通信，每索书必应之。后来我曾代他回复一些读者来信，尤其是对年轻人，我认为最该关心，也许几句话便能帮助发掘了不起的才能。但后来我们实在没有能力做了，只好听之任之。把大家的千言信万言书束之高阁，起初还感觉不安，时间一久，则连不安也没有了。

时间会抚慰一切，但是去年初冬深夜的景象总是历历如在目前。我想它是会伴随我进入坟墓的了。当晚，我们为父亲穿换衣服时，他的身体还那样柔软，就像平时那样配合。他好像随时会睁开眼睛说一声"中国哲学将来一定会大放光彩"。我等了片刻，似乎听到一声叹息。

不得不离开病房了。我们围跪在床前，忍不住痛哭失声！仲扶着我，可我觉得这样沉重的孤单！在这茫茫世界中，再无人需我侍奉，再无人叫我的乳名了。这么多年，每天清晨最先听到的，是从父亲卧房传来的咳嗽，每晚睡前必到他床前说几句话。我怎样能从多年的习惯中走得出来！

然而日子居然过去快一年了。只好对自己说，至少有一件事稍可安慰。父亲去时不知道我已抱病。他没有特别的牵挂，去得安心。

文章将尽，玉簪花也谢尽了。邻院中还有通红的串红和美人蕉，记得我曾说串红像是鞭炮，似乎马上会噼噼啪啪响起来。而生活里又有多少事值得它响呢！

1991 年 9 月病中

心的嘱托

冯友兰先生——我的父亲，于一八九五年十二月四日来到人世，又于一九九〇年十二月四日毁去了皮囊，只剩下一抔寒灰。在八天前，十一月二十六日二十时四十五分，他的灵魂已经离去。

近年来，随着父亲身体日渐衰弱，我日益明白永远分离的日子在迫近，也知道必须接受这不可避免的现实。虽然明白，却免不了紧张恐惧。在轮椅旁，在病榻侧，一阵阵呛咳使人恨不能以身代。在清晨，在黄昏，凄厉的电话铃声会使我从头到脚抖个不停。那是人生的必然阶段，但总是希望它不会来，千万不要来。

直到亲眼见着他的呼吸渐渐急促，血压下降，身体逐渐冷了下来；直到亲耳听见医生的宣布，还是觉得这简直不可能，简直不可思议。我用热毛巾拭过他安详的紧闭了双目的脸庞，真的听到了一声叹息，那是多年来回响在耳边的。我们把他抬上平车，枕头还温热。然而我们已经处于两个世界了。再无须我操心侍候，再得不到他的关心和荫庇。这几年他坐在轮椅上，不时会提醒我一些极细微的事，总是使我泪下。我的烦恼，他无须耳和目便能了解。现在再也无法交流。天下耳聪目明的人很多，却再也没有人懂得我的有些话。

这些年，住医院是家常便饭。这一年尤其频繁。每次去时，年轻的女医生总是说要有心理准备。每次出院，我都有骄傲之感。这一次，是《中国哲学史新编》完成后的第一次住院，孰料就没有回来。

七月十六日，我到人民出版社交《新编》第七册稿。走上楼梯时，觉得很轻快，真是完成了一件大任务。父亲更是高兴，他终于写完了。直到最后一个字，都是他自己的，无须他人续补。同时他也感到长途跋涉后的疲倦。他的力气已经用尽，再无力抵抗三次肺炎的打击。他太累了，要休息了。

"存，吾顺事；殁，吾宁也。"父亲很赞赏张载《西铭》中的这最后两句，曾不止一次讲解：活着，要在自己恰当的位置上发挥作用；死亡则是彻底的安息。对生和死，他都处之泰然。

父亲在清华任教时的老助手、八十八岁的李濂先生来信说："十一月十四日夜梦恩师伏案作书，写至最后一页，灯火忽然熄灭，黑暗之中，似闻恩师与师母说话。"正是那天下午，父亲病情恶化。夜晚我在病榻边侍候，父亲还能继续说几个字："是璞么？是璞么？""我在这儿。是璞在这儿。"我大声叫他，抚摩他，他似乎很安心。我们还以为这一次他又能闯过去。

从二十五日上午，除了断续的呻吟，父亲没有再说话。他无须再说什么，他的嘱托，已浸透在我六十二年的生命里；他的嘱托，已贯穿在众多爱他、敬他的弟子们的事业中；他的嘱托，在他的心血铸成的书页间，使全世界发出回响。

父亲是走了，走向安息，走向永恒。

十二月一日兄长钟辽从美国回来。原来是来祝寿的，现在却变为奔丧。和母亲去世时一样，他又没有赶上；但也和母亲去世一样，有了他，办事才有主心骨。我们秉承父亲平常流露的意思，原打算只用亲人的热泪和几朵鲜花，送他西往。北大校方对我们是体贴尊重的。后来知道，这根本行不通。

络绎不绝的亲友都想再见上一面，不停的电话询问告别日期。四川来的老学生自戴黑纱，进门便长跪不起。南朝鲜（今韩国）学人宋兢燮先生数年前便联系来华，目的是拜见老人。现在只能赶上无言的诀别。总不能太不近人情，这毕竟是最后一面。于是我们决定不发讣告，自来告别。

柴可夫斯基哽咽着的音乐伴随告别人的行列回绕在遗体边，真情写在每一个人脸上。最后我们跪在父亲的脚前时，我几乎想就这样跪下去，大声哭出来，让眼泪把自己浸透。从母亲和小弟离去，我就没有痛快地哭一场。但是我不能，我受到许多真诚的心的簇拥和嘱托，还有许多许多事要做，我必须站起来。

载灵的大轿车前有一个大花圈，饰有黑黄两色的绸带。我们随着灵车，驶过天安门。世界依然存在，人们照旧生活，一切都在正常运行。

我们一直把父亲送到炉边。暮色深重，走出来再回头，只看见那黄色的盖单，它将陪同父亲到最后的刹那。

两天后，我们迎回了父亲的骨灰，放在他生前的卧室里。母亲的遗骨已在这里放了十三年。现在二老又并肩而坐，只是在条几上。明春将合葬于北京万安公墓。侧面是那张两人同行的照片。母亲撑着伞，父亲的一脚举起，尚未落下。那是六十年代初一位不知姓名的人在香山偷拍的。当时二老并不知道。摄影者拿这张照片在香港出售，父亲的老学生加籍学人余景山先生恰巧看见，遂将它买下。七十年代末方有机会送来。母亲也见到了这帧照片。

亲爱的双亲，你们的生命的辉煌乐章已经终止，但那向前行走的画面是永恒的。

借此小文之末，谨向所有关心三松堂的亲友致谢。关系有千百种不同，真情的分量都不同寻常。踵吊和唁文未能一一答谢，心灵的慰藉和嘱托永远铭记不忘。

1990 年 12 月 17 日—19 日　距曲终已涸矣

星期三的晚餐

去年春来时,我正在医院里。看见小花园中的泥土变得湿润,小草这里那里忽然绿了起来,真有说不出的安慰和兴奋。"活着真好。"我悄悄对自己说。

那时每天想的是怎样配合治疗。为补元气,饮食成为一件大事。平常我因太懒,奉行"宁可不吃也不做"的原则。当然别人做了好吃的,我也有兴趣,但自己是懒得动手的。得了病,别人做来我吃,成为天经地义,还唯恐不合口味。做者除了仲和外甥女冯枚,扩及住得近的表弟、妹和多年老友立雕(韦英)夫妇。

立雕是闻一多先生次子,和我同岁。我和他的哥哥立鹤同班,可不知为什么我和闻老二比闻老大熟得多。立雕知道我的病况后,认下了每星期三的晚餐,把探视的日子留给仲。因为星期三不能探视,就需要花言巧语费尽周折才能进到病房。每次立雕都很有兴致地形容他的胜利。后来我身体渐好,便到楼下去"接饭"。见他提着饭盒沿着通道走来,总要微惊,原来我们都是老人了。

好一碗鸡汤面!油已去得干净,几片翠绿的菜叶,让人看了胃口大开。又一次是煮米粉，不知都放了什么佐料，我居然把一碗吃完。立雕还征求意见："下次想吃什么？"

"酿皮子。"我脱口而出，因为知道春华弟妹是陕西人。

"你真会挑！"又笑加一句，"你这人天生的要人侍候。"

又是一个星期三，果然送来了酿皮子。那东西做起来很麻烦，要用特制的盘子盛了面糊，在开水里搅来搅去。味道照例是浓重的。饭盒里还有一个小碟，放了几枚红枣。立雕说这是因为佐料里有蒜，餐后吃点枣可以化解蒜味儿，是春华预备的。

我当时想，我若不痊愈，是无天理。

立雕不只拿来晚饭，每次还带些书籍来。多是关于抗战时昆明生活的。一次说起一九四五年一月我们随闻一多先生到石林去玩。闻先生那张口衔烟斗的照片就是在石林附近尾泽小学操场照的。

"说起来，我还没有这张照片呢。"我说。

"洗一张就是了。"果然下次便带来了那照片。比一般常见的大些。闻先生浓眉下双目炯炯有神，正看着我们，烟斗中似有轻烟升起。

闻先生身后有个瘦瘦的小人儿，坐在地上，衣着看不清，头发略长，弯弯的。

"呀！"我叫了一声，"这是谁呀？"

素来反应迟钝的仲这次居然一眼看清，虽然他从未见过少年时的我："这是谁？这不是我们的病号吗！"

立雕原来没有注意，这时鉴定认可。我身旁还有一个年轻人，不是立雕，也不是小弟，总是当时的熟人吧。

素来自命清高，不喜照相，人多时便躲到一边去。这回怎么了！我离闻先生不近，却正好照上了。而且在近五十年后才发现。看见自己陪侍闻先生在照片里，觉得十分地快乐。

在昆明有一段时间，我们和闻家住隔壁。家门前都有西餐桌面大的一小块土地，都种了豌豆什么的，好掐那嫩叶尖。母亲和闻伯母常各自站在菜地里交谈。小弟向立鹤学得站立洗脚法，还向我传授。盆放在凳子上，人站在地下，两脚轮流做金鸡独立状。我们就一面洗一面笑。立鹤很有才华，能绘画、善演戏，英语也不错，若是能够充分发挥，应也像三弟立鹏一样是位艺术家。可叹他在一九四六年的灾难中陪同闻先生在鬼门关走了一遭；一九五七年又被错误地批判，并受了处分，经历甚为坎坷，心情长期抑郁不畅。他一九八一年因病去世，似是同辈人中最早离去的。

那次去石林是西南联大学生组织的，请闻先生参加。当时立鹤、立雕兄弟，小弟和我都是联大附中学生，是跟着闻先生去的。先乘火车到路南，再骑一种矮脚马。我们那时都没有棉衣，记得在旷野中迎风骑马，觉得寒气沁人。骑马到尾泽后，住在尾泽小学。以后无论到哪里都是步行了。先赏石林的千姿百态，为那鬼斧神工惊叹不止。再访瀑布大叠水、小叠水。给我印象最深的是尾泽附近的长湖。湖边的石奇巧秀丽，树木品种很多，一片绿影在水中，反照出来，有一种淡淡的幽光。水面非常安详闲在，妩媚极了。我以后再没有见到这样纯真妩媚的湖。一九八〇年回昆明，再去石林，见处处是人为的痕迹，鬼斧神工的感觉淡得多了。没有人提到长湖，我也并不想再去，怕见到那本是不食人间烟火的天真烂漫，也沾惹上市井之气。

这张照片中没有风景，那时大同学组织活动，目的也不在风景。只是我太懵懂了，只记得在操场围成一个大圈子，学阿细跳月。闻先生讲话，大同学朗诵诗、唱歌，内容都不记得了。

一九八〇年曾为衣冠冢写了一首诗，后半段有这样几句："亲眼见那燃着的烟斗/照亮了长湖边的苍茫暮霭/我知道这冢内还有它/除了衣冠外"。原来照片中不只有它，还有我。

闻先生罹难后，清华不再提供住宅。父母亲邀闻伯母带领孩子们到白米斜街家中居住。我们住后院，立雕一家住前院。常和小弟三人一道骑车。那时街上车辆不像现在这样拥挤，三人并排而行，也无人干涉。现存有几张当时在北海拍摄的相片，一张是立雕和我在白塔下，我的头发和在闻先生背后这一张还是一模一样。后来我们迁到清华住了，他们一家经组织安排到了解放区。一晃便是几十年过去了。

在昆明时，教授们为生活所迫，不得不做点能贴补家用的营生。闻先生擅长金石，对美学和古文字又有很高的造诣，这时便镌刻图章，石章每字一千二百元，牙章每字三千元。立雕、立鹤兄弟两人有很好的观摩机会，渐得真传，有时也分担一些。立雕参加革命后长期做宣传工作，一九八八年离休，在家除编辑新编《闻一多全集》的《书信卷》之外，还应邀为浠水闻一多纪念馆设计和编写展览脚本。近期又将着手编闻先生的影集《人民英烈闻一多》。看样子他虽离休了，事情还很多，时间仍是不敷分配。

看来子孙还是非常重要，闻先生不只有子，而且有孙。《闻一多年谱长编》是由立雕之子闻黎明编写的。黎明查找资料很仔细，到昆明看旧报，见到冯爷爷的材料也都摘下。曾寄来蒙自"故居"的照片，问"璞姑"是不是这栋房子。房子不是，但在第三代人心中存有关切，怎不让人感动！

父亲前年去世后，立雕写了情意深重的信。信中除要以他们兄妹四人名义敬献花圈外，还说："伯父去世是我们国家和人民的重大损失。

我永远忘不了在我们最困难的时候，伯父、伯母给我们的关怀、帮助和安慰。我们两家两代人的友谊，是我脑海中永不会消失的美好记忆与回忆。"

从那桌面大的豌豆地，从那长湖上的暮霭，友谊延续着，通过了星期三的晚餐，还在延续着。我虽伶仃，却仍拥有很多。我有知我、爱我的朋友，有众多的堂兄弟姊妹、表兄弟姊妹，还有因上一代友情延续下来的诸家准兄弟姊妹。

比起"文革"间那一次重病的惨淡凄凉，这次生病倒是满风光的。怎舍得离开这个世界呢。

活着真好。

霞落燕园

北京大学各住宅区，都有个好听的名字。朗润、蔚秀、镜春、畅春，无不引起满眼芳菲和意致疏远的联想。而燕南园只是个地理方位，说明在燕园南端而已。这个住宅区很小，共有十六栋房屋，约一半在五十年代初已分隔供两家居住，"文革"前这里住户约二十家。六十三号校长住宅自马寅初先生因过早提出人口问题而迁走后，很长时间都空着。西北角的小楼则是党委统战部办公室，据说还是冰心前辈举行"第一次宴会"的地方。有一个游戏场，设秋千、跷跷板、沙坑等物。不过那时这里的子女辈多已在青年，忙着工作和改造，很少有闲情逸致来游戏。

每栋房屋照原来设计各有特点，如五十六号遍植樱花，春来如雪。周培源先生在此居住多年，我曾戏称之为"周家花园"，以与樱桃沟争胜。五十四号有大树桃花，从楼上倚窗而望，几乎可以伸手攀折，不过桃花映照的不是红颜，而是白发。六十一号的藤萝架依房屋形势搭成斜坡，紫色的花朵逐渐高起，直上楼台。随着时光流逝，各种花木减了许多。藤萝架已毁，桃树已斫，樱花也稀落多了。这几年万物复苏，有余力的人家都注意绿化，种些植物，却总是不时被修理下水道、铺设暖气管等工程毁去。施工的沟成年累月不填，各种器械也成年累月堆放，高高低低，颇有些惊险意味。

这只不过是最表面的变化。迁来这里已是第三十四个春天了。三十四年，可以是一个人的一辈子，做出辉煌事业的一辈子。三十四年，婴儿已过而立，中年重逢花甲，老人则不得不撒手另换世界了。燕南园里，几乎每一栋房屋都经历了丧事。

最先离去的是汤用彤先生。我们是紧邻。五四年的一天，他和我的父亲同往《人民日报》开会批判胡适先生，回来车到家门，他忽然说这是到了哪里，找不到自己的家。那便是中风先兆了。约十年后逝世。记得曾见一介兄从后角门进来，臂上挂着一根手杖。我当时想，汤先生再也用不着它了。以后在院中散步，眼前常浮现老人矮胖的身材、团团的笑脸。那时觉得死亡真是不可思议的事。

"文化大革命"初始，一张大字报杀害了物理系饶毓泰先生，他在五十一号住处投环身亡。数年后翦伯赞先生夫妇同时自尽，在六十四号。他们是"文革"中奉命搬进燕南园的。那时自杀的事时有所闻，记得还看过一个消息，题目是刹住自杀风，心里着实觉得惨。不过夫妇能同心走此绝路，一生到最后还有一同赴死的知己，人世间仿佛还有一点温馨。

一九七七年我自己的母亲去世后，死亡不再是遥远的了，而是重重地压在心上，却又让人觉得空落落，难予填补。虽然对死亡已渐熟悉，后来得知魏建功先生在一次手术中意外地去世时，还很惊诧。魏家迁进那座曾经空了许久的六十三号院，是在七十年代初，但那时它已是个大杂院了。魏太太王碧书曾和我的母亲说起，魏先生对她说过，解放以来经过多少次运动，想着这回可能不会有什么大错了，不想更错！当时两位老太太不胜慨叹的情景，宛在目前。

六十五号哲学系郑昕先生，后迁来的东语系马坚先生和抱病多年的老住户历史系齐思和先生俱以疾终。一九八一年父亲和我从美国回来不久，我的弟弟去世，在悲苦忙乱之余忽然得知五十二号黄子卿先生也去世了。黄先生除是化学家外，擅长旧体诗，有唐人韵味。老一代专家的修养，实非后辈所能企及。

女植物学家吴素萱先生原在北大，后调植物所工作，一直没有搬家。七十年代末期我进城开会，常与她同路。她每天六点半到公共汽车站，非常准时。我常把校园里的植物向她请教，她都认真回答，一点不以门外汉的愚蠢为可笑。她病逝后约半年，《人民日报》刊登了一张她在看显微镜的照片。当时传为奇谈。不过我想，这倒是这些先生们总的写照。九泉之下，所想的也是那点学问。

冯定同志是老干部，和先生们不同。在五十五号住了几十年，受批判也有几十年了。他有句名言："无错不当检讨的英雄。"不管这是针对谁的，我认为这是一句好话，一句有骨气的话。如果我们党内能有坚持原则不随声附和的空气，党风、民风何至于此！听说一个小偷到他家破窗而入行窃，翻了半天才发现有人坐在屋中，连忙仓皇逃走，冯定对他说："下回请你从门里进来。"这位老同志在久病备受折磨之后去世了。到他为止，燕南园向人世告别的"户主"已有十人。

但上天还需要学者。一九八六年五月六日，朱光潜先生与世长辞。

朱家在"文革"后期从燕东园迁来，与人合住了原统战部小楼。那时燕南园已约有八十余户人家。兴建了一座公厕，可谓"文革"中的新生事物，现在又经翻修，成为园中最显眼的建筑。朱家也曾一度享用它。据朱太太奚今吾说，雨雪时先由家人扫出小路，老人再打着伞出来。令人庆幸的是北京晴天多。以后大家生活渐趋安定，便常见一位瘦小老人在校园中活动，早上举着手杖小跑，下午在体育馆前后慢走。我以为老先生们大都像我父亲一样，耳目失其聪明，未必认得我，不料他还记得，还知道些我的近况，不免暗自惭愧。

我没有上过朱先生的课，来往也不多。一九六〇年十月我调往《世界文学》编辑部，评论方面任务之一是发表古典文艺理论。我们组到的第一篇稿子是朱先生摘译的莱辛名著《拉奥孔：论画和诗的界限》，原书十六万字，朱先生摘译了两万多字，发表在一九六〇年十二月《世界文学》上。记得朱先生在译后记中论及莱辛提出的为什么拉奥孔在雕刻里不哀号，在诗里却哀号的问题。他用了"化美为媚"的说法，并曾对我说用"媚"字译 charming 最合适。媚是流动的，不是静止的；不只有外貌的形状，还有内心的精神。"回眸一笑百媚生"，那"生"字多么好！我一直记得这话。一九六一年下半年，他又为我们选译了一组文艺复兴时代意大利的文艺理论，都极精彩。两次译文的译后记都不长，可是都不只有材料上的帮助，且有见地。朱先生曾把文学批评分为四类：以导师自居、以法官自命、重考据和重在自己感受的印象派批评。他主张后者。这种批评不掉书袋，却需要极高的欣赏水平，需要洞见。我看现在《读书》杂志上有些文章颇有此意。

也不记得为什么，有一次追随许多老先生到香山，一个办事人自言自语："这么多文曲星！"我便接着想，用满天云锦形容是否合适，满天云锦是由一片片霞彩组成的。不过那时只顾欣赏山的颜色，没有多注意人的活动。在玉华山庄一带观赏之余，我说我还从未上过"鬼见愁"呢，很想爬一爬。朱先生正坐在路边石头上，忽然说，他也想爬上"鬼见愁"。那年他该是近七十了，步履仍很矫健。当时因时间关系，不能走开，还说以后再来，香山红叶的霞彩变换了二十多回，我始终没有一偿登"鬼见愁"的夙愿，也许以后真会去一次，只是永不能陪同朱先生一起登临了。

"文革"后期政协有时放电影，大家同车前往。记得一次演了一部大概名为"万紫千红"的纪录片，有些民间歌舞。回来时朱先生很高兴，说："这是中国的艺术，很美！"他说话的神气那样天真。他对生活充满了浓厚的感情和活泼泼的兴趣，也只有如此情浓的人，才能在生活里发现美，才有资格谈论美。正如他早年一篇讲人生艺术化的文章所说，文章忌俗滥，生活也忌俗滥。如季扎挂剑、夷齐采薇这种严肃的态度，是道德的也是艺术的。艺术的生活又是情趣丰富的生活。要在生活中寻求趣味，不能只与蝇蛆争温饱。记得他曾与他的学生、澳籍学者陈兆华去看莎士比亚的一个剧，回来要不到出租车。陈兆华为此不平，曾投书《人民日报》。老先生潇洒地认为，看到了莎剧怎样辛苦也值得。

朱先生从《给青年的十二封信》开始，便和青年人保持着联系。我们这一批青年人已变为中年而接近老年了，我想他还有真正的青年朋友。这是毕生从事教育的老先生之福。就朱先生来说，其中必有奚先生内助之功，因为这需要精力、时间。他们曾要我把新出的书带到澳洲给陈兆华，带到社科院外文所给他的得意门生朱虹。他的学生们也都对他怀着深厚的感情。朱虹现在还怪我得知朱先生病危竟不给她打电话。

然而生活的重心、兴趣的焦点都集中在工作，时刻想着的都是各自的那点学问，这似乎是老先生们的共性。他们紧紧抓住不多了的时间，拼命吐出自己的丝，而且不断要使这丝更亮更美。有人送来一本澳大利亚人写的美学书，托我请朱先生看看值得译否。我知道老先生们的时间何等宝贵，实不忍打扰，又不好从我这儿驳回，便拿书去试一试。不料他很感兴趣，连声让放下，他愿意看。看看人家有怎样的说法，看看是否对我国美学界有益。据说康有为曾有议论，他的学问在二十九岁时已臻成熟，以后不再求改。有的老先生寿开九秩，学问仍和六十年前一样，不趋时尚固然难得，然而六十年不再吸收新东西，这六十年又有何用？朱先生不是这样。他总在寻求，总在吸收，有执著也有变化。而在执著与变化之间，自有分寸。

老先生们常住医院，我在省视老父时如有哪位在，便去看望。一次朱先生恰住隔壁，推门进去时，见他正拿着稿子卧读。我说："不准看了。拿着也累，看也累！"便取过稿子放在桌上。他笑着接受了管制。若是自己家人，他大概要发脾气的。这是他生命中最重要的事啊。他要用力吐他的丝，用力把他那片霞彩照亮些。

奚先生说，朱先生一年前患脑血栓后脾气很不好。他常以为房间中哪一处放着他的稿子，但实际没有，便烦恼得不得了。在香港大学授予他荣誉学位那天，他忽然不肯出席，要一个人待着，好容易才劝得去了。一位一生寻求美、研究美，以美为生的学者在老和病的障碍中的痛苦是别人难以想象的。——他现在再没有寻求的不安和遗失的烦恼了。

文成待发，又传来王力先生仙逝的消息。与王家在昆明龙头村便曾是邻居，燕南园中对门而居也已三十年了。三十年风风雨雨，也不过一眨眼的工夫。父亲九十大寿时，王先生和王太太夏蔚霞曾来祝贺，他们还去向朱先生告别，怎么就忽然一病不起！王先生一生无党无派，遗命夫妇合葬，墓碑上要刻他一九八〇年写的《赠内诗》。中有句云："七省奔波逃严狁，一灯如豆伴凄凉"，"今日桑榆晚景好，共祈百岁老鸳鸯"。可见其固守纯真之情，不与纷扰。各家老人转往万安公墓相候的渐多，我简直不敢往下想了。只有祷念龙虫并雕斋主人安息。

十六栋房屋已有十二户主人离开了。这条路上的行人是不会断的。他们都是一缕光辉的霞彩，又组成了绚烂的大片云锦，照耀过又消失，像万物消长一样。霞彩天天消去，但是次日还会生出。在东方，也在西方，还在青年学子的双颊上。

1986 年 5 月

人老燕园

　　"人老燕园"这个题目，在心中已存放许久了。当时想的是父辈的老去。他们先是行动不便，然后坐在轮椅上，然后索性不能移动了。近年来，燕南园中年轻人愈来愈少。邻居中原来健步如飞的已用上发亮的助步器，原来拙于行的已要人搀扶了。我们的紧邻磁学专家褚圣麟教授年过九十，前几天在燕南园边上找不着路回家。当时细雨迷濛，夜色已降，一盏昏黄的路灯照着跌跌撞撞的老人。幸有学生往褚宅报信。老先生又不认得来接的人，问："你是谁？这是上哪儿去？"

　　"是谁""上哪儿去"，这是永恒的问题。我听到描述时，心中充满凄凉。人们的道路不同，这就是"是谁"；路的尽头则一定是那长满野百合花的地方，人们从生下来便向那里走，这就是"上哪儿去"。

　　老父去世以后，燕南园中平稳了两年，接上来的是江泽涵先生和夫人蒋守方。

　　江先生是拓扑学引进者，几何学权威。在昆明西仓坡，我们便对门而居，到燕南园后又是几十年的邻居，江老先生总随着三个男孩称我为"冯姐姐"。他老来听力极差，又患喉癌，说话困难，常常十分烦躁，江家诸弟便要开导他："看看人家冯先生，从来都是那么心平气和。"蒋、江二先生先后去世，相差不过十天。江先生去世时，并不知蒋先生已先他而去，两人最后的时光都拘禁在病室中，只凭儿孙传递消息。记得有一次我去他家探望，正值修理房子，屋里很乱，江先生用点表示家具、什物，用线表示距离，作了一个图论的图，以求搬动的最佳方案。他向我讲解，可惜如对牛弹琴。江家老二说江先生的墓碑上要刻一个拓扑图形。想到这拓扑图形将也掺杂在拥挤的墓碑群中，很是黯然。

十月间我有香港之行，不过十天，回来得知张龙翔先生去世，十分惊讶。张先生是生物化学家，八十年代曾任北大校长。九月间诸位老太太在张家小聚，我也忝列，还见他走来走去。张先生多年前曾患癌症，近年转到颈椎，不能起床，十分险恶。但经医疗和家人的用心调护，他竟能站立，能行走，而且出去开会。我总说张先生是真正的抗癌明星，怎么一下子就去世了呢。五十六号房屋继失去周培源先生之后，又一次失去了主人，唯有庭前树木依旧。

而我真又想到用"人老燕园"这个题目来作文，是因为自己渐增老态。多少年来我一直和疾病做斗争，总认为病是可以战胜的。我有信心，人能战胜疾病，人比疾病强大，也常以此鼓励病友。《牛天赐传》里牛天赐抱怨说："从脑袋瓜子到脚步鸭子都是痛的。"我倒没有这样全方位发作，但却从头到脚轮流突出，不是这儿不舒服，就是那儿不舒服。近来忽然发现这麻烦不止因病且因为老，而老是不可逆转、不可战胜的。

五月间我下台阶到院中收衣服，当时因自觉能干颇为得意，不料从台阶上摔下，崴了脚，造成蹠骨骨折。全家为此折腾了三个多月，先是去校医院拍片子、上石膏，直到最后煎中药洗脚。坐着轮椅参加了两次集会。七月六日华艺出版社向"希望工程"赠书，其中包括新出版的《宗璞文集》，我坐轮椅前往参加，人家看我坐轮椅而来，不知我是何许人，想想实在滑稽。又一次北大纪念闻一多先生，我又坐轮椅前往，会议厅在二楼，却无电梯，北大副校长郝斌同志看见我，说："怎么搞的！你等等，别动！"呼啦一下来了好几个年轻人，将我抬上二楼，会议结束后，又将我抬下来。我看不清眼前的人，只知道他们都年轻，是青春的力量抬动我，要上便上，要下便下。我无法——致谢，只好念念有词"多谢，多谢"。朋友们得知我摔伤，都说这是警告，往后一切要小心，因为人已经老了。

可不是么，人已经老了。

儿时的友伴徐恒（縻岐），原是物理系学生，后来是我国第一代播音员。她常打电话来问痊愈到什么程度，知道我已除去石膏，正洗中药，便说要来看看。她来了，坐定后见我走路东歪西倒的样子，便要我好好走路，走时不怕慢，但不能跛，并对仲说"不让她这样走路"。我一想起縻岐的话，便很感动，还有几个人这样操心管着我呢。在准兄弟姐妹中，縻岐是大姐，她是徐炳昶先生的长女，大姐做惯了。说起徐炳昶先生，也是河南唐河人，三十年代曾任北平研究院历史所所长。唐河有个传说，不知在哪个朝代，根据风水先生的意见，计划在唐河县城的四角建造四座塔，说是可以出人才。只造好了两个塔，就停了工，可能是没有经费。于是只出了两个名人（其实唐河人才济济），一个是冯友兰，一个是徐炳昶。我们和徐家有点拐弯亲戚关系，算起来縻岐还要高我一辈呢。近日，友人从美国寄来一份剪报，不知是哪家报纸刊登的一篇短文，题为"冯友兰二三事"，其中所言多系想象。文中说冯友兰和徐炳昶曾经为入河南省志问题而动手相打，我在电话上念给縻岐听，两人都大笑，互问你的牙掉了没有！这些胡说作为花絮还只是令人笑，可有些研究文章一本正经地把瞎话说得那么流畅，完全置事实于不顾，且为违背事实编造出理论，南辕北辙，愈走愈远，真令人悲哀。

话说远了，以前作文似乎比较严谨，现在这样也是老态吧。另一不妙的事是自进入九十年代，我每年十月间好发气管炎，咳嗽剧烈，不能安枕。年年南逃也很麻烦，在仲的坚持下安置了土暖气，于学校供暖之前，自己先行供暖。那火头军是心甘情愿的。见他头戴浴帽，下到地窖子去对付火炉，总担心他会摔倒。只赢得嘲笑说太爱瞎想。一天，他忽然说："再过几年，我做不动了，怎么办？"

怎么办呢？其实用不着想。再过几年，我是否还需要温暖的房间？

自南方回来已十多天了。一夜的雨，天阴沉沉，地面到处湿漉漉，本来还是绿着的玉簪，一夜之间枯黄了。读《静安文集》有句云"天色凄凉似病夫"，不觉悚然而惊。又想起几句《人间词》："最是人间留不住，朱颜辞镜花辞树"，"君看今日树头花，不是去年枝上朵"。乃又联想到法国诗人维龙的句子："去年的雪今何在？"去年的花和雪永不能再，今年是今年的花和雪了。从王国维想到叔本华，年轻时很喜欢叔本华的哲学，现在连为什么也说不清。只模糊记得那"永久的公道"。叔本华说，世界之自身，即是世界之判词。他以为：意志肯定自己，乃有苦痛；则应负其责任，受其苦痛。这就是"永久的公道"。人类简直没有逃出苦痛的希望。又记得这位老先生论艺术，说美是最高的善。想查书弄明白些，连书也找不到了。

雨停了，扶杖到角门外，见地下一片黄灿灿，铺成圆形，宛如一张华丽的地毯。原来是角门边大银杏树的落叶，仰望大树，光秃秃的枝干在天空刻上窄窄的线条。树不会跌倒，无需扶杖，但是它也会老。只是比人老得慢一些。

　　门外向南的一条直路，两边都是年轻的银杏树，叶子也已落尽，扫掉了。这条路通向学生宿舍。年轻的人在年轻的树下来来去去。转过身来，猛然间看见墙边凋残的月季枝头，居然有两朵红花，仰着头，开得鲜艳。

那青草覆盖的地方

那青草覆盖的地方，藏着一段历史和我一生中最美好的记忆。

清华园内工字厅西南，有一座小树林。幼时觉得树高草密。一条小径弯曲通过，很是深幽，是捉迷藏的好地方。树林的西南有三座房屋，当时称为甲、乙、丙三所。甲所是校长住宅。最靠近树林的是乙所。乙所东、北两面都是树林，南面与甲所相邻，西边有一条小溪，溪水潺潺，流往工字厅后的荷花池。我们曾把折好的纸船涂上蜡，放进小溪，再跑到荷花池等候，但从没有一只船到达。

先父冯友兰先生作为哲学家、哲学史家已经载入史册。他自撰的茔联"三史释今古，六书纪贞元"，概括了自己的学术成就。他一生都在学校工作，从未离开教师的岗位，他对中国教育事业的贡献是和清华分不开的，是和清华的成长分不开的。这是历史。

一九二八年十月，他到清华工作，找到了"安身立命之地"。先在南院十七号居住，一九三〇年四月迁到乙所。从此，我便在树林与溪水之间成长。抗战时，全家随学校去南方，复员后回来仍住在这里。我从成志小学、西南联大附中到清华大学，已不觉是树林有多么高大，溪水

107

也逐渐干涸，这里已不再是儿时的快乐天地，而有着更丰富的内容。一九五二年院系调整，父亲离开了清华，以后不知什么时候，乙所被拆掉了，只剩下这一片青草覆盖的地方。

清华取消了文科，不只是清华，也是整个教育界、学术界的重大损失。同学们现在谈起还是非常痛心。那时清华的人文学科，精英荟萃。也许不必提出什么学派之说，也许每一位先生都可以自成一家。但长期在一起难免互有熏陶，就会有一些特色。不要说一个学科，就是文、理、法、工各个方面也是互相滋养的。单一的训练只能培养匠气。这一点越来越得到共识。

父亲初到清华就参与了一件大事，那就是清华的归属问题，从隶属外交部改为隶属教育部。他曾作为教授会代表到南京，参加当时的清华董事会，进行力争，经过当时的校长罗家伦和大家的努力，最后清华隶属教育部。我记得以前悬挂在西校门的牌子上就赫然写着"国立清华大学"。了解历史的人走过门前都会有一种自豪感。因为清华大学的成长，是中国近代学术独立自主的发展过程的标志。

在乙所的日子是父亲最有创造性的日子。除教书、著书以外，他一直参与学校的领导工作。一九二九年任哲学系主任，从一九三一年起任文学院院长。当时各院院长由教授会选举产生，每两年改选一次。父亲任文学院院长达十八年，直到解放才卸去一切职务。十八年的日子里，父亲为清华文科的建设和发展做出了哪些贡献，现在还少研究。我只是相信学富五车的清华教授们是有眼光的，不会一次又一次地选出一个无作为、不称职的人。

在清华校史中有两次危难时刻。一次是一九三〇年，罗家伦校长离校，校务会议公推冯先生主持校务，直至一九三一年四月，吴南轩奉派到校。又一次是一九四八年底，临近解放，梅贻琦校长南去，校务会议又公推冯先生为校务会议代理主席，主持校务，直到一九四九年五月。世界很大，人们可以以不同的政治眼光看待事物，冯先生后来的日子是无比艰难的，但他在清华所做的一切无愧于历史的发展。

作为一个教育工作者，他爱学生。他认为清华学生是最可宝贵的，应该不受任何政治势力的伤害。他居住的乙所曾使进步学生免遭逮捕。一九三六年，国民党大肆搜捕进步学生，当时的学生领袖黄诚和姚依林躲在冯友兰家，平安度过了搜捕之夜，最近出版的《姚依林传》也记载了此事。据说当时黄诚还作了一首诗，可惜没有流传。临解放时，又有一次逮捕学生，女学生裴毓荪躲在我家天花板上。记得那一次军警深入内室，还盘问我是什么人。后来为安全计，裴毓荪转移到别处。七十年代中，毓荪学长还写过热情的信来。这样念旧的人，现在不多了。

学者们年事日高，总希望传授所学，父亲也不例外。解放后他的定位是批判对象，怎敢扩大影响，但在内心深处，他有一个感叹、一种悲哀，那就是他说过的八个字"家藏万贯，膝下无儿"，形象地表现了在一个时期内，我们文化的断裂。可以庆幸的是这些年来，"三史""六书"俱在出版。一位读者写信来，说他明知冯先生已去世，但他读了《贞元六书》，认为作者是不死的，所以信的上款要写作者的名字。

父亲对我们很少训诲，而多在潜移默化。他虽然担负着许多工作，和孩子们的接触不很多，但我们却感到他总在看着我们、关心我们。记得一次和弟弟还有小朋友们一起玩。那时我们常把各种杂志放在地板上铺成一条路，在上面走来走去。不知为什么他们都不理我了，我们可能发出了什么声响。父亲忽然叫我到他的书房去，拿出一本唐诗命我背，那就是我背诵的第一首诗，白居易的《百炼镜》。这些年我一直想写一个故事，题目是"铸镜人之死"。我想，铸镜人也会像铸剑人投身入火一样，为了镜的至极完美，纵身跳入江中（"江心波上舟中制，五月五日日午时"），化为镜的精魂。不过又有多少人了解这铸镜人的精神呢。但这故事大概也会像我的很多想法一样，埋没在脑海中了。

此后，背诗就成了一个习惯。父母分工，父亲管选诗，母亲管背诵，短诗一天一首，《长恨歌》《琵琶行》则分为几段，每天背一段。母亲那时的住房，三面皆窗，称为玻璃房。记得早上上学前，常背着书包，到玻璃房中，站在母亲镜台前，背过了诗才去上学。

乙所中的父亲工作顺利，著述有成。母亲持家有方，孩子们的读书笑语声常在房中飘荡。这是一个温暖幸福的家。这个家还和社会联系着，和时代联系着。不只父亲在复杂动乱的局面前不退避，母亲也不只关心自己的小家。一九三三年，日军侵犯古北口，教授夫人们赶制寒衣，送给抗日将士。一九四八年冬，清华师生员工组织了护校团，日夜巡逻，母亲用大锅煮粥，给护校的人预备夜餐。一位从联大到清华的学生，许多年后见到我时说："我喝过你们家的粥，很暖和。"煮粥是小事，不过确实很暖和。

那青草覆盖的地方，虽然现在草也不很绿，我还是感觉到暖意。这暖意是从逝去了而深印在这片土地上的岁月来的，是从父母的根上来的，是从弥漫在水木清华间的一种文化精神的滋养和荫庇来的。我倚杖站在小溪边，惊异于自己的老而且病，以后连记忆也不会有了。这一片青草覆盖的地方，又会变成什么模样？

1999 年 4 月中旬

那祥云缭绕的地方

——记清华大学图书馆

图书馆，在一座大学里，永远是很重要的，教师在这里钻研学问，学子在这里发愤学习，任何的学术成就都是和图书馆分不开的。

我结识清华图书馆是从襁褓中开始的。我出生两个月，父亲执教清华，全家移居清华园。母亲在园中来去，少不得抱着我，或用儿车推着我。从那时，我便看见了清华图书馆。我想，最初我还不会知道那是什么。渐渐地，能认识那是一座大建筑。在上幼稚园时就知道那是图书馆了。

图书馆外面的石阶很高，里面的屋顶也很高，一进门便有一种肃穆的气氛。说来惭愧，对于孩子们，它竟是一个好玩的地方。不记得我什么时候第一次走进图书馆。父亲当时在楼下，向南的甬道里有一间朝东的房间，我和弟弟大概是跟着父亲走进来的。那房间很乱，堆满书籍文件，我不清楚那是办公室还是个人研究室，也许是兼而用之。每次去不能多停，我们本应立即出馆，但常做非法逗留，在房间外面玩。给我们的告诫是不准大声说话，于是我们的舌头不活动，腿却自由地活动。我们把朝南和朝西的甬道都走到头，甬道很黑，有些神秘，走在里面像是探险，有时我们去爬楼梯，跑到楼上再跑下来。我们还从楼下的饮水管中，吸满一口水，飞快地跑到楼梯顶往下吐。就听见水落地时"啪"的一声，觉得真有趣。我们想笑却不敢笑，这样的活动从来没有被人发现。

上小学时学会骑车，有时由哥哥带着坐大梁，有时自己骑，当时校中人不多，路上清静，慢慢地骑着车左顾右盼很是惬意。我们从大礼堂东边绕过去，到图书馆前下车，走上台阶，再跑下来，再继续骑，算是过了一座桥。我们仰头再仰头，看这座"桥"和上面的楼顶。楼顶似乎紧接着天上的云彩。云彩大都简单，一两笔白色而已，但却使整个建筑显得丰富。多么高大，多么好看。这印象还留在我心底。

从外面看图书馆有东西两翼，东面的爬墙虎爬得很高，西面的窗外有一排紫荆树，那紫色很好看，可是我不喜欢紫荆，对于看不出花瓣的花朵我们很不以为然。有人说紫荆是清华的校花，如果真是这样，当然要刮目相看。

抗战开始，我们离开清华园，一去八年，对北平的思念其实是对清华园的思念。在清华园中长大的孩子对北平的印象不够丰富，而梦里塞满了树林、小路、荷塘和那一片包括大礼堂、工字厅等处的祥云缭绕的地方。胜利以后，我进入清华外文系学习，在家中虽然有一个小天地，图书馆是少不得要去的，我喜欢那大阅览室。这里是那样安静，每个人都在专心地读书，只有轻微的翻书页的声音。几个大字典架靠墙站着，字典永远是打开的，不时有人翻阅。我总是坐在最里面的一张桌上。因为出入都要走一段路，就可以让自己多坐一会儿。在那里看了一些参考书，做各种作业。在家里写不出的作文，在图书馆里似乎是被那种气氛感染，很快便能写出来；当然也有时在图书馆做功课不顺利，在家中自己的小天地里做得很快。

在这一段日子里，我惊异地发现图书馆变得越来越小，不像儿时印象中那样高大，但它仍是壮丽的，也常有一两笔白色的云依在楼顶。

四年级时，便要作毕业论文，可以进入书库。置身于书库中，真像是置身于一个智慧的海洋。还有那清华图书馆著名的玻璃地板，半透明的，让人觉得像是走在湖水上，也像是走在云彩上。真是祥云缭绕了。我的论文题目是托马斯·哈代的诗，本来我喜欢哈代的小说，后来发现他的诗也是大家手笔，深刻而有感染力，便选了他的诗做论文题目。导师是美国教授温德。在书库里流连徜徉真是乐事，只是在当时火热的革命形势中，不很心安理得，觉得喜欢书库是一种落后的表现。直到以后很多年，经过时间的洗磨，又经过不断改造，我只记得曾以哈代为题作毕业论文，内容却记不起了。有一次，偶然读到卞之琳翻译的哈代的诗，竟惊奇哈代的诗原来这样好。

那时，图书馆里有教室。我选了邓以蛰的美学，便是在图书馆里授课，在哪间房间记不起了。这门课除我之外还有一个男生，邓先生却像有一百个听众似的，每次都做了充分准备，带了许多图片，为我们放幻灯。幻灯片里有许多名画和建筑，我在这里第一次看见《蒙娜丽莎》，可惜不记得邓先生的讲解了。这门课告诉我们，科学的顶尖是数字，艺术的顶尖是音乐。只是当时没有音响设备，课上没有听音乐。

父亲在图书馆楼下仍有一个房间，我有时去看看，常见隔壁的房门敞开着，哲学系学长唐稚松在里面读书。唐兄先学哲学又学数学，现在在计算机科学与软件工程方面有重大成就，享有国际声誉。我们在电话中谈起图书馆，谈起清华，都认为清华教我们自强、严谨，要有创造性，终生不能忘。

从清华图书馆里走出来的还有少年闻一多和青年曹禺。闻一多一九一二年入清华学堂，在清华学习的九年中，少不了要在图书馆读书，九年中他在课余写的旧体诗文自编为《古瓦集》。去年经整理后出版，可惜我目力太弱，已不能阅读，只能抚摸那典雅的蓝缎面，让想象飞翔在那一片彩云之上。

曹禺的第一部剧作《雷雨》是在清华图书馆里写成的。我想那文科的教育，外国文学的熏陶，那祥云缭绕的书库，无疑会影响着曹禺的成熟和发展。我们不能说清华给了我们一个曹禺，但我们可以说清华有助于万家宝成为曹禺。我想，演员若能扮演曹禺剧中人物，是一种幸运。他的台词几乎不用背，自然就会记得。"太阳出来了，黑暗留在后头，但是太阳不是我们的，我们要睡了。"上中学时，如果有人说一句"太阳出来了"，立刻会有人接上"黑暗留在后头"。"我的中国名字叫张乔治，外国名字叫乔治张"，短短两句话给了多么宽广的表演天地。也许这是外行话，但这是我的感受。

从图书馆走出的还有许多在各方面有成就的人，无论成就大小，贡献大小，都是促使社会进步的力量，想来在清华献出了毕生精力的教职员工都会感到安慰。

我已经把哈代忘了许多年。忽然有一天，清华图书馆韦老师告知我，清华图书馆中保存了我的毕业论文，这真是意外之喜。后知馆中还存有五〇、五一级的部分论文。我即分告同班诸友，大家都很高兴。韦老师寄来了我的论文复印件，可翻译为《哈代诗歌中的必然观念》，厚厚的有二十七页。我拿到这一册东西，仿佛看见了五十年前的自己，全部文章是我自己打出来的，记得为打这篇论文，我特地学了英文打字。

原来我是想写一本研究哈代的书，这论文不过是第一章。生活里是要不断地忘记许多事，不然会太沉重，忘得太多却也可惜。我在论文的序言中说，希望以后有时间真写出一本研究哈代的专著以完夙愿。这夙愿看来是完不成了。我已告别阅读，无法再读哈代，也无法读自己五十年前写的文字。我想，若是能读，也读不懂了。

今年夏天，目疾稍稳定，去清华参观新安排的"冯友兰文库"，便也到图书馆看看。大阅览室依旧，许多同学在埋头读书，安静极了。若是五年换一届学生，这里已换过十届了。岁月流逝，一届届学生的黑发变成银丝，但那自强不息的精神永在。

鲁 鲁

鲁鲁坐在地上，悲凉地叫着。树丛中透出一弯新月，院子的砖地上洒着斑驳的树影和淡淡的月光。那悲凉的嗥叫声一直穿过院墙，在这山谷的小村中引起一阵阵狗吠。狗吠声在深夜本来就显得凄惨，而鲁鲁的声音更带着十分的痛苦、绝望，像一把锐利的刀，把这温暖、平滑的春夜剪碎了。

他大声叫着，声音拖得很长，好像一阵阵哀哭，令人不忍卒听。他那离去了的主人能听见么？他在哪里呢？鲁鲁觉得自己又处在荒野中了，荒野中什么也没有，他不得不用嗥叫来证实自己的存在。

院子北端有三间旧房，东头一间还亮着灯，西头一间已经黑了。一会儿，西头这间响起窸窣的声音，紧接着房门开了，两个孩子穿着本色土布睡衣，蹑手蹑脚走了出来。十岁左右的姐姐捧着一钵饭，六岁左右的弟弟走近鲁鲁时，便躲在姐姐身后，用力揪住姐姐的衣服。

"鲁鲁，你吃饭吧，这饭肉多。"姐姐把手里的饭放在鲁鲁身旁。地上原来已摆着饭盆，一点儿不曾动过。

鲁鲁用悲哀的眼光看着姐姐和弟弟，渐渐安静下来了。他四腿很

116

短，嘴很尖，像只狐狸；浑身雪白，没有一根杂毛。颈上套着皮项圈，项圈上拴着一根粗绳，系在大树上。

鲁鲁原是一个孤身犹太老人的狗。老人住在村上不远，前天死去了。他的死和他的生一样，对人对世没有任何影响。后事很快办理完毕。只是这矮脚的白狗守住了房子悲哭，不肯离去。人们打他，他只是围着房子转。房东灵机一动说："送给范先生养吧。这洋狗只合下江人养。"这小村中习惯地把外省人一律称作下江人。于是他给硬拉到范家，拴在这棵树上，已经三天了。

姐姐弟弟和鲁鲁原来就是朋友。他们有时到犹太老人那里去玩。他们大概是老人唯一的客人了。老人能用纸叠出整栋的房屋，各房间里还有各种摆设。姐姐弟弟带来的花玻璃球便是小囡囡，在纸做的房间里滚来滚去。老人还让鲁鲁和他们握手，鲁鲁便伸出一只前脚，和他们轮流握上好几次。他常跳上老人座椅的宽大扶手，把他那雪白的头靠在老人雪白的头旁边，瞅着姐姐和弟弟。他那时的眼光是驯良、温和的，几乎带着笑意。

现在老人不见了，只剩下了鲁鲁，悲凉地嗥叫着的鲁鲁。

"鲁鲁，你就住在我们家。你懂中国话吗？"姐姐温柔地说。"拉拉手吧？"三天来，这话姐姐已经说了好几遍。鲁鲁总是突然又发出一阵悲号，并不伸出脚来。

但是鲁鲁这次没有哭，只是咻咻地喘着，好像跑了很久。姐姐伸手去摸他的头，弟弟忙拉住姐姐。鲁鲁咬人是出名的，一点不出声音，专门咬人的脚后跟。"他不会咬我。"姐姐说，"你咬吗？鲁鲁？"随即把手放在他头上。鲁鲁一阵战栗，连毛都微耸起来。老人总是抚摸他，从头摸到脊背。那只大手很有力，这只小手很轻，但是这样温柔，使鲁鲁安心。他仍咻咻地喘着，向姐姐伸出了前脚。

"好鲁鲁!"姐姐高兴地和他握手，"妈妈!鲁鲁愿意住在我们家了!"

妈妈走出房来，在姐姐介绍下和鲁鲁握手，当然还有弟弟。妈妈轻声责备姐姐说:"你怎么把肉都给了鲁鲁? 我们明天吃什么?"

姐姐垂了头，不说话。弟弟忙说:"明天我们什么也不吃。"

妈妈叹息道:"还有爸爸呢，他太累了。你们早该睡了，鲁鲁今晚不要叫了，好么?"

范家人都睡了。只有爸爸仍在煤油灯下著书。鲁鲁几次又想哭一哭，但是望见窗上几乎是趴在桌上的黑影，便把悲声吞了回去，在喉咙里咕噜着，变成低低的轻吼。

鲁鲁吃饭了。虽然有时还免不了嗥叫，情绪显然已有好转。妈妈和姐姐解掉拴他的粗绳，但还不时叮嘱弟弟，不要敞开院门。这小院是在一座大庙里，庙里复房别院，房屋很多，许多城里人迁乡躲空袭，原来空荡荡的古庙，充满了人间烟火。

姐姐还引鲁鲁去见爸爸。她要鲁鲁坐起来，把两只前脚伸在空中拜一拜。"作揖，作揖!"弟弟叫。鲁鲁的情绪尚未恢复到可以玩耍，但他照做了。"他懂中国话!"姐弟两人都很高兴。鲁鲁放下前脚，又主动和爸爸握手。平常好像什么都视而不见的爸爸，把鲁鲁前后打量一番，说:"鲁鲁是什么意思? 是意绪文吧? 他像只狐狸，应该叫银狐。"爸爸的话在学校很受重视，在家却说了也等于没说，所以鲁鲁还是叫鲁鲁。

鲁鲁很快也和猫儿菲菲做了朋友。菲菲先很害怕，警惕地弓着身子向后退，一面发出"呲——"的声音，表示自己也不是好惹的。鲁鲁却无一点敌意。他知道主人家的一切都应该保护。他伸出前脚给猫，惹得

118

孩子们笑个不停。终于菲菲明白了鲁鲁是朋友，他们互相嗅鼻子，宣布和平共处。

过了十多天，大家认为鲁鲁可以出门了。他总是出去一会儿就回来，大家都很放心。有一天，鲁鲁出了门，踌躇了一下，忽然往犹太老人原来的住处走去了。那里锁着门，他便坐在门口嗥叫起来。还是那样悲凉，那样哀痛。他想起自己的不幸，他的心曾遗失过了。他努力思索老人的去向。这时几个人围过来。"嗥什么！畜生！"人们向他扔石头。他站起身跑了，却没有回家，一直下山，向着城里跑去了。

鲁鲁跑着，伸出了舌头，他的腿很短，跑不快。他尽力快跑，因为他有一个谜，他要去解开这个谜。

乡间路上没有车，也少行人。路两边是各种野生的灌木，自然形成两道绿篱。白狗像一片飘荡的羽毛，在绿篱间移动。间或有别的狗跑来，那大都是笨狗，两眼上各有一小块白毛，乡人称为四眼狗。他们想和鲁鲁嗅鼻子，或打一架，鲁鲁都躲开了。他只是拼命地跑，跑着去解开一个谜。

他跑了大半天，黄昏时进了城，在一座旧洋房前停住了。门关着，他就坐在门外等，不时发出长长的哀叫。这里是犹太老人和鲁鲁的旧住处。主人是回到这里来了罢？怎么还听不见鲁鲁的哭声呢？有人推开窗户，有人走出来看，但都没有那苍然的白发。人们说："这是那洋老头的白狗。""怎么跑回来了！"却没有人问一问洋老头的究竟。

鲁鲁在门口蹲了两天两夜。人们气愤起来，下决心处理他了。第三天早上，几个拿着绳索棍棒的人朝他走来。一个人叫他："鲁鲁！"一面丢来一根骨头。他不动。他很饿，又渴，又想睡。他想起那淡黄的土布衣裳，那温柔的小手拿着的饭盆。他最后看着屋门，希望在这一瞬间老人会走出来。但是没有。他跳起身，向人们腿间冲过去，向城外跑去了。

他得到的谜底是再也见不到老人了。他不知道那老人的去处，是每个人，连他鲁鲁，终究都要去的。

妈妈和姐姐都抱怨弟弟，说是弟弟把鲁鲁放了出去。弟弟表现出男子汉的风度，自管在大树下玩。他不说话，可心里很难过。傻鲁鲁！怎么能离开爱自己的人呢！妈妈走过来，把鲁鲁的饭盆、水盆摞在一起，预备扔掉。已经第三天黄昏了，不会回来了。可是姐姐又把盆子摆开。刚刚才三天呢，鲁鲁会回来的。

这时有什么东西在院门上抓挠。妈妈小心地走到门前听。姐姐忽然叫起来冲过去开了门。"鲁鲁！"果然是鲁鲁，正坐在门口咻咻地望着他们。姐姐弯身抱着他的头，他舔姐姐的手。"鲁鲁！"弟弟也跑过去欢迎。他也舔弟弟的手，小心地绕着弟弟跑了两圈，留神不把他撞倒。他蹭蹭妈妈，给她作揖，但是不舔她，因为知道她不喜欢。鲁鲁还懂得进屋去找爸爸，钻在书桌下蹭爸爸的腿。那晚全家都高兴极了。连菲菲都对鲁鲁表示欢迎，怯怯地走上来和鲁鲁嗅鼻子。

从此鲁鲁正式成为这个家的一员了。他忠实地看家，严格地听从命令，除了常在夜晚出门，简直无懈可击。他会超出狗的业务范围，帮菲菲捉老鼠。老鼠钻在阴沟里，菲菲着急地跑来跑去，怕它逃了，鲁鲁便去守住一头，菲菲守住另一头。鲁鲁把尖嘴伸进盖着石板的阴沟，低声吼着。老鼠果然从另一头溜出来，落在菲菲的爪下。由此爸爸考证说，鲁鲁本是一条猎狗，至少是猎狗的后裔。

姐姐和弟弟到山下去买豆腐，鲁鲁总是跟着。他很愿意咬住篮子，但是他太矮了，只好空身跑。他常常跑在前面，不见了，然后忽然从草丛中冲出来。他总是及时收住脚步，从未撞倒过孩子。卖豆腐的老人有时扔给鲁鲁一块肉骨头，鲁鲁便给他作揖，引得老人哈哈大笑。姐姐弟弟有时和村里的孩子们一起玩，鲁鲁便耐心地等在一边。似乎他对那游戏也感兴趣。

村边有一条晶莹的小溪，岸上有些闲花野草，浓密的柳荫沿着河堤铺开去。他们三个常到这里，在柳荫下跑来跑去，或坐着讲故事。住在邻省 T 市的唐伯伯，是爸爸的好友，一次到范家来，看见这幅画面，曾慨叹道他若是画家，一定画出这绿柳下、小河旁的两个穿土布衣裳的孩子和一条白狗，好抚一抚战争的创伤。唐伯伯还说鲁鲁出自狗中名门世族。但范家人并不关心这个。鲁鲁自己也毫无兴趣。

其实鲁鲁并不总是好听故事。他常跳到溪水里游泳。他是天生的游泳家，尖尖的嘴总是露在绿波面上。妈妈可不赞成他们到水边去。每次鲁鲁毛湿了，便责备他："你又带他们到那儿去了！他们掉到水里怎么办！"她说着，鲁鲁抿着耳朵听着，好像他是那最大的孩子。

虽然妈妈责备，因姐姐弟弟保证决不下水，他们还是可以常到溪边去玩，不算是错误。一次鲁鲁真犯了错误。爸爸进城上课去了，他一周照例有三天在城里。妈妈到邻家守护一个病孩。妈妈上过两年护士学校，在这山村里义不容辞地成为医生。她临出门前一再对鲁鲁说："要是家里没有你，我不能把孩子扔在家。有你我就放心了。我把他们两个交给你，行吗？"鲁鲁懂事地听着，摇着尾巴。"你夜里可不能出去，就在房里睡，行吗？"鲁鲁觉得妈妈的手抚在背上的力量，他对于信任是从不辜负的。

鲁鲁常在夜里到附近山中去打活食。这里山林茂密，野兔、松鼠很多。他跑了一夜回来，总是精神抖擞，毛皮发出润泽的光。那是野性的、生命的光辉。活食辅助了范家的霉红米饭，那米是当作工资发下来的，霉味胜过粮食的香味。鲁鲁对米中一把把抓得起来的肉虫和米饭都不感兴趣。但这几天，他寸步不离地跟着姐姐弟弟，晚上也不出去。如果第四天不是赶集，他们三个到集上去了的话，鲁鲁禀赋的狗的弱点也还不会暴露。

这山村下面的大路是附近几个村赶集的地方，七天两头赶，每次都十分热闹。鸡鱼肉蛋，盆盆罐罐，还有鸟儿猫儿，都有卖的。姐姐来买松毛，那是引火用的，一辫辫编起来的松针，买完了便拉着弟弟的手快走。对那些明知没有钱买的好东西，根本不看。弟弟也支持她，加劲地迈着小腿。走着走着，发现鲁鲁不见了。"鲁鲁。"姐姐小声叫。这时听见卖肉的一带许多人又笑又嚷："白狗耍把戏！来！翻个筋斗！会吗?"他们连忙挤过去，见鲁鲁正坐着作揖，要肉吃。

"鲁鲁!"姐姐厉声叫道。鲁鲁忙站起来跑到姐姐身边，仍回头看挂着的牛肉。那里还挂着猪肉、羊肉、驴肉、马肉。最吸引鲁鲁的是牛肉。他多想吃！那鲜嫩的、带血的牛肉，他以前天天吃的。尤其是那生肉的气味，使他想起追捕、厮杀、自由、胜利，想起没有尽头的林莽和山野，使他晕头转向。

卖肉人认得姐姐弟弟，笑着说："这洋狗到范先生家了。"说着顺手割下一块，往姐姐篮里塞。村民都很同情这些穷酸教书先生，听说一个个学问不小，可养条狗都没本事。

姐姐怎么也不肯要，拉着弟弟就走。这时鲁鲁从旁猛地一蹿，叼了那块肉，撒开四条短腿，跑了。

"鲁鲁!"姐姐提着装满松毛的大篮子，上气不接下气地追，弟弟也跟着跑。人们一阵哄笑，那是善意的、好玩的哄笑，但听起来并不舒服。

等他们跑到家，鲁鲁正把肉摆在面前，坐定了看着。他讨好地迎着姐姐，一脸奉承，分明是要姐姐批准他吃那块肉。姐姐扔了篮子，双手捂着脸，哭了。

弟弟着急地给她递手绢，又跺脚训斥鲁鲁："你要吃肉，你走吧！上山里去，上别人家去！"鲁鲁也着急地绕着姐姐转，伸出前脚轻轻抓她，用头蹭她，对那块肉没有再看一眼。

姐姐把肉埋在院中树下。后来妈妈还了肉钱，也没有责备鲁鲁。因为事情过了，责备他是没有用的。鲁鲁竟渐渐习惯少肉的生活，隔几天才夜猎一次。和荒野的搏斗比起来，他似乎更依恋人所给予的温暖。爸爸说，原来箪食瓢饮，狗也能做到的。

鲁鲁还犯过一回严重错误，那是无可挽回的。他和菲菲是好朋友，常闹着玩。他常把菲菲一拱，让她连翻几个身，菲菲会立刻又扑上来，和他打闹。冷天时菲菲会离开自己的窝，挨着鲁鲁睡。这一年菲菲生了一窝小猫，对鲁鲁凶起来。鲁鲁不识趣，还伸嘴到她窝里，嗅嗅她的小猫。菲菲一掌打在鲁鲁鼻子上，把鼻子抓破了。鲁鲁有些生气，一半也是闹着玩，把菲菲轻轻咬住，往门外一扔。不料菲菲惨叫一声，在地上扑腾几下，就断了气。鲁鲁慌了，过去用鼻子拱她，把她连翻几个身，但她不像往日一样再扑上来，她再也不能动了。

妈妈走出房间看时，见鲁鲁坐在菲菲旁边，唧唧咛咛地叫。他见了妈妈，先是愣了一下，随即趴在地下，腹部着地，一点一点往妈妈脚边蹭，一面偷着翻眼看妈妈脸色。妈妈好不生气："你这只狗！不知轻重！一窝小猫怎么办！你给养着！"妈妈把猫窝杵在鲁鲁面前。鲁鲁吓得又往后蹭，还是不敢站起来。姐姐弟弟都为鲁鲁说情，妈妈执意要打。鲁鲁慢慢退进了里屋。大家都以为他躲打，跟进去看，见他蹭到爸爸脚边，用后腿站起来向爸爸作揖，一脸可怜相，原来是求爸爸说情。爸爸摸摸他的头，看看妈妈的脸色，乖觉地说："少打几下，行么?"妈妈倒是破天荒准了情，说绝不多打，不过鲁鲁是狗，不打几下，不会记住教训，她只打了鲁鲁三下，每下都很重，鲁鲁哼哼唧唧地小哭，可是服帖地趴着受打。房门、院门都开着，他没有一点逃走的意思，连爸爸也离开书桌看着鲁鲁说："小杖则受，大杖则走。看来你大杖也不会走的。"

鲁鲁受过杖，便趴在自己窝里。妈妈说他要忏悔，不准姐姐弟弟理他。姐姐很为菲菲和小猫难受，也为鲁鲁难受。她知道鲁鲁不是故意的。晚饭没有鲁鲁的份，姐姐悄悄拿了水和剩饭给他。鲁鲁呜咽着舔她的手。

和鲁鲁的错误比起来，他的功绩要大得多了。一天下午，有一家请妈妈去看一位孕妇。她本来约好往一个较远的村庄去给一个病人送药，这任务便落在姐姐身上。姐姐高兴地把药装好。弟弟和鲁鲁都要跟去，因为那段路远，弟弟又不大舒服，遂决定鲁鲁陪弟弟在家。妈妈和姐姐一起出门，分道走了。鲁鲁和弟弟送到庙门口，看着姐姐的土布衣裳的淡黄色消失在绿丛中。

妈妈到那孕妇家，才知她就要临盆。便等着料理，直到婴儿呱呱坠地，一切停妥才走。到家已是夜里十点多了，只见家中冷清清点着一盏煤油灯。鲁鲁哼唧着在屋里转来转去。弟弟一见妈妈便扑上来哭了。"姐姐，"他说，"姐姐还没回家——"

爸爸不在家。妈妈定了定神，转身到最近的同事家，叫起那家的教书先生，又叫起房东，又叫起他们认为该叫的人。人们焦急地准备着灯笼火把。这时鲁鲁仍在妈妈身边哼着，还踩在妈妈脚上，引她注意。弟弟忽然说："鲁鲁要去找姐姐。"妈妈一愣，说："快去! 鲁鲁，快去!"鲁鲁像离弦的箭一样，一下蹿出好远，很快就被黑暗吞没了。

鲁鲁用力跑着。姐姐带着的草药味，和着姐姐本身的气味，形成淡淡的芳香，指引他向前跑。一切对他都不存在。黑夜，树木，路旁泊泊的流水，都是那样虚幻，只有姐姐的缥缈的气味，是最实在的。可他居然一度离开那气味，不向前过桥，却抄近下河，游过溪水，又岔上小路。那气味又有了，鲁鲁一点没有为自己的聪明得意，只是认真地跑着，一直跑进了坐落在另一个山谷的村庄。

村里一片漆黑，人们都睡了。他跑到一家门前，着急地挠门。气味断了，姐姐分明走进门去了。他挠了几下，绕着院墙跑到后门，忽然又闻见那气味，只没有了草药。姐姐是从后门出来，走过村子，上了通向山里的蜿蜒小路。鲁鲁一刻也不敢停，伸长舌头，努力地跑。树更多了，草更深了。植物在夜间的浓烈气息使得鲁鲁迷惑，他仔细辨认那熟悉的气味，在草丛中追寻。草莽中的小生物吓得四面奔逃。鲁鲁无暇注意那是什么。那时便有最鲜美的活食在他嘴下，他也不会碰一碰的。

终于在一棵树下，一块大石旁，鲁鲁看见了那土布衣裳的淡黄色。姐姐靠在大石上睡着了。鲁鲁喜欢得横蹿竖跳，自己乐了一阵，然后坐在地上，仔细看着姐姐，然后又绕她走了两圈，才伸前爪轻轻推她。

姐姐醒了。她惊讶地四处看着，又见一弯新月，照着黑黝黝的树木、草莽、山和石。她恍然地说："鲁鲁，该回家了。妈妈急坏了。"她想抓住鲁鲁的项圈，但她已经太高了，遂脱下外衣，拴在项圈上。鲁鲁乖乖地引路，一路不时回头看姐姐，发出呜呜的高兴的声音。

"你知道么？鲁鲁，我只想试试，能不能也做一个吕克大梦①。"姐

---

① 吕克大梦：指美国前期浪漫主义作家华盛顿·欧文（1783—1859）的著名作品。小说中写一个农民瑞·普凡·温克尔上山打猎，遇见一群玩九柱戏的人，温克尔喝了他们的酒，沉睡了二十年，醒来见城郭全非。

姐和他推心置腹地说，"没想到这么晚了。不过离二十年还差得远。"

他们走到堤上时，看见远处树丛间一闪一闪的亮光。不一会儿人声沸腾，是找姐姐的队伍来了。他们先看见雪白的鲁鲁，好几个声音叫他，问他，就像他会回答似的。他的回答是把姐姐越引越近，姐姐投在妈妈怀里时，他担心地坐在地上看。他怕姐姐要受罚，因为谁让妈妈着急生气，都要受罚的，可是妈妈只拥着她，温和地说："你不怕醒来就见不着妈妈了么？""我快睡着时，忽然害怕了，怕一睡二十年。可是已经止不住，糊里糊涂睡着了。"人们一阵大笑，忙着议论，那山上有狼，多危险！谁也不再理鲁鲁了。

爸爸从城里回来后，特地找鲁鲁握手，谢谢他。鲁鲁却已经不大记得自己的功绩，只是这几天饭里居然放了牛肉，使他很高兴。

又过些时，姐姐弟弟都在附近学校上学了。那也是城里迁来的。姐姐上中学，弟弟上小学。鲁鲁每天在庙门口看着他们走远，又在山坡下等他们回来。他还是在草丛里跑，跟着去买豆腐。又有一阵姐姐经常生病，每次她躺在床上，鲁鲁都很不安，好像要遇到什么危险似的。卖豆腐老人特地来说，姐姐多半得罪了山灵，应该到鲁鲁找到姐姐的地方去上供。爸爸妈妈向他道谢，却说什么营养不良，肺结核。鲁鲁不懂他们的话，如果懂得，他一定会代姐姐去拜访山灵的。

好在姐姐多半还是像常人一样活动，鲁鲁的不安总是短暂的。日子如同村边小溪潺潺的清流，不慌不忙，自得其乐。若是鲁鲁这时病逝，他就是世界上最幸福的狗了。但是他很健康，雪白的长毛亮闪闪的，身体的线条十分挺秀。没人知道鲁鲁的年纪，却可以看出，他离衰老还远。

村边小溪静静地流，不知大江大河里怎样掀着巨浪。终于有一天，日本投降的消息传到这小村，整个小村沸腾了，赛过任何一次赶集。人们以为熬出头了。爸爸把妈妈一下子紧紧抱住，使得另外三个成员都很惊讶。爸爸流着眼泪说："你辛苦了，你太辛苦了。"妈妈呜呜地哭起来。爸爸又把姐姐弟弟也揽了过来，四人抱在一起。鲁鲁连忙也把头往缝隙里贴。这个经历了无数风雨艰辛的亲爱的小家庭，怎么能少得了鲁鲁呢。

"回北平去！"弟弟得意地说。姐姐蹲下去抱住鲁鲁的头。她已经是一个窈窕的少女了。他们决没有想到鲁鲁是不能去的。

范家已经家徒四壁，只有一双宝贝儿女和爸爸几年来在煤油灯下写的手稿。他们要走很方便。可是还有鲁鲁呢。鲁鲁留在这里，会发疯的。最后决定带他到 T 市，送给爱狗的唐伯伯。

经过一阵忙乱，一家人上了汽车。在那一阵忙乱中，鲁鲁总是很不安，夜里无休止地做梦。他梦见爸爸、妈妈、姐姐和弟弟都走了。只剩下他，孤零零在荒野中奔跑。而且什么气味也闻不见，这使他又害怕又伤心。他在梦里大声哭，妈妈就过来推醒他，然后和爸爸讨论："狗也会做梦么？""我想——至少鲁鲁会的。"

鲁鲁居然也上了车。他高兴极了，安心极了。他特别讨好地在妈妈身上蹭。妈妈叫起来："去！去！车本来就够颠的了。"鲁鲁连忙钻在姐姐弟弟中间，三个伙伴一起随着车的颠簸摇动，看着青山慢慢往后移；路在前面忽然断了，转过山腰，又显现出来，总是无限地伸展着……

上路第二天，姐姐就病了。爸爸说她无福消受这一段风景。她在车上躺着，到旅店也躺着。鲁鲁的不安超过了她任何一次病时。他一刻不离地挤在她脚前。眼光惊恐而凄凉。这使妈妈觉得不吉利，很不高兴。"我们的孩子不至于怎样。你不用担心，鲁鲁。"她把他赶出房门，他就

127

守在门口。弟弟很同情他，向他详细说明情况，说回到北平可以治好姐姐的病，说交通不便，不能带鲁鲁去，自己和姐姐都很伤心；还说唐伯伯是最好的人，一定会和鲁鲁要好。鲁鲁不懂这么多话，但是安静地听着，不时舔舔弟弟的手。

T市附近，有一个著名的大瀑布。十里外便听得水声隆隆。车经这里，人们都下车到观瀑亭上去看。姐姐发着烧，还执意要下车。于是爸爸在左，妈妈在右，鲁鲁在前，弟弟在后，向亭上走去。急遽的水流从几十丈的绝壁跌落下来，在青山翠峦中形成一个小湖，水汽迷蒙，一直飘到观瀑亭上。姐姐觉得那白花花的厚重的半透明的水幔和雷鸣般的轰响仿佛离她很远。她努力想走近些看，但它们越来越远，她什么也看不见了，倚在爸爸肩上晕了过去。

从此鲁鲁再也没有看见姐姐。没有几天，他就显得憔悴，白毛失去了光泽。唐家的狗饭一律有牛肉，他却嗅嗅便走开，不管弟弟怎样哄劝。这时的弟弟已经比姐姐高，是撞不倒的了。一天，爸爸和弟弟带他上街，在一座大房子前站了半天。鲁鲁很讨厌那房子的气味，哼哼唧唧要走。他若知道姐姐正在楼上一扇窗里最后一次看他，他会情愿在那里站一辈子，永不离开。

范家人走时，唐伯伯叫人把鲁鲁关在花园里。他们到医院接了姐姐，一直上了飞机。姐姐和弟弟为了不能再见鲁鲁，一起哭了一场。他们听不见鲁鲁在花园里发出的撕裂了的、变了声的嗥叫，他们看不见鲁鲁因为一次又一次想挣脱绳索，磨掉了毛的脖子。他们飞得高高的，遗落了儿时的伙伴。

鲁鲁发疯似的寻找主人，时间持续得这样久，以致唐伯伯以为他真要疯了。唐伯伯总是试着和他握手，同情地、客气地说："请你住在我家，这不是已经说好了么，鲁鲁。"

鲁鲁终于渐渐平静下来。有一天，又不见了。过了半年，大家早以为他已离开这世界，他竟又回到唐家。他瘦多了，完全变成一只灰狗，身上好几处没有了毛，露出粉红的皮肤；颈上的皮项圈不见了，替代物是原来那一省的狗牌。可见他曾回去，又一次去寻找谜底。若是鲁鲁会写字，大概会写出他怎样戴露披霜，登山涉水；怎样被打被拴，而每一次都能逃走，继续他千里迢迢的旅程；怎样重见到小山上的古庙，却寻不到原住在那里的主人。也许他什么也写不出，因为他并不注意外界的凄楚，他只是要去解开内心的一个谜。他去了，又历尽辛苦回来，为了不违反主人的安排。当然，他究竟怎样想的，没有人，也没有狗能够懂得。

唐家人久闻鲁鲁的事迹，却不知他有观赏瀑布的癖好。他常常跑出城去，坐在大瀑布前，久久地望着那跌宕跳荡、白帐幔似的落水，发出悲凉的、撞人心弦的哀号。

1980 年 6 月

董师傅游湖

董师傅在一所大学里做木匠已经二十几年了，做起活来得心应手，若让那些教师们来说，已经超乎技而近乎道了。他在校园里各处修理门窗，无论是教学楼、办公楼、教师住宅或学生宿舍，都有他的业绩。在一座新造的仿古建筑上，还有他做的几扇雕花窗户，雕刻十分精致，那是他的杰作。

董师傅精通木匠活，也对校园里的山水草木很是熟悉。若是有人了解他的知识，可能聘他为业余园林鉴赏家。其实呢，他自己也不了解自己。一年年花开花落，人去人来，教师住宅里老的一个个走了，学生宿舍里小的一拨拨来了。董师傅见得多了，也没有什么特别感慨的。家里妻儿都很平安，挣的钱足够用了，日子过得很平静。

校园里有一个不大的湖，绿柳垂岸，柳丝牵引着湖水，湖水清澈，游鱼可见。董师傅每晚收拾好木工家具，便来湖边大石上闲坐，点上一支烟，心静如水，十分自在。

不知为什么，学校里的人越来越多，校园渐渐向公园靠拢。每逢节日，湖上亭榭挂满彩灯，游人如织。一个"五一"节，董师傅有一天假，傍晚便来到湖边，看远处楼后夕阳西下。天渐渐暗下来，周围建筑物上的彩灯突然一下子都亮了，照得湖水通明。他最喜欢那座塔，一层层灯光勾勒出塔身的线条。他常看月亮从塔边树丛间升起，这时月亮却看不见。也许日子不对，也许灯太亮了。他并不多想，也不期望，他无所谓。

有人轻声叫他，是前日做活那家的女工。她刚来不久，是他的大同乡，名唤小翠。

小翠怯怯地说：“奶奶说我可以出来走走，现在我走不回去了。”

董师傅忙灭了烟，站起身说：“我送你回去。”想一想，又说：“你看过了吗?”

小翠仍怯怯地说：“什么也没看见，只顾看路了。”

董师傅一笑，领着小翠在熙攘的人群中沿着湖边走，走到一座小桥上，指点说：“从这里看塔的倒影最好。”

通体发光的塔，在水里也发着光。小翠惊呼道：“还有一条大鱼呢!”那是一条石鱼，随着水波荡漾，似乎在光辉中跳动。

又走过一座亭子，那是一座亭桥，从亭中可以环顾四周美景。远岸丁香、连翘在灯光下更加似雪如金，近岸海棠正在盛期，粉嘟嘟的花朵挤满枝头，好不热闹。亭中有几副楹联，他们并不研究。

董师傅又介绍了几个景点，转过山坡，走到那座仿古建筑前，特别介绍了自己的创作——雕花窗户。

小翠一路赞叹不已，对雕花窗户没有评论。董师傅也不在意，只说：“不用多久，你就惯了，就是这地方的熟人了。大家都是这样的。”他顿了一顿，又说：“可惜的是，有些人整天对着这湖、这树，倒不觉得好看了。”

两人走到校门口，董师傅在一个小摊上买了两根冰棍。两人举着冰棍，慢慢走。一个卖花的女孩跑过来，向他们看了看，转身去找别人了。

又走一时，小翠说她认得路了。董师傅叮嘱小翠，冰棍的木棒不要随地扔。自己转身慢慢向住处走去。他很快乐。

打球人与拾球人

大片的开阔的青草地，绿茸茸的，一直伸展开去。远处树林后面，可以看见蜿蜒的青山。太阳正从青山背后升起，把初夏的温和的光洒向这个高尔夫球场。

谢为的车停在球场门前。门旁站着几个球童。排首的一个抢步过来，站在车尾后备厢前，等谢为打开后备厢，熟练地取出球包，提进门去。谢为泊好车，从另一个入口进去，见球包已经在自己的场地上。球童站在旁边，问他是不是先打练习场。

这球童十五六岁，生得很齐整。头发漆黑，眼睛明亮。

"你是新来的?"谢为问。他平常是不和球童说话的。

"来了两个多月了。"球童垂手有礼地回答。

谢为一想，果然自己两个多月没打球了。事情太多，便是今天，也是约了人谈生意。

已经有几个人在练球，白色的球在空中划出一道道抛物线。谢为的球也加入其中，映着蓝天，飞起又坠落。不到半小时，满地都是球，白花花一片。拾球车来了，把球撮起。谢为的球打完了，球童又送来一筐。谢为说他要休息一下，等约的人来了一起下场。来人已不年轻，要用辆小车。

"一会儿我给您开车。"球童机灵地说。这球童姓卫，便是小卫。他们一般都被称为小这小那，名字很少出现。

谢为靠在椅上，看着眼前的青草地，地面略有起伏，似乎与远山相呼应。轻风吹过，带来阵阵草香。侍者送来饮料单，他随意指了一种，慢慢啜着，想着打球时要说的话。

饮料喝完了，他起身走到门口。来了几辆车，不是他要等的人。也许是因为烦躁，也许是因为太阳已经升得很高，有些热了。又等了一阵，还是不见踪影。谢为悻悻地想：架子真大。这一环节不能谈妥，下面的环节怎么办？也许这时正在路上？

手机响了，约的人说临时有要事，不能来了。显然，谢为的约会还不够重要。"那请便。"谢为在心里说，关了手机。

小卫在旁说："那边有几位先生正要下场，您要不要和他们一起打？"

谢为看着小卫，心想：这少年是个精明人，将来不知会在哪一行建功立业，或者在这纷扰的社会中早早就被甩出去，都很难说。

"好的，这是个好主意。"他说着，向那几位球友走去。

小卫跟着低声问："车不用了吧？"谢为很高兴。在小卫眼里，他还身强力壮，不需要车。

这边的球友们欢迎他，其中一位女士说，常在报上看到他的名字和照片。他轻易地打进了第一个洞，再往下就落后了。越打越心不在焉，总想着本来要在球场上谈的题目。这题不做，晚上的饭局上谈什么？他把球一次次打飞，他的伙伴诧异地瞪了他几眼。小卫奔跑捡球，满脸是汗。

"呀！"谢为叫了一声，在一个缓坡上趔趄了一下，不留神崴了脚。照说，球场上青草如茵，怎会崴脚，可是他的脚竟伤了。小卫跑过来扶他，满脸关切。小车很快过来了，他被扶上车，几个人簇拥着向屋中去。谢为足踝处火辣辣的痛，但心中有几分安慰。晚上的饭局可以取消了，题目可以一个个向后移了。他本可以有几十个借口取消那饭局，现在的局面是最好的借口，尤其是对他自己。

小卫扶他坐在酒吧里，问他要不要用酒擦。

谢为问："有没有二锅头？"酒童说只有两百八十元的。谢为不在意地说："就用这个。"侍者取来，小心地斟出一杯。

小卫帮他脱去鞋袜，见脚面已经红肿了。小卫把酒倒在手心，在脚面轻轻揉搓。

"真对不起，"球场经理小跑着赶过来，赔笑道，"已经叫人去检查场地了。先生的卡呢？今天的费用就不能收了。"说话时搓着两手，这动作是他新学的，他觉得很洋气。

谢为只看着那酒瓶。经理敏捷地说："这瓶酒当然也不收费。"

谢为慢慢地说："不要紧的，是我自己不小心。"

经理对小卫说："轻一点。"又对谢为说，"能踩刹车吗？多休息一会儿罢。"

谢为离开时，给了小卫三张纸。小卫扶他上车，又把球包和酒瓶都放好。

小卫回到球场，仍奔跑着捡球，他很满意这一天的收入，他要寄两百元给母亲，并给妹妹买一本汉语字典。

稻草垛咖啡馆

阿虎是小名，叫阿虎便有一些希望他做大事的意思。因为不是阿狗阿猫，是虎。阿虎曾经在一家名气很大的公司工作，并任本地区分公司总经理。他很聪明，经营有术，生意发达，很得领导层的重视。都传说他要高升了，升任集团中更高的职务，便有那相熟的人准备下庆祝宴会。可是出乎人们意料，他不但拒绝高升，连本来的位置也辞掉了，害得大家好不扫兴。

过了些时，一个街角出现了一家小咖啡馆。进门处有一幅大画，画着大大小小的稻草垛，这就是咖啡馆的名字。不像时下一些店铺喜用洋文，它就是简简单单的"稻草垛"，让人想起阳光和收获，似乎还有些稻草的香味，混杂在浓郁的咖啡香味里。

阿虎的大名叫雷青虎，妻子名闪白凤。白凤是个心高气傲的女子，她可不是容易改变生活方式的。为了阿虎要换工作，他们已经讨论了几年，两人甚至准备分道扬镳，迟延不决是因为五岁的儿子不好安排。白凤说："我们总不能跟着你喝西北风吧。"

几个月前，公司的一位高层管理人员在办公室猝死。有人说是自杀，有人说是他杀，总之他突然离开了这个世界。这事被大家谈论了一阵，慢慢就淡忘了，却为阿虎的主张增加了砝码。白凤一时深感人生无常，不再需要劝说，便随他离开高楼，到街角开了这家咖啡馆。

他们离开了大公司的钩心斗角，那里每个人身上都像长满了刺，每个人都必须披盔戴甲。小咖啡店就自由多了，他们还烤面包，做糕点，也做一些简单的菜肴，不久这稻草垛就出了名。

"拿铁咖啡，大杯的，一份鹅肝酱。"

"来一份黑森林蛋糕。"

常有人下班后在这里吃点什么，看看街角的梧桐树。如遇细雨霏霏，便会坐得很久。有些顾客是阿虎从前的同事，他们说："你的咖啡馆眼看又兴旺起来了，还不开个连锁店？你是个能成功的人，要超星巴克，谁也挡不住。"

阿虎笑笑，说："成功几个子儿一斤？人不就是一个身子，一个肚子吗？"他记得小时父亲常说，鹪鸟巢林，不过一只；鼹鼠饮河，不过满腹。不过他不对旧同事说这些，说了他们也不懂。

阿虎的父亲是三家村的教书先生，会背几段《论语》，几篇《庄子》。不过几千字的文章，他不但自己受用、教育儿子，乡民也跟着心平气和。阿虎所知不过几百字，常想到的也不过几十字，却能让他知道人生快乐，不和钱袋成正比。

白凤没有这点哲学根底，对阿虎不肯扩大再生产，心里不以为然。她说阿虎不求上进，两人不时闹些小别扭。阿虎就引导太太发展业余爱好，有时关了小店和太太到处逛，一次甚至到巴西踢了一场足球，不是看，是踢。

一个初秋的黄昏，空中飘着细雨，店里人很少，两个帮手都没有来，店中只有阿虎一人照料。一个老年人拄着拐杖走进来，拐杖是那种有四个爪的。他也许中风过，走路有些不便，神态依然安闲。他是小店的常客，似乎住得不远，从来不多说话。他照例临窗坐了，吩咐一杯咖啡。他的咖啡总是要现磨的，阿虎总愿意亲自做。他先递上报纸，转身去做咖啡。咖啡的香味弥漫在小店中，阿虎常觉得，这香味给小店染上了一层咖啡色，典雅而又温柔。

咖啡送到老人手中，老人啜了一口，满意地望着窗外。雨中的梧桐树叶子闪闪发亮，可能有风，两片叶子轻轻飘落，飘得很慢。

老人忽然大声说："树叶落了。又一次落叶了。"阿虎一怔，马上明白，这是老人自语，不必搭话。

这时门外走进一位瘦削的女子，衣着新式，都是名牌。阿虎认得，这是一家大公司的副总，从没有来过，忙上前招呼。

女子挑了一张靠近街角的桌子坐了，要了一杯卡布奇诺咖啡，笑笑说："早就听说你这家店了，果然不错，一进门的稻草垛就不同寻常。"

记得有一次大型活动，阿虎也在场，那时这位副总穿一件带银白毛皮领的淡紫色衣裙，代表公司讲话，赢得不少赞叹。在生意场中，她的精明能干、美貌出众是人人皆知的，现在容颜很是憔悴，分明老了许多。

阿虎微叹说："大家还是那么忙？歇一会儿吧。"送上一碟松子，自去调制咖啡。

女子不在意地打量店内陈设，看到窗前坐着的老人，有些诧异。略踌躇后，站起身，向老人走去。老人还在看着窗外的梧桐树，也许在等下一片叶子的飘落。

"您是——"女子说出老人的名字。

老人转过目光，定定地看着女子，过了一分钟，有礼貌地说："你认得我？"

女子微笑道："二十年前，我曾给您献过花。前年我们组织论坛，您还有一次精彩的演讲。"

老人神情木然，过去的事物离他已经很遥远了。

女子又说："您不会记得我。"随即说出自己的名字，又粲然一笑，似乎在笑自己的报名。

名字对老人没有作用，那笑容却勾起一张图片。

他迷惘地看着女子，眼前浮出一个可爱的小姑娘，光亮的黑发向后梳成一根单辫，把一束鲜花递给他，转身就走，跑下台阶，却又回头，向他一笑。

过了十年，有一次论文答辩，一位要毕业的女学生和评委们激烈辩论，是他最后做出裁决。那位女学生也是这样粲然一笑说，她曾给他献过花。他记起她的笑容，不觉说："你长大了。"

又是十年，他不大记得那次论坛，他的脑海的装载已经太多了。他接受过许多献花，也参加过多次论文答辩，现在印象都已经模糊了。这几次重叠的笑容，翻开了他脑中发黄的图片，过几天又可能消失了。

眼前的女子已经不是水灵灵的小姑娘、大姑娘，而是一副精力透支、紧张疲惫的模样，擦多少层各种高价面霜也遮掩不住。他如果说话，就会说："你变老了。"也许他见到的和他想到的并不是同一个人。

女子坐在老人对面，忽然倾诉说："我太累了，真没有意思。"稍顿了一下，又说，"您看见水车了吗？水车在转，那水斗是不能停的，只能到规定的地方把水倒出来。水倒空了，也就完了，再打的水就是别人的了。"

老人神情依旧木然，手脚忽然都颤动了一下。阿虎端了咖啡来，听见这段话，心头也颤了一下。

"我会老的。"女子对老人说。看着那满头白发，心里想："像您一样。"

"也会死的。"阿虎心想，"我们都会死。"

阿虎回到操作间，见白凤正站着发呆。她从后门进来，听见客人谈话。

"我想你是对的。"她对阿虎说。

雨丝还是轻轻飘着，阿虎主动端了一杯咖啡，放在女子面前，说："请你。"女子喝着，不再说话。

老人默坐，又聚精会神地看着梧桐树。又一片叶子落了。

客人走了，阿虎两人心里都闷闷的，提早关了店门。迎门挂着那幅招牌画，一个个大大小小的稻草垛，这是他们的靠山，他们不需要再多了。

不久又有消息，说这条街的房屋都要拆了，要建一座大厦。他们可能还得回到楼底，找一个角落开一家小店讨生活。店名还叫稻草垛。

画　痕

大雪纷纷扬扬，大片的雪花一片接着一片往下落，把整个天空都塞满了。这城市好几年没有这样大的雪了。

逯冬从公共汽车上下来，走进雪的世界，他被雪裹住了，无暇欣赏雪景，很快走进一座大厦，进了观景电梯。这时看着飞扬的雪花，雪向下落，人向上升，有些飘飘然。他坐到顶，想感受一下随着雪花向下落的感觉，便又乘电梯向下。迷茫的雪把这城市盖住了，逯冬凑近玻璃窗，仔细看那白雪勾勒出的建筑的轮廓，中途几次有人上下，他都不大觉得，只看见那纷纷扬扬的雪。

电梯再上，他转过身，想着要去应试的场面和问题。他是一个很普通的计算机工程师，因母丧，回南方小城去了几个月。回来后原来的职位被人占了，只好另谋出路，现在来这家公司应试。

电梯停下了，他随着几个人走出电梯。

这是一个大厅，很温暖。许多人穿着整齐，大声说笑，一点不像准备应试的样子。有几个人好奇地打量逯冬，逯冬也好奇地打量这大厅和这些人。他很快发现自己走错了地方，他要去二十八层，而这里是二十六层。

他抱歉地对那些陌生人点点头，正要退出，一个似乎熟识的声音招呼他："逯冬，你也来了。"这是老同学大何。大何胖胖的，穿一身咖啡色西服，打浅色领带，笑眯眯有几分得意地望着逯冬。"你来看字画吗？是要买吗？"

逯冬记起听说大何进了拍卖这一行，日子过得不错，是同学里的发达人家。

"我走错了。提早出了电梯。"逯冬老实地说。

"来这里都是有请柬的，不能随便来。"大何也老实地说，"不过，你既然来了何不看看。我记得你好像和字画有些关系。"

大何所说的关系是指逯冬的母亲是位画家，同学们都知道的。大何又加一句："你对字画也很爱好，有研究。"他很欣赏自己的记性。

逯冬不想告诉他，母亲已于两个月前去世，只苦笑道："我现在领会，艺术都是吃饱了以后干的活儿。"

大何请逯冬脱去大衣，又指一指存衣处。逯冬脱了大衣，因想着随时撤退，只搭在手上。他为应试穿着无扣的西服上装，看上去也还精神。

他们走进一道木雕隔扇，里面便是展厅了。有几个人拿着拍卖公司印刷的展品介绍，对着展品翻看。大何想给逯冬一本介绍，又想：他反正不会买的，不必给他。逯冬也不在意，只顾看那些展品。因前两天已经预展过了，现在观众并不多。他先看见一幅王铎的字，他不喜欢王铎的字。又看见一幅文徵明的青绿山水，再旁边是董其昌《葑泾访古图》的临摹本，似是一幅雪景。他往窗外去看雪，雪还在下，舒缓多了，好像一段音乐变了慢板。又回头看画，这画不能表现雪的舒缓姿态，还不算好。

逯冬想着，自嘲大胆，也许画的不是雪景呢。遂想问一问，这是不是雪景。“葑”到底是什么植物？以前似乎听母亲说过这个字，也许说的就是这幅画，可是“葑”究竟什么样子？近几年，还有个小说中的人物叫什么葑。

大何已经走开，他无人商讨，只好又继续看。还是董其昌的字，一幅行书，十分飘逸。他本来就喜欢董字，后来知道“读万卷书，行万里路”这八个字是董其昌说的，觉得这位古人更加亲切。旁边有人低声说话，一个问：“几点了？”他忽然想起了应试，看看表，已经太晚了，好在明天还有一天，索性看下去。

董其昌的字旁边挂着米友仁的字，米家，他的脑海里浮起米芾等一连串名字，脚步已经走到近代作品的展区，一幅立轴山水使他大吃一惊。这画面他很熟悉，他曾多次在那云山中遨游，多次出入那松林小径。云山松径都笼罩着雪意，那似乎是活动的，他现在也立刻感觉到雪的飞扬和飘落。当他看到作者米莲予时，倒不觉惊奇了。这是米莲予的作品，米莲予就是他不久前去世的母亲。

逯冬如果留心艺术市场，就会知道近来米莲予的画大幅升值，她的父亲米颙的字画也为人关注。近一期艺术市场报上便有大字标题：米家父女炙手可热。可能因为米莲予已去世，可是报上并没有她去世的消息。米莲予的画旁便是米颙的一幅行书，逯冬脑子里塞满了记忆的片段，眼前倒觉模糊了。

他记得儿时的玩具是许多废纸，那是母亲的画稿，她常常画了许多张，只取一两张。逯冬儿时的游戏也常是在纸上涂抹，他的涂抹并没有使他成为艺术家，艺术细胞到他这里终止了。他随大流学了计算机专业，编软件还算有些想象力。有人会因为他的母系，多看他两眼。外祖一家好几代都和字画有不解之缘，母亲因这看不见的关系，"文革"中吃尽苦头，后来又因这看不见的关系被人刮目相看，连她自己的画都被抬高了。喜欢名人似乎是社会的乐趣。米莲予并不在乎这些，她只要好好地画。她的画大都赠给她所任教的美术学校，这幅画曾在学校的礼堂展览过。有的画随手就送人了，家里存放不多。

"看见吗?"大何不知何时走到他身边，"你看看这价钱!"

逯冬看去，仔细数着数字后面的零。一万两千，十二万，最后弄清是一百二十万。

大何用埋怨的口气说："这些画，你怎么没有收好。"

逯冬不知怎样回答。母亲似乎从没有想到精神的财富会变成物质的财富。事物变化总是很奇妙的。

他又看米颙的行书。这是一个条幅，笔法刚劲有力，好几个字都不认得。他们这一代人是没有什么文化的。他念了几遍，记住两句：只得绿一点，春风不在多。

大何又发评论："这是你的外祖父? 近人的画没有，祖上总会留下几幅吧?"

逯冬摇头，"文革"中早被人抄走了，也许已经卖到不知什么地方去了。他想，却没有说。

拍卖要开场了，大何引逯冬又走过一道隔扇，里面有一排排座椅。有些人坐在那里，手里都拿着一个木牌。大何指给他一个座位。人声嗡嗡的，逐渐低落。一个人简单讲话后，开始拍卖。

最先是一幅民初学者写的对联。起价不高，却无人应，主持人连问三次，没有卖出。接下来是一幅画，又是一幅字，拍卖场逐渐活跃。逯

144

冬看见竞拍人举起木牌，大声报价，每次报价都在人群中引起轻微的波动。又听见槌子咚地一敲，那幅字或画就易手了。轮到米莲予的那幅《松山雪意图》时，逯冬有几分紧张。母亲的画是母亲的命，一点点从笔尖上流出来的命，现在在这里拍卖，他觉得简直不可思议。

"一百二十五。"一个人报价，那"万"字略去了。

"一百三十。"又一个人报价。

逯冬很想收回母亲的作品，把这亲爱的画挂在陋室中，像它诞生时那样。可是他没有力量，现在还在找工作，无力担当责任。这是他的责任吗？艺术市场是正常的存在，艺术品是属于大家的。

"二百二十。"有人在报价。报价人坐在前面几排，是个瘦瘦的中年人。他用手机和人商量了许久报出了这个价钱。

场上有轻微的骚动，然后寂然。

"二百二十万！"主持人清楚地再说一遍，没有回应。主持人第三遍复述，没有回应。槌声咚地响了。《松山雪意图》最后以二百二十万的价钱被人买走。

逯冬觉得惘然而又凄然，这真是多余的感觉。他无心再看下面的拍卖，悄然走出会场。

大何发觉了，跟了过来，问："感觉怎样？"逯冬苦笑。

"这儿还有一幅呢。"大何指着厅里的一个展柜，引逯冬走过去，一面说，"我们用不着多愁善感。"

展柜里平放着几幅小画，尺寸不大。逯冬立刻被其中一幅吸引，那是一片鲜艳的黄色，亮得夺目。这又是一张他十分熟悉的画，母亲画时，他和父亲逯萌都在旁边看，黄色似要跳出纸来。"是云南的油菜花，还是新西兰的金雀花？"父亲笑问，他知道她哪儿也没有去过。画面远处有一间小屋，那是逯冬的成绩，十五岁的逯冬滴了一滴墨水在那片黄色上。母亲添了几笔，对他一笑，说："气象站。"逯冬看见了作者的名字——米莲予，还有图章，是逯萌刻的，"米莲予"三个字带着甲骨文的天真。这图章还在逯冬的书柜里。逯冬叹息，父亲去世过早，没有发挥他全部的学识才智。画边又有一行小字，那是米家的一位熟朋友，这幅画是送给她的，因为她喜欢。她拿着画，千恩万谢，说这是她家的传家宝。

"这画已经卖了，五十万元。"大何说。逯冬点点头，向大何致谢，走进电梯。

雪已停了，从电梯里望下去是一片白。逯冬走出大厦，在清新的空气中站了一会儿。

"明天再来应试。"他想，大步踏着雪花，向公共汽车站走去。

琥珀手串

祝小凤当护工已经六七年了，照顾的大多是女老人。照顾一段时间便送她们离开，有的从前门出，有的从后门出，家属们便有的欢喜，有的悲伤，祝小凤也看惯了。他们付给报酬时，有的慷慨，有的吝啬。最初她很在乎，常要争执几句。后来有了些积蓄，大方起来，多几个，少几个，不以为意。护士们说她是个明白人。她又做事细心，手脚麻利，是上等的护工。

这一次，祝小凤照顾的是一位老太太，姓林，病似乎并不很重，不需很多服侍，对祝小凤倒很关心，叫她小祝，常把人家送的东西分给她。来看林老太的人很多。不久小祝知道，其实老太太只有一个女儿，在一家大公司做事，是个金领，人称林总。母女相依为命，女儿差不多天天派人送东西来，送各种花、各种吃食。有一天送来两双棉鞋，一双黑的上面有红花，一双紫红的上面有黑花。祝小凤不知道这鞋在医院里有什么用处，却真心地说："奶奶福气真好。"林老太微笑着叹气，摇了摇头。

林老太这种表情，很平淡，又很深沉。祝小凤总觉得她和别人有些不同，不大像个老人，倒有几分淘气，会有些别人想不到的主意。其实人在病床上，那已经是大打折扣了。有人送来一只玩具青蛙，会从房间这一头跳到那一头，林老太看得很开心。祝小凤觉得，老了老了的，还需要玩具，这又是一种福分。

祝小凤嘴上说老太太有福气，心里最羡慕的是那女儿。女儿的年纪和小祝差不多。她除了派司机、秘书和手下人给母亲送东西，自己也常来，但是从不和林老太讨论病情和医生的治疗方案——也许在医生办公室谈过了。所以小祝只知林老太心脏不好，始终不知得的是什么病。她也不需要研究，病人得什么病，跟她的关系并不大，她只需要做好照看病人的工作。她更关心的是林总的衣着，那是千变万化的。有时毛衣上开几个洞，像是怕风钻不进去；有时靴子上挂两个球，走起来滴里嗒啦乱甩。跟着她的人（那是少不了的）对老太太说："林总在各种场合出现，报道中总少不了介绍她的服装。"老太太又是叹口气，摇摇头。

这一天，林总捧着一束花来了，花很鲜艳，说是刚从云南运来的。她穿了一件黑毛衣，完整的，没有窟窿，下面是红皮裙。胸前一件蜜色挂坠，非常光润，手上戴了同样颜色的手串，随意套在毛衣袖子外面，发着一圈幽幽的光。小祝只觉得好看，不知道是什么材料。

林老太看着女儿说："今天穿得还算正规，这两件首饰也配得很典雅。"

女儿便把手串褪下来，放在母亲手里，让她摸一摸，说："这是最好的琥珀，做工也好。"

林老太随手摸了摸，仍给女儿戴上，说："戴首饰越简单越好。好在你倒不喜欢这些东西。"

林总说了几句话，大都是怎么忙，怎么忙，随即一阵风似的走了。

祝小凤照顾林老太吃晚饭，餐桌上有鱼，那是营养师提醒病人食用的。

小祝仔细挑去鱼刺，问了一句："琥珀很贵吗？"

老太说："要看质地……"说着便呛咳起来。祝小凤忙倒水、捶背，不敢再多话。

过了几天，祝小凤的丈夫来看她。他在家里守着穷山沟，全靠妻子挣钱送儿子上了高中。每到冬天，如果小凤不回家，他总是进城来看望，给她带点家乡的土产吃食。这回是几包酸枣干和苎麻籽，小镇上加工制作的，前几年还没有这种技术呢。因为要给儿子买一件棉外衣，他们去了一处批发市场。外面北风呼啸，紧压着屋顶和墙壁，冷风直透进来。两人在市场里转了几圈，买好了东西，还在一家小铺吃了面。要离开时，忽然看到一个小摊，卖那种五颜六色、零七八碎的小玩意儿。

祝小凤站住了，她的目光落在一件饰物上，那俨然是一个琥珀手串。她拿起手串，摸了又摸，看了又看，看不出和林总的有什么不一样。几次放下，又拿起来。

"想买吗？"丈夫问。

"谁花这闲钱！"祝小凤说，手里仍拿着那手串。

丈夫很解人意，和摊主讨价还价，花了五块钱，把手串买下了。小凤明知这钱是自己挣的，心里还是漾过一阵暖意。她收好手串，跟丈夫随意说着闲话。她说："隔壁病房的病人出了院要到海南去疗养。"丈夫说："那么远，我们这辈子别想去。"祝小凤说："那也难说。"她一路摸着那手串，觉得很满足。

祝小凤把家乡的酸枣干和苎麻籽送给林老太分享。老太特别戴上假牙品尝，说："原来苎麻籽也可以吃，还这样香脆。"

小凤又指着手腕上的手串，请林老太猜值多少钱。

老太说："做得真像。十块？二十块？"

小凤道："您出这个价，我卖给您。"两人都笑了。

晚饭后，护工们在一起，自然而然就议论小凤新戴的手串。一个说，一看就是假的，玻璃珠子罢了。另一个说，别看是假的，做得真像呢。又一个说，管他真的假的，好看就行。

晚上，林总来了，祝小凤又把自己的手串请她过目。

林老太忽然说："小凤这么喜欢这样的手串，你们俩换着戴几天。"

女儿笑着说："妈妈总有些奇怪的主意。"说着便把手串褪下来。

小凤不敢接，林总说："换着戴吧，怕什么，只要妈妈高兴。"

小凤接了手串，把自己那串放在桌上，说："听老太太的。"退出去了。

林老太拿起小凤的手串，端详着说："真像，只是光泽不一样。在行的人还是一眼就会看出来的。"说着递给女儿，"收好了，别弄丢了，要还给人家的。"

她见女儿戴上了手串，心里很宽慰，暗想：女儿一点儿不矫情，也随和，不会说自己戴过的东西，不准别人戴。林总两个手机，正接着一个，另一个在响。她看看来电号码，简单明快地吩咐几句，结束了这个通话。拿起响着的手机，便完全是另一种口气，很委婉地安排了什么事情。

林老太看着女儿，不由得说："东西戴在你手上，假的也是真的。"

林总回到办公室，随手把手串扔在桌旁几上。正好一个半熟不熟求林总办事的人来，见了说："这么贵重的东西，就丢在这里。"回去特别做了一个精致的盒子送过来，说：好东西要有好穿戴，原来一定有的，添一个是我尽心。秘书收了盒子，林总瞥了一眼，心想：可以给妈妈看，证明她的话。

祝小凤戴上真的琥珀手串，有些飘飘然，在护工中炫耀。大家又发议论，这回意见很一致，总结出来是：戴在你身上，真的也是假的，没人相信它是真的。祝小凤有些沮丧。

正好护士长来了，看着祝小凤戴的手串说："呀，这么好看的东西！"

祝小凤觉得遇到了知音，抬起手让护士长看。不料她说："做得真像，多贵重似的。这种有机玻璃最唬人了，你倒好眼光，会挑。"

祝小凤说："你仔细看看，这是真的！"

护士长笑说："不用看我也知道。"

林总去美国出差，三天没有来医院，病房里很平静。祝小凤把众人对手串的反应说给林老太。老太神情漠然，似乎不大记得这事了。

这天下午，林老太靠在床上，忽然问祝小凤都会唱什么歌。祝小凤说："原来在家里也喜欢唱的，现在都忘了。"其实，林老太最想听的是一首英文歌，这里的人是无法帮助的。她也不再问，一直到入睡，都没有说话。

凌晨时分，祝小凤听到林老太哼了几声，没有在意。等她起来梳洗后，见老太太没有动静，过去看时，她似乎已经停止了呼吸。

祝小凤惊得魂飞魄散。她急忙打铃，又跑出病房去叫人。医生和护士都来了，医生做了检查，在床前站了片刻，轻轻拉上了白被单。很快，林总来了，她俯身抱住母亲，许久不起来。跟来的人以为她昏倒了，大声叫着林总，将她扶起，只见被单湿了一大片。祝小凤觉得林总很委屈，为什么不大声哭？也许，她们这样的人是不会大声哭的。接着又来了许多人。没有人责备祝小凤，生死大限谁也拗不过的。

祝小凤很难过。她做护工这些年，照顾过许多病人，还没有见过这样的死法，这样安静，一点也不麻烦人。没有上呼吸机，没有切开气管，没有在身上插满管子，没人打扰，干净利落，静悄悄地离开了这个世界。其实这也是一种福分，她想着，叹了一口气。

过了几天，祝小凤想起她拿着林总的真琥珀手串，应该去把自己的那个换回来。她不愿意用自己不值钱的东西去占有别人值钱的东西，而且她的手串是丈夫给她买的。

她向护士台打听了林总的公司，请了假。找一张干净纸，包了那手串，出了医院，上车下车，到了林总的公司。等着见林总的人在她的办公室外排成队，和医院候诊室差不多。

秘书通报后，祝小凤很快进去了。听她说明了来意，林总从一个抽屉里拿出那精致的盒子，打开，递给她。祝小凤将纸包递过去，一面去取盒子里的手串。林总按住盒子，向前推了推，示意祝小凤连盒子收下。

林总戴上自己的真琥珀手串，喃喃道："妈妈说这样很好看。"她明亮的眼睛里装满了泪，一大滴落在衣服上。那天她穿了一身黑衣服。

祝小凤装好盒子，要走。林总说等一等，从皮包里拿出一沓钱，递给祝小凤，轻声说："最后是你在妈妈身边。打车回去吧。"

祝小凤踌躇了一下，接过钱，心想：这足够到海南几个来回了。

祝小凤走在街上，抬头想寻找属于林总的那一扇窗户。但窗户们都一样的漂亮，一样的气派，她分不清楚，她甚至不记得刚才上的是第几层楼。风很大很冷，树枝都弯着，显得很瑟缩。一辆出租车驶过，她摸了摸背包，还是没有打车的决心，顶着风一直走到地铁站口。

时间流逝，医院一切如常。许多人来住过，有人从前门出，有人从后门出。祝小凤的生活也如常，送走旧病人，迎接新病人。

她把手串连同盒子放在箱子里，再想到它，取出来戴上，已是次年暮春了。这时，她的病人仍是一位女老人，见了说好看。

祝小凤故意说："这是琥珀手串。"

女老人上下打量着她，慢慢地说："假的吧？"

寻月记

1

是谁在大地上泼的银？是谁在树叶上染了霜？一幢幢房屋，一丛丛树木，一层深，一层浅，一层浓，一层淡，整个世界，正不知多大多远。月光如同清凉的水，浸透了黑夜。夜，几乎有些透明。

正开得热闹的榆叶梅，闪着丝绒的光；洁白的丁香，分外白得耀眼。一种淡淡的香气，沁满在这月夜里，仿佛月光和花香，本来就是一回事。柳树上有一只青颜色的小鸟，似乎刚刚被月光惊醒，轻轻扑动着翅膀，光洁的羽毛在柳荫里扇起一层银光。柳树下池塘里的小金鱼，停在水面上，被这温柔的月夜迷住了，尾巴轻轻地不经意地摆动着，使得涂满了月光的清水，漾起一圈圈发亮的波纹。

宁儿和小青，正坐在台阶上看月亮。

像所有的小朋友一样，宁儿和小青也很喜欢月亮。有月亮的夜晚，一切都显得那么美，那么可爱。宁儿喜欢它，还因为有了它，就可以继续白天的游戏：追人，捉迷藏，打仗……而且会格外有趣。小青喜欢它，还因为从它可以联想到许多事，譬如说，星星是否和风吵了架，那一片白云为什么缠在月亮身边不肯离去等等。

宁儿和小青长得非常像，简直像是两颗豌豆，只是一粒大些，一粒小些。他们的性情却像冬天和夏天，绝对相反。宁儿每天东奔西撞，手脚都不闲着，就是脑筋常常休息。小青呢，最爱东想西想，可是什么事都不爱动手去做。妈妈常说宁儿："哎呀！你要能像青妹一样安安静静多动动脑筋就好了！"又说小青："手脚勤快点，学学你哥哥！"他们两人总是你看看我，我看看你，谁也不向谁学习，因为他们觉得没有什么必要。

今天晚上，原是小青独自坐在台阶上，宁儿从柳树后钻出来，预备冲上台阶吓她一跳的。谁知刚冲上台阶就摔了一跤，被小青发现了。小青叫他："来这儿坐着，看一会儿月亮。"

一跤摔得腿有些痛，宁儿想，坐就坐一会儿罢。

看着，看着，没几分钟，小青发现了一个问题：

"那月亮上黑的是什么？"

宁儿一看，可不是，在这皎洁的明月上，有一块形状像小山峰似的黑斑。

"许是月亮挨打了，"宁儿胡诌，"要么就是它也摔了一跤，摔青了。"

正好妈妈来叫他们去睡觉，听见了，笑道："月亮里住着人呢。没听过嫦娥的故事吗？"

"早听过了，听过八百遍了。"宁儿抢着说。

"嫦娥？她住在月亮里干什么？"小青慢吞吞地问。妈妈看看小青，又看看宁儿，接着说："像小青这样只是胡思乱想，像宁儿这样只是瞎碰瞎撞，可什么也干不了呀。"

宁儿知道妈妈又要训人了，便说："我要去睡觉!"一溜烟跑到房里去了。

妈妈牵了小青的手，也跟了进来。她把宁儿和小青安置好，便熄了灯走出去。

灯一熄，月光便从窗帘中溜了进来，在地板上清清楚楚地涂了一道银白色。这光带不知为什么轻轻地摆动着，好像是一条被风吹着的丝绸。宁儿睁着两眼看了半天，忍不住跳下床来，伸手去摸它。呀!它真个就是一条丝绸，握在手里又柔软又光滑。这要剪一段给小青扎辫子倒好看!宁儿想着，忍不住叫道:

"青妹!快来看!"

小青一翻身坐了起来，没有答理宁儿，自己说："我看见月光掉到水里去了，用树枝一搅，全都碎成一片片，碰得叮叮当当的。"

宁儿道："月光怎么会叮叮当当响呢? 它像丝带子一样哪，你来看!"

小青用手揉着眼，想: 下床呢? 还是留在床上? 小青就是这样，做什么事都是思前想后迟迟疑疑的。

小青还没有想好，那月光带子飘呀飘的，忽然往窗外缩去了，宁儿也跟着飘了起来。小青来不及多想，连忙跳下床来，一把抓住宁哥的衣服。不知怎么一来，小青发觉自己和宁哥都站在院子里了，手里什么也没有，只见满地洒泼着月光。

圆圆的月亮，在那暗蓝色深沉的大海一样的天空上悬挂着。月亮望着宁儿和小青，笑了一笑，满空中的月光都漾了一漾。随着，从远处响起了清脆的叮叮咚咚的琴声，愈来愈近。响到宁儿和小青头顶上时，月亮上洒下了千万道闪闪烁烁的光彩，织成了成串的五颜六色的璎珞，直垂到他们身边。原来那琴声就是摇摆着的璎珞弹奏出来的。看那璎珞闪动得多么迷人，听那叮叮咚咚的琴声弹奏得多么悦耳！宁儿和小青想伸手去摸那璎珞，却又不敢，站在那里呆住了……

那璎珞弹奏着，弹奏着，忽然唱起歌来，它对宁儿和小青唱道：

> 到月亮里来罢！
> 到月亮里来罢！

璎珞一面这样唱着，一面就变幻成了一只小船，船上有两张小凳，中间还有一张小茶几。它们都像宝石一样闪闪地发着光。宁儿不由分说，纵身跳上船，又伸手去拉小青。小青嘴里说着："我可还没想好呐……"身子已不由自主上了船。

小船慢慢升起，愈升愈高。宁儿和小青扶着小船上的栏杆看着，那绿色的柳树，银色的池塘，低着头在做梦的花朵，都在渐渐远去；自己家里的庭院也愈来愈小，看来只能给青妹的洋囡囡去住了。小船底下仿佛有一块逐渐厚起来的帷幕，把地面上的一切都慢慢遮盖起来。不久，就只看见上下都是银白的一片，小船就在无边的银色的大海里行驶着。宁儿和小青乐极了，拍着手唱起歌来：

> 蓝蓝天上银河水。
> 一只小白船……

小船听见他们唱，也轻轻摇着，跟着唱起来：

我是月亮的船，

我把好孩子接上天，

只要有真正的勇敢，

一切困难都会像云被风驱散。

　　小船唱着唱着，停在了一颗星星旁边。这是一间五角形的小房子，中间开了一个方方的小窗，窗内摆着一个银制的烛台，上面点着一根雪白的蜡烛，烛光一跳一跳的。小青忽然悟到了：平常总看见星星在眨眼，原来是这个缘故。正看着，烛台旁边出现了一个闪着亮眼睛的笑脸，被烛光映得绯红。这是一个年轻的星。

　　"你们好呵？"那个年轻的星向他们招呼。

　　"你好！"宁儿和小青都拼命睁大了眼看着这个小孩子，因为他们从没有想到星星里面住着人。

　　年轻的星捧出一碟糖果，请宁儿和小青吃。还说："吃罢，年轻人的力量是不怕寒冷的。"小青怯生生地吃了两粒，宁儿却塞了满嘴，噎得直伸脖子。那糖果的甜味儿，他倒一点儿也没吃出来。

　　小船又继续往上升了。宁儿紧紧握住那年轻的星的手，谢了又谢；小青却只文静地点头微笑，对星轻轻地说了声"再见"。船走了好远，那年轻的星还对他们招着手，他们也恋恋不舍地回头招手，宁儿这时候才忽然想起来，大喊了一声："再见！"声音这样大，把小船都吓了一跳。

　　小船走得非常平稳。无边无际的月光的海，没有一点儿风涛，几缕白云，好像海中的水藻一样，轻轻摆动着，飘拂着。圆圆的月亮愈来愈大，大大小小的星星缀在天空，像是钻石嵌在蓝绒上。

　　正走着，又听见一个苍老的声音（就像挺大挺大的、只能站在地上的大提琴的声音似的）拖着长腔道：

> 这是哪里的小朋友？
> 在我这里歇歇再走。

小船也唱道：

> 我是月亮的船，
> 我把好孩子接上天，
> 只要有真正的智慧，
> 一滴水也能把石头滴穿。

这回小船停在一个年老的星旁边。年老的星裁了一小块云彩挂在窗上，所以他的星光要暗些。这时他挂起了窗帘，露出了白发苍苍的头。宁儿和小青一看见他，就赶紧齐声说："公公好!"老公公笑了，在船中的小茶几上放一盆汤。

"请喝汤罢。"老公公一说话，白胡子一飘一飘的。"老年人的智慧不会使你在黑暗里迷路。"宁儿和小青道了谢，接过汤来喝，那汤又浓又烫，宁儿要快喝也不行，只好一口一口啜着。

小青和宁儿在喝汤，老公公仔细看着那只小船，笑着问他们道："你们不觉得船上还少了什么吗?"宁儿想也不想，顺口就说："什么也不少呀，这船太好了。"小青却又把这船看了一遍，说："对，少个帆!"老公公很嘉许她，摸摸她的头，说："好，你肯动脑筋。有个帆，可以走得快一些，早到月亮宫，多在那里玩一会儿。"说着，他伸手在窗旁扯过一片云彩，用一把剪子，几下子就剪成一个船帆，把它挂在船上。

宁儿因为自己刚才乱回答问题，很是惭愧。和老公公分别时，特别有礼貌地向他说了声"再见"。那云彩的帆张开了，小船走得格外轻捷，星星们一个个的从船旁退过去……

嘿！已经到了月亮宫门前了。

月亮宫比宁儿和小青想象的还要迷人：那白玉的大门是多么光洁啊，那门前的桂树是多么芬芳啊，那微微的一点寒意又多么使人精神抖擞！小青忍不住拍起手来。小船刚一停住，宁儿就高兴得跳了起来，几乎把小茶几都撞翻了。小船连忙叮叮咚咚地响起来，关照他们要小心一些。兄妹两人手牵手下了船，踏上大门前的雕花台阶。小青到底细心，她没有忘记对那彩色的小船告别，说：

"谢谢你，小船，谢谢你。"

宁儿忙也跟着说："谢谢你。"

小船摇了摇白帆，回答了孩子们的告别，驶开去了，渐渐地，渐渐地，融进了那月光的海中……

2

又是一阵玎珰的琴音，月宫的白玉园门慢慢地打开了。只觉得一阵凉意，一阵清香，从里面涌出来。宁儿和小青站在台阶上，深深吸了一口气，跨进了月宫的大门。

大门里是一条长长的甬道，两边都是高大的桂树，橙黄色的小花朵，密密地缀满在枝头，像撒在树上的金屑。在宁儿和小青走过时，树枝都弯下腰来欢迎他们。桂树后面，一层柔和的光辉中，隐隐约约现出许多亭台楼阁，真不知还有多少景致。

宁儿和小青瞪大了惊奇的眼睛，前后左右看着。

那桂花的甜香，那温柔的光辉和那使人头脑清醒的一点儿寒意，好像一层薄纱，轻轻覆在宁儿和小青身上。——这就是每天晚上看见的月亮！它是那样熟悉，又是那样亲切，宁儿和小青觉得好像他们并不是第一次来到这里。

宁儿和小青正走着，急忙地向前走着，但是那甬道滑溜溜，怎么也走不快，简直不好使劲儿。低头一看，那甬道上映出了两人的倒影，也不知道它是什么做的。那叮叮咚咚的琴声又响了，这回响得分外清脆，像小溪里清清的流水流在深绿色的水藻上，像竹林里的风，抚着竹叶，在唱着自己的心事。宁儿和小青随着琴声，顺着甬道转了一个弯，看见一座华丽的宫殿矗立在桂林之中。殿门大开，门上高挂着红纱灯。在那金黄的星星点点的桂花结成的华盖下，站着一个青年姑娘。她身上穿着雪白的衣服，头上戴着银冠，手里拈着一枝桂花，身旁浮动着几缕白云，她就像月亮自己一样，又温柔又妩媚。

这是谁？宁儿和小青马上都想到，这就是管理月亮的嫦娥。"嫦娥阿姨，您好！"宁儿忙着唤道。

嫦娥微笑着，走下台阶来迎接宁儿和小青。"怎么认得我呢？"她问。

小青拉了拉哥哥的袖子，表示她要说话。宁儿却没管她，自己接上去向嫦娥说："晚上常常看见您呀，妈妈也常常说起您！您也常常看见我们吧？您也认识我们吗？我是宁儿，她是——"

嫦娥说："她是小青，是你妹妹，对不对？我认识每个好孩子，他们的梦我都知道呢。"她一面说着，一面带了宁儿和小青走进那挂着纱灯的大殿。

那大殿又深又大，殿顶和地板都是用五颜六色的玉石镶嵌成的，上面现出山岳、河川、日月、星辰的花纹。墙壁上有许多半透明的小格子，里面朦朦胧胧地可以看出各色的景物，有人物，有山水，有鸟兽……都像烟似的不住地流动着。

"呀！这是什么？"宁儿冲了过来。

"不要动手。"嫦娥温柔地揽着宁儿和小青，指给他们看身旁的几个格子。一个格子里有一棵树，正在往上长，长得飞快。另一个小格子里有个小朋友正在试戴红领巾，系上去解下来，解下来又系上去，满脸得意的样子。还有一个格子里坐着一个小朋友，他身边有一座奶油色的小山，他用茶匙在山下挖了一个洞，一面挖，一面把挖出来的东西朝嘴里倒。宁儿喊道："哎哟！他在吃什么呀？"嫦娥解释道："他在吃蛋糕。那座小山是一块大蛋糕。"小青觉得奇怪极了，抬头看嫦娥阿姨，要想问什么问题，嫦娥微微笑道：

"你问这是什么吗？这都是小朋友的梦啊！我每天晚上都要照料这些梦，让每个小朋友的夜晚都过得快快活活的。若是没人管呀，这些小朋友，不知会做出多么奇怪的梦来！第二天该累得爬不起来了。"

宁儿和小青感激地望着嫦娥。嫦娥停了一下，又说："来吧，这边来坐。梦是不大高兴被人看的。"

她请宁儿和小青坐在疏疏落落摆在厅中间的紫檀木椅上，用桂花茶和霜饼招待他们。

在这么大的厅里，宁儿觉得自己显得很小，问道："嫦娥阿姨，这么大的地方，就你和这些梦么？"

"天天都有小朋友来呢，各式各样的小朋友，——要是这些小朋友都在一天来，几十个大厅也装不下呵。"嫦娥说，"小朋友都是很喜欢月亮、星星的。"

宁儿抢着说:"我就喜欢!"

青妹慢慢地说:"我也喜欢。"

嫦娥知道宁儿和小青兴趣不同。她告诉宁儿可以在大厅的光滑的地板上翻二十个筋斗,又让青妹坐在一棵桂树旁(那桂树是从地板下面长出来的)听音乐。

小青这时才明白,原来那叮叮咚咚的音乐就是桂花树奏出来的。每一朵金黄色的小花里,似乎都坐着一个神奇的乐师,他把花蕊的小棒锤互相磕碰着,弹奏出非常优美的曲调。有的调子听来像风吹梧桐,有的像雨打芭蕉,有的像秋虫在深草里唧唧叫,有的却像空谷里飘落的嘹亮的鸟声。小青用手支着下巴颏儿,听得出了神。

宁儿从大厅这头打筋斗到那头,又从那头打回来,车轮似的,嫦娥连声称赞他技术高超。他十分得意,停下来喘了口气,问嫦娥道:"你一个人在这儿,也翻筋斗么?"

嫦娥笑了,说:"我忙着呢,可没有时间翻筋斗。晚上,要照料这些梦,让每个小朋友的夜晚都过得快快活活的。白天呢,事情更多。大家都喜欢月亮光,这光可也不是凭空来的……"

"哪儿来的?"宁儿和小青都热切地问。

"织出来的。我收集太阳光,把它们晾在桂树上,晾凉了,再把它们织成月光。这就是我白天的活儿。有时收的光多,织得也多,就整个月亮发光,有时收的光少,织得也少,就只有一弯或半个月亮发光。"

"原来月亮光是太阳光变的!"小青叫道。

宁儿说:"嫦娥阿姨,咱们去看看那些太阳光和月亮光吧?"一面说着,就往大厅外面走。

嫦娥伸手拉住了宁儿，微笑道："还有事呢。"她绕着大厅走了一周，看了看孩子们的梦。果然，那长得飞快的树都伸到小格子外面了，那座蛋糕山也正在胀大，它们的主人大概梦得太高兴了。嫦娥用雪白的长袖轻轻地把梦拂了一拂，山和树都缩小了，做梦的孩子大概感到了一阵清凉温柔的风，睡得更沉稳了罢。

这时宁儿看见一个小格子里有一辆汽车从很远的地方开来，好像就要冲出来了。他连忙伸手想去拦住它。嫦娥挡住了宁儿的手，说："你别动手！"又用袖子一拂，那汽车马上减低了速度。

嫦娥牵着宁儿、小青两人走出大厅。小青问嫦娥："我们的梦也是这样滑稽吗？"嫦娥说："你们做的梦有时还更滑稽更奇怪呢。"

宁儿和小青没有来得及问他们的梦怎样滑稽奇怪，因为他们已经走到大厅后面了。大幅大幅的太阳光挂在一排排桂树上，满树都发着灿烂的金光。它们看上去又柔软又光滑，丝丝缕缕都在不断地流动。另一排树上，挂着一片片轻纱一样的月光，却都朦朦胧胧，闪着淡蓝色的光辉。

宁儿和小青都看得目瞪口呆，早忘了那些梦。小青问："所有的太阳光都能织成月光吗？"

这个问题似乎触动了嫦娥的心事，她脸色骤然变了，停了半晌，才答道："本来是所有的阳光都能织成月光，但实际上……"

"难道有人来偷吗？"两个孩子齐声问。

"月宫里没有小偷，但有强盗。"

"强盗？那强盗是谁？"

嫦娥看着宁儿和小青，说道："她的名字叫西王母。"

"这西王母在哪里？我们非揍她不可！"宁儿狠命地跺着脚，仿佛要把西王母给踩出来似的。

嫦娥轻轻抚着宁儿的肩，说："西王母是一个凶恶的妖神，她住在'泥宫'里，专门管散布疾病和瘟疫。她活了好些好些年了。被她拿去的月光足足可以照亮几万个夜晚。"

"她拿去月光，做什么用呢？"青儿仰着小脸问。

"做衣服，做帐幔；也拿去煮月光酒喝。那西王母是个酒鬼，最爱喝月光酒了。"

宁儿和小青都气得涨红了脸："那怎么行？你不会不给她么？"

嫦娥苦笑着，叹了一口气，说："星星的光也让她抢了不少，我和星星在一起商量过很久，有些星星胆子太小……"

说话间，他们已经走出了桂树林，经过了一些怪石嶙峋的大山洞，走到一座小楼前面。这小楼全是五彩宝石砌成的，坐落在一个水池中间。从水池的四面，喷出无数条银丝一样的水，织成了一层薄薄的帷幕。这水织的帷幕经小楼上射来的五色缤纷的光彩一照，简直让人眼花缭乱。池中长着许多白莲，水珠落在荷叶上，滚来滚去，像珍珠似的。

宁儿和小青乐坏了，把西王母又早撇在一边，只顾用手去抓那细雨般的喷泉，一面问："这是你住的地方么，嫦娥阿姨？"

嫦娥摇摇头："我不住在这里。这里住的是月亮的灵魂——月亮珠……"说到这里她忽然停住了。这时候，不知从哪里传来一阵钟声，那钟声是那么沉重，那样可怕，一下又一下，每一下都像是一个铁锤打在月亮上，玲珑的山石被震得跳起来，活泼的流水停止了流动。随着钟声一下一下敲动，月亮里的光彩愈来愈暗，嫦娥的脸也愈来愈苍白而又黯淡。

宁儿和小青愣住了。

钟声一连打了十二下才停住。嫦娥满腹心事的样子，望了望宁儿和小青，转了一个身，似乎不知该向哪里去好。宁儿和小青牵住了她的衣袖问：

"什么事呀，嫦娥阿姨？"

嫦娥低头看着他们两个说："这钟声是西王母的信号——她这是催我交纳月光。"

"不要交！她自己不劳动，还要抢大伙儿心爱的东西！"宁儿愤愤地说。

"我曾经有几十次想不交。但我如果不交，她就要抢走我的月亮珠。这次我下了决心，已经十二天没给她一点儿月光了。——唉，一场大灾难已经到眼前了。不过，只要有两个勇敢的小朋友帮助我，我就能平安渡过……"

话还没完，只听见空中传过来一阵难听的哭不像哭笑不像笑的怪声音，随着声音，不知从哪里飞来了一个三头鸟，一个头是红的，一个头是黑的，一个头是白的。它站在桂树上，用六只绿色的小眼睛盯着嫦娥。嫦娥猛然抖了一下，喝了一声："你怎么敢钻到这里来？"

"钻么？嘿嘿！"三头鸟冷笑着，"西王母已经十二天没有拿到月光了，你到底是给还是不给？"

嫦娥大声说："你们以后再别往这儿钻了，想要月亮光，一丝一缕一点一滴都没有！"

三头鸟气得三个头都变成了青绿色，说："好！等着瞧吧！"

嫦娥说："瞧什么？你根本不用等着瞧，你滚罢！"她一面说，一面从衣袖里掏出一把桂花，向三头鸟劈头打去，打得三头鸟踉跄了几步，费了好大劲，才在树枝上站住。它吓慌了，喊着："你丢了月亮珠，才知道西王母的厉害!"三头鸟一面喊,一面把翅膀向头上一遮,在原地转了一个身,就不见了。

三头鸟刚去不久,月亮里就刮起了大风,大风呼啸着,旋转着,一瞬间就刮走了嫦娥腰间的彩带。水池中的白莲都吓得合拢了花瓣。宁儿和小青紧紧拉住了嫦娥,生怕她被风刮走。嫦娥却不管大风吹得凶猛,拉着宁儿和小青越过石桥进了小楼。小楼是个奇异的花园,开满了四时不谢的鲜花,结满了鲜红的、橙黄的各种果实。正中有一个白玉柱子,柱身周围雕刻了许多花鸟虫兽,刻得都像活的一样。柱顶上是一个百合花瓣的座子,上面闪耀着许多发亮的小珠。座上摆了一个五彩的大珠,光芒四射。再加上彩色的小楼,映进楼来的水光,满楼里跳跃着光亮和颜色。

嫦娥指着这大珠,望着宁儿和小青,眼睛里闪着爱、希望和信托的光辉。她一字一字地说:"这就是月亮珠——月亮的灵魂。"

宁儿连忙建议:"嫦娥阿姨,咱们把这珠子藏起来罢?"说着就想去取珠。

这时候,响起了一阵又急又乱的钟声,猛听见轰然一声巨响,一个面目狰狞的女妖精出现在小楼中间。她的头上竖着一根山羊角,角下盘着无数条毒蛇;身上穿着宽身大袖的豹皮衣服,衣服后襟上露出不知被什么咬去了半截的秃尾巴。她一言不发,瞪着眼睛,一步一步慢慢向嫦娥走过来。

嫦娥面色惨白,把长袖一拂,遮住了吃惊的宁儿和小青。小青吓得紧紧拉住宁哥,小声问:"这妖怪一定是西王母吧?她会吃掉嫦娥吗?它会吗?啊?"

西王母停住了,张开血红的大嘴,龇着两颗大虎牙,对嫦娥哼了一声，说："桂树上挂着这么多月光，不孝敬我，你当我舍不得拆碎你的月亮？星星们可没有你这样大胆！你可试试看，我西王母不是好惹的！"

嫦娥冷冷地说："这儿根本没有你说话的地方！"冷不防举起一撮花蕊向她打去。

西王母飞快地拿出一把猪毛编成的扇子，轻轻一扇，花蕊都落在地下了。她怪声笑道："我半个衣袖就遮住你整个月亮，在我面前，逞什么能？"说着又大吼了一声，直奔那五彩的大珠，宁儿不顾一切，跳上前去抢珠，但是哪里来得及！只听见天崩地裂一声响，百合花座上冒起了血红的火光。宁儿和小青觉得脚下忽然空了，身子直往下掉，两人都尖声大叫起来。嫦娥急忙把肩上的一块纱巾抛给了宁儿和小青。他们马上抓住纱巾，这纱巾就像降落伞一样，托着他们飘飘荡荡向下落。他们四面望着寻找嫦娥，哪里还找得着，只听见在呼啸的风声中，嫦娥力竭声嘶地呼喊：

"去找月亮珠！去找月亮珠！——"

3

这天晚上，若是睡得晚的人会看见天空里发生的这件怪事：本来是月明如洗的银夜，忽然起了一阵怪风，刮得树摇屋动，门窗都发抖似的砰砰响；原本在房顶上叫着的猫儿，也吓得躲了起来。这阵怪风过后，月亮忽然一明一暗一明一暗，整个天空跟着它一闪一闪，接着就是春雷似的一阵响，镜子一样的月亮忽然碎成了片片，化成了千万颗耀眼的流星，雨点般向地上泻下。天空里一时间彩色缤纷，照得地上的房屋树木像是在万花筒里一样。彩色的光雨落过之后，夜变成了一片漆黑，原来染着银霜的花儿，浴在月光里的柳枝都融进了黑暗。原来在月光温柔的抚摸下睡着了的婴儿，突然哇的一声哭了起来。原来脸上带着幸福的微笑沉入梦乡的孩子，骤然失去了他美好的梦，醒了，在黑暗里哭道："月亮哪里去了？我要月亮。"

宁儿和小青被那块薄纱托着，夹杂在彩色的月亮碎片中落了下来，那一阵闪耀夺目的光彩，弄得他们有些昏头昏脑。他们半闭着眼睛，紧紧地拉着手，掉到地上，两人都摔了一跤。周围是无边的黑暗，他们不知道这是什么地方，也闹不清发生了什么事。

小青低声问："哥哥，月亮上哪儿去了？咱们这是在哪儿呀？"

真的，这是在哪儿呀？宁儿生气地说："我可怎么知道？你不是顶会想么？你动动脑筋罢！"

小青碰了钉子，不说话了。她想了半天，才想起来。对了！刚才是从月亮上掉下来的呀，西王母抢走了月亮珠，月亮碎了，他们再也看不到那皎洁的明月，那温柔的月光了。还有嫦娥阿姨，嫦娥阿姨到哪里去了呢？多么叫人惦念。

这时候，宁儿已从地上爬了起来，他迈开大步就走。

"你上哪儿去？"小青着急了，在后面喊道。

宁儿回头说："去找嫦娥阿姨！"

小青赶上来拉住他，气得顿脚，说："你往哪儿去找啊？"

这，宁儿可没有想过。两人站在漆黑的夜里，对望着彼此模糊的影子，那黑暗好像有千斤重，压得他们透不过气来。

不知哪里飘来一阵清香，那浓密的黑暗似乎被一只看不见的手拭去了一些。他们看见身旁有一个藤萝架，架上有垂着的一穗穗的藤萝。在清香弥漫中，响起了一阵银铃似的声音，宁儿拉着小青的手，紧张地倾听着。忽然，藤萝花架上出现了一点儿亮光。这亮光是一朵藤萝花上发出来的，藤萝花慢慢在胀大，亮光也愈来愈亮，只见小紫帐篷一样的花瓣打开了，一位钢笔帽子般长的小姑娘，从花里挺身站起来，她穿着一身杨柳嫩芽似的淡青色的衣裙，小小的头，精致而又秀丽，乌黑的头发在头上挽了个双丫髻，还插着一只垂着流苏的小巧的金色的钗，她提着裙子，微微弯了弯腰，轻轻地说："小朋友，你们好？"

宁儿和小青简直把眼睛瞪得像那朵花一样大，连忙也向她行礼，问道："你是谁啊？"

"我的名字叫做'想'，"小姑娘微笑道，"我很喜欢动脑筋。"

小青乐得拍起手来："我也很喜欢动脑筋。不过现在我想不出来，月亮不见了该怎么办？"

"真想不出来么？""想"微笑着慢慢地问，头上的流苏轻轻地在摆动。

"真想不出来呀！我们都商量了半天啦！"宁儿抢着说。

"那让我想想罢。""想"用她象牙雕刻似的小手扶着额头说。只过了一秒钟，她就想出来了，她对宁儿和小青说："现在你们要去找月亮珠！"

"去找月亮珠！"这正是嫦娥阿姨在离开他们时嘱咐的话。小青对宁儿说："是的，我们应该去找月亮珠。月亮珠就是月亮的灵魂，你知道吗？"

小青用这种语调说话，宁儿向来是不答理的。但他很想马上知道月亮珠在哪儿，怎样去找。就问"想"说：

"凭空到哪里去找啊？"

小青不满意地说："你不会也动脑筋想一想?"

宁儿说："我只会做,我才不想呢!"

"想"劝兄妹二人不要争吵,自己又沉思了片刻,说："要找回月亮珠,就先要破西王母的妖法。若能找到三千瓣百合花瓣,三千粒晶莹的汗珠,再加上三千声孩子的笑,西王母的妖法就会破了。"

"花瓣、汗珠、笑……"小青掐着手指头算计。

"花瓣?那当然得上花园去找!"宁儿慌慌张张的,又要拔脚跑。小青一把把他揪住了。

"想"不理他,仍缓缓地说："花瓣要到美丽之乡去找,汗珠要到智慧之国去找,孩子的笑要到幸福之土去找。怎么去,'做'会告诉你们,他知道什么事该怎样做,而且能动手去做。"

"'做'?他是谁?他在哪儿?"青妹东张西望,想要发现这个"做"。

"'做'是我的兄弟,我们彼此离不开,一离开就大家都糟糕。只想不做,是个做梦的人,只做不想,是个冒失鬼!""想"微微一笑,看看青妹又看看宁哥,伸手牵过一枝藤萝的嫩须,对着一朵藤萝花打了一个电话:"好兄弟,请你马上过来。"

"做"就住在附近的大理菊的花朵里,他接到电话,果然马上就来了。他是一个结结实实的年轻人,钢笔身子那么长,穿了一身深红颜色的紧身衣服,一排五彩斑斓的扣子在胸前发光,那是小甲虫的壳做成的。他很精致秀气,但却显得很有力量,在有些地方很像宁儿,整个的人不知什么道理,总是一刻不停地在动。他刚一出现,就从藤萝叶上跳了下来,奔到宁儿和小青身旁,拾起那块从月亮里落下的白纱,跑到藤萝架后面去,向宁儿和小青喊道:"来,来,把这块纱在泉水里洗三次！"

　　宁儿听了，好像弹簧一样，一下子就弹了过去。原来在藤萝架后面有一湾清浅明澈的小溪，在黑暗里闪着微光，最奇怪的是这小溪的水不是平平静静地流，流着流着就忽然向空中飞去，在黑暗中不时出现冲天的水柱。"做"说："这是飞泉。相传很早很早的时候，有一个苦命的小孩，天天拿眼泪就饭吃。后来他变成了一条孽龙，飞到大海去了。这飞泉是孽龙的一滴眼泪变的。这块纱在飞泉里洗三次，就可以托着你们随便到哪儿去。"

　　小青刚想问孽龙现在哪里，却被宁儿打断了。宁儿叫着："快来洗！快来洗！"一面就把那纱浸在水里洗起来。"做"站在水面上，拉着纱的一角帮着他洗。小青把问话咽了回去，也拉了纱的一角来洗，一面洗，一面还在想："为什么龙的眼泪会变成飞泉？为什么纱要洗三次？两次不行么？"

　　那纱轻薄得像知了的翅膀，洗起来原不费什么事，小青懒洋洋地把一个角揉了几下，觉得已经干净了，就去换另外一个角，她没有注意中间跳过一大段没有洗透。小青哪里会想到，她洗得这样马马虎虎，会带来怎样的后果！

　　纱洗好时，夜色渐渐淡了，东方透出了鱼肚白。

　　"做"叫宁儿和小青把那块纱晾在草地上，告诉他们：等纱干了之后，就能飞了，要上哪儿去，对它喊一声就行了。交代完毕，他从一株草尖上纵身一跳，就没了踪影。

　　天亮了。花草上成串儿的露珠排队似的规规矩矩地滚着，夜来香慢慢收敛了香气，紫藤萝一嘟噜一嘟噜的花朵十分鲜亮，仿佛孕育着一天的希望。

在晨曦中，宁儿和小青看见泉水的那一边有一个小村庄。红色的屋顶显露在绿色的树丛中，屋顶上飘起乳白色的炊烟。忽然树丛中响起了一阵银铃样的笑声，有七八个红领巾正向他们跑过来。

"喂！喂！"红领巾们老远就大呼小叫，他们一个个小马一样跳过了泉水，把宁儿和小青包围住了。

大家七嘴八舌地问："你们从哪儿来呀？""你们叫什么名字？""你们来干什么？""你们要到哪儿去？"

宁儿说："我们不从哪儿来，我们要找月亮珠去。"小青补充说："我们是从月亮里掉下来的！"

宁儿连忙又抢着对大家讲述昨夜的事情，讲得上气不接下气。

这些小朋友们也都曾做过嫦娥的客人，在月宫的大厅里翻过筋斗，听过音乐，观赏过那百合花座上光华夺目的大珠。大家听说月亮珠被西王母抢走了，都气得变了脸色，有的气得脸绯红，有的气得脸发白，有的气得脸铁青。一个头上扎着一对花蝴蝶结子的孩子大声说：

"怪不得夜里天上落下那么多流星，亮得像开了一万盏电灯，把我们都照醒了。原来是月亮碎了，西王母把嫦娥阿姨和月亮珠都抢走啦！这真气死人！掉下来的流星中间有一团黑影，就是你们啊！"

"就是我们！"宁儿和小青挺胸答道。

一个戴小眼镜的"学者"结结巴巴地问："你们……打，打，打算……怎么找月亮珠啊？"

宁儿又把"想"给他们出的主意和"做"给他们的帮助说了一遍，他的嘴动得比脑子快，把许多重要的话都说漏了，小青就不断地给他补充。大家听了，知道有办法找回月亮珠了，高兴得"乌拉"一声，你一言我一语嚷道：

"一定要干到底，为大伙儿找回月亮！""大家都等着月亮呢！""大家都等着嫦娥阿姨呢！"

那头上扎花蝴蝶结的女孩说话又脆又快："夜里不就有人梦见脚长到头上去了！真急死了！"她是很爱着急生气的。

"还有，在月亮光底下捉迷藏，太带劲了！"一个男孩子插嘴。

"有月亮光，我就不怕黑了。"一个女孩子小声说。

"有月亮光，根本就不黑，不黑，还用得着怕黑？"有人顶她。

一个滚圆的小胖子，愣头愣脑的，大声说："没有嫦娥阿姨，我可就惨了，我每夜都梦见拼命吃糖吃得肚子直疼……"

哄的一声，大家都笑得前仰后合。

宁儿挺起胸膛很有决心地说："我们一定要把月亮珠找回来！"

小青也应和道："一定要把月亮珠找回来！"

小胖子说："我和你们一块儿去！我也去找去！"

这样一提，谁不想去？大家都嚷开了。"我也去！""我也去！""现在就走！""我跟奶奶说一声去！"乱成一团。

戴眼镜的"小学者"急红了脸，他大声嚷道：

"安静点儿！"他托了一下眼镜，说，"大家都去有什么好处？我们不如来开个小队会，研究一下吧！你们都是少先队员……"他向宁儿和小青说，忽然他看到小青并没有戴红领巾，便停住了。

小青最气的就是这件事了，日子过得这样慢！过了这么多年她还没有满九岁。她这时见"学者"停止讲话，似乎有些为难，便连忙说："我当然也参加小队会，反正我迟早总会是少先队员的。"

大家都鼓掌欢迎。宁儿也没有反对，还说："我和青妹素来行动一致。"

经过研究，队会决定委派宁儿和小青去找月亮珠。理由有许许多多，因为月亮碎时他们恰好在月亮上，又因为他们遇见了"想"和"做"，又因为……别的孩子呢，当然也不能闲着，各处去多邀些小朋友，尽快赶去凑那三千声的笑。找回月亮，这是多么重大的事！这不只是为了少先队员，也为了所有的小朋友们。还有大人们，还有花草树木，还有虫鱼鸟兽，……有谁在夜晚不喜欢月亮？你说说看。

就这样，小朋友们把宁儿和小青送上那飞纱。宁儿喊了一声："到美丽之乡去！"飞纱马上托住了宁儿、小青二人飘飘荡荡地飞起来，愈飞愈高，愈飞愈远了。

4

不说宁儿和小青乘了飞纱向"美丽之乡"进发。却说西王母回到她的"泥宫"里，把嫦娥关进了地窖后，就把月亮珠摆在大殿上，坐在椅子上得意地欣赏着。她的椅子是五百只耗子搭成的。西王母看得得意时，哈哈地笑起来，五百只耗子也都叽叽地叫起来。这时，三头鸟飞来了，站在她面前呜呜地说：

"我看那两个小家伙不是好东西，一定要和咱们作对。"

"作对？"西王母一张臃肿狰狞的脸，变得红中透紫，头上的毒蛇个个都抬起头来，咝咝地叫。"我怕他们作对？我要叫他们知道我的厉害！"她站起来用猪毛扇子一扇，扇子上出现了两个干树枝似的小黑人，她轻轻对三头鸟和小黑人吩咐了几句话，小黑人一下子就钻到三头鸟的羽毛里去了。

紧接着，三头鸟用翅膀遮着头，在原地转了一个身，不见了踪迹。

宁儿和小青飞呀飞呀，飞了好半天，最后"飞纱"从空中落了下来。他们发现自己来到了花的世界。满山遍野都是花，一年中任何一个时辰、世界上任何一个角落的花都在这里开着。红梅和杜鹃，蔷薇和玫瑰开成了一片红艳艳的火海；金黄的菊花、寿丹，浅黄的刺梅、迎春，颜色又鲜亮又娇嫩；浅紫色的丁香，淡蓝色的二月兰，使人想起了各种美好的梦；华丽的牡丹、芍药都在盛开，丰满的花朵有小青的脸儿大。一眼望不到边，都是花，花……各种各样的小鸟在花树间穿来穿去，用不同的调子唱着歌，形成了一支和谐的乐曲。

宁儿和小青高兴极了。这么多花，还愁找不到三千瓣百合花瓣么？他们无心仔细看那花的景致，只在花丛里穿来穿去，看有没有百合花。

他们穿过曲曲折折的花径，走过高高低低的花山，绕过遮遮掩掩的花枝编成的篱障；他们看到白玉般的玉兰，白雪似的梨花，点点小星的珍珠梅，却没有看见一朵洁白的、幽静的百合。

他们哪里知道，在他们还在空中飞的时候，三头鸟已经把那两个小黑人放到百合花丛里了。两个小黑人一下子就钻到地下，在花根上只一碰，那一丛花马上就干枯，花枝花叶就都成了焦炭，缩到地底下去了。

小青很是着急，问宁儿道："宁哥，百合花哪儿去了？怎么一朵都没有呢？"

"又问我！什么事都问我！"宁哥心里实在有些冒火。

他们两个站在花丛里这样一嚷，花儿们忽然都骚动起来，东摇西摆，形成起伏的波浪。他们身旁有一朵很大的白牡丹，摇着头，花瓣上闪着圆滚滚的露珠，对着他们呜咽起来。宁儿皱着眉叫道："牡丹姐姐，你大概知道百合花住在哪儿吧，你告诉我们好不好？"

牡丹花心里钻出了一个秀丽的小头，头上戴着白牡丹的花冠，她看

176

着宁儿和小青，眼泪从脸上流下来滴到花瓣上，成为闪亮的露珠。她轻轻地说：

"月亮碎了，百合花也都枯死了。"

"都枯死了？这是怎么回事？"宁儿两手捧住了白牡丹的花朵，大声问。小青瞪圆了她那双黑亮的大眼睛，盯着白牡丹。

白牡丹把头往左边一点，宁儿和小青顺着它的眼光看过去，看见一排木香花的篱笆，上面倒开满了雪白的小花朵；但是篱笆下面——呀！那里只有一株干枯了的百合花！枝干全都漆黑了，只有一朵半焦的花还缀在枝头，颤巍巍的，像是随时都会落下来，已经没有一点儿活意了。宁儿和小青飞跑过去，想要用手去摸摸，那百合花却连枝带叶都缩到地底下去了。小青心里一阵酸，把头转开，一串眼泪便滴在了木香花上。

在眼泪滴落的地方，猛然冒出了那紫衣的小仙子"想"。小青高兴地叫了一声，宁儿赶忙凑过去，叫道："'想'，你也来了！请教教我们怎么办才好！"

"想"慢慢说道："这是西王母的小黑人捣的鬼，百合花全都得了干枯病，缩到地底下去了。"

小青抽了抽鼻子，说："得了干枯病？用水把它浇活，行不？"

"想"微微笑道："行。不过要讲究浇法。"

宁儿摇着木香花说："怎么讲究？快说呀！"

"想"说："冲你这个脾气，就办不成事。——其实办法也简单，用手一次捧十滴露水，浇它一百次，它就活过来了。一次十滴，不能多也不能少，一百次要连续，不能间断。要做得快，太阳一出，露水就没有了。"她刚说完，向木香花里一屈身，就忽然不见了。

宁儿问小青："听见了？"

小青问宁儿："听懂了?"

两人都点点头,打起精神来,一个往左边,一个往右边,去收露水。牡丹花、蔷薇花都连忙弯下身来,让花瓣上的露水一滴滴流入宁儿和小青的掌心。宁儿浇一次,小青浇一次,两个人一刻不停地跑来跑去,手臂和腿都酸痛了,可是他们还是一个劲儿干下去。

"七十八!"宁儿捧了一捧清凉的露水,往那干了的花朵上淋下去,喊着。

"七十九!"小青紧接着又捧一捧露水跑了过来。她懒得(或许是她认为不必要)多走几步路,老远就把水泼到花上,洒得满地都是水。

宁儿又飞似的跑过来,手里的露水早洒出了一半(他才不注意这些),兴高采烈地喊道:"快完了,快完了!八十一!"

小青把手放在芍药花下,数着向她掌心滚来的露珠:"一、二、三、四……"心里却在想,为什么一定一次要十滴呢?为什么要浇一百次?想着想着,露水在掌心里溢出来了,不知道已经有几滴了,怎么办?泼了重来接罢!这时只听见宁哥在叫:"青妹!你总是这样慢!"

小青着了急,想:"多些总比少些好!"(她多么会动脑筋!)便向那百合花跑去了。

宁儿呢,在梅树下站着。"一、二、三、五、八、九、十。"他数得真奇怪,可是他从不想想这有什么不对。

就这样,他们以为自己浇了一百次,百合花喝够了露水,干枯病该好了吧?他们哪里知道,三头鸟正栖在远处一株梨树上,三个头都在得意地点动,因为它比宁儿和小青都数得正确,知道他们并不是每次都接了十粒露珠,也没有浇够一百次,地底下的百合花根,大部分都还没有被水浸透呢。

178

宁儿和小青按照他们的计算法浇完了一百次，就停下来望着那百合花，眼睛眨都不眨一下。没多少时候，果然，地下慢慢透出了一朵干枯的百合花，它渐渐地变柔软了，变白了。很显然的，有一脉清泉从花根流上来，滋润着花瓣，使它们从死亡里争回自己的生命。

"百合花活过来!"小青轻声地说。

"好百合花，把你美丽的花瓣送给我们三千瓣吧!"宁儿大声对它说。可是那地下的清泉来得迟迟疑疑，百合花挣扎了许久，又垂头丧气地萎缩下去了，它的生命并没有回来。再看地上别的百合花，也是这样，它们都想要挣扎出来，可是有的只出来半个花朵，有的只出来几片叶子，就停在那里了。

"它们没劲儿了呀!"宁儿叫了起来。

"咱们的露水浇得不对啊。"小青难过地拉了拉宁儿的袖子，"我有几次浇得太少，有几次又太多，百合花病得这样厉害，它哪儿受得住……"

"我每次给的都不够! 我大概就没数对过! 粗心大意!"不过宁儿是不爱后悔的，他把胳膊一举，说："来! 咱们再从头来，不行吗?"

"哈哈哈! 你要从头来也来不及了! 你看看哪儿还有露水?"宁儿和小青抬头一看，只见三头鸟站在梨树上，旁边站着两个小黑人，他们正在得意地大笑着。

这时候，太阳已经出来了，花瓣上的露水，一滴也不剩了。

两个小黑人向三头鸟翅膀里一钻，三头鸟用翅膀抱住了头，在原地转了一个身，它们都不见了。

露水要明天早上才会有了，怎么好呢? 宁儿和小青商量了半天，觉得不能在这儿白白耗费时间，决定先去取那三千粒汗珠。

好在"飞纱"来去很方便，他们踏上飞纱，对它吩咐了一句话，就飘飘荡荡向"智慧之国"飞去了。

5

宁儿和小青飞向"智慧之国"的时候，三头鸟已经回到了西王母身边。西王母正歪在一千只蜈蚣堆成的睡榻上，轻轻摇着她那把猪毛扇子，毒蛇在她头上静静地蜷伏着。

一见三头鸟，西王母把满口牙咬得咯吱咯吱直响，问道："百合花都死了？"

三头鸟的三个头一齐点动，用哭一样的声音说："他们没有取到百合花瓣，现在上那'智慧之国'去了。"

西王母把猪毛扇子呼啦一声折起来，变成了一根管子，她顺着这管子，看见一个银色的光团，飞似的掠过去。她哼了一声，呼啦又把扇子打开，对远处接连扇了三下。

扇了第一扇，黑云像波浪一样，从西王母脚下涌出来；扇了第二扇，乌云像浓烟一样，从西王母头顶上涌出来；扇了第三扇，乌云滚滚从四面八方涌过来。刹那间，天昏地暗，伸手不见五指了。

那智慧之国在海中间，现在，宁儿和小青站在"飞纱"上，正在蔚蓝的大海上飞行着。海风轻轻吹着，他们忘了刚才的失败，又唱起歌来：

蓝蓝天上银河水，

一只小白船……

他们正唱得高兴的时候，突然天空中滚来了厚厚的黑云，遮住了太阳。

"啊，天这么快就黑了！"小青惊奇地问。

这时大风怒吼，海水掀起了万丈波涛，黑色的海浪一个接着一个直往飞纱打来，像是许多魔手要把"飞纱"上的孩子抓下海去。

小青紧紧拉着宁儿，着急地问："我怎么一点儿也看不见你？"宁儿嚷着："别害怕，别害怕！"

大风把"飞纱"接连吹翻了几个筋斗，都没有使宁儿和小青栽倒。最后猛地掀起了一个冲天巨浪，这一浪，把宁儿和青妹卷下了海。那"飞纱"被汹涌的海水拥着，不知飘到哪里去了。

宁儿和小青落在海里，简直有些昏昏迷迷。小青想："这回真糟糕，月亮珠找不到，家也回不去了。"宁儿更着急，他想："我受了大家的委托，没找到月亮珠，却先淹死了。自己还是少先队员呢，完成任务就这样完成么？"

兄妹两人一面想着，一面惟恐被海浪打散，紧紧地拉着手，在海水中上下翻滚着。

不一会儿，他们就向海底沉下去。他们觉得自己像是躺在软软的绒垫子上，往下沉，往下沉，愈沉愈深，离开天空也愈远。这时，天漆黑的，什么也看不见。——要是有一颗星，也好让宁儿、小青能知道到底天在哪儿，自己沉得有多深了。

星星们可也都怀念着宁儿和小青，他们都想点起灯来给他们照个亮。可是那大风，直往星星的窗口里灌，要点着蜡烛太不容易。那年老的星在风里点着了蜡，微弱的光还没有透过黑云，就又被风吹灭了。

宁儿和小青往下沉，往下沉，不知过了多少时候，最后到了底，停住了。四面黑漆漆的，什么也看不清。

小青有点绷不住劲儿了，事情原来不只是一想就完事，做起来可也不容易哩！现在她很想念自己的温暖的小床，又想妈妈找不到他们两个，不知急得怎样了。不觉嘟哝了一句："这可怎么办哪！"她不敢大声说，怕被那黑暗里看不见的妖怪听见。

宁儿拿出哥哥的样子来，说："你怕难吗？"小青说："谁怕来着？我想着，前头还不知道会碰见什么……"一句话没完，忽然远处黑暗里冒出一点亮光，这亮光在向前移动，愈来愈近，接着闪电似的一亮，耀得人眼花。宁儿和小青都愣了。定神一看，呀！眼前是一片透明的海水，里面游着各种各样的鱼虾，奇形怪状，有的头上挂着一根长鞭，有的背上生着翅膀。海底生着通红的小树，还有像大蘑菇似的水母飘来飘去，宁哥和青妹简直怔住了。接着又是打闪似的一亮，还有轰隆隆一阵响。小青捂住耳朵说："打雷呢。"

"不是打雷，是我。"一个十三四岁的男孩子声音温和地说。

宁儿和小青大吃一惊，看见透明的海水里出现了一条金光灿烂的大龙，龙头正对着他们，上半身在亮光里，片片鳞甲发着各种颜色的光，尾巴看不清，不知有多长。宁儿忙把青妹挡在身后，弯着腰在海底摸起了一块石头，心想要吃就先吃我罢，你吃了我，我也要把你肚皮划破。

那龙却没有一点儿伤害两个孩子的意思，很和善地看着宁儿。宁儿也对龙看了一会儿，慢慢地，他习惯了那亮光，觉得龙的眼睛虽大虽亮，目光却很温柔，便把手中石头扔了，大着胆子问道：

"说话的是你吗？"

"是我。"那大龙用小男孩子的声音说。小青奇怪得都忘记害怕了，从宁哥背后伸出头来看。

大龙看了小青一眼，问道："小朋友，你们上哪儿去？"

宁儿正要开口，小青暗暗扯了扯他的袖子。宁儿会意了。他想：这龙是好人坏人还不知道，怎好随便把自己的秘密告诉人家。就反问龙："你是谁？你干什么的？"

大龙说："我是龙，不过不是普通的龙，是一条孽龙。其实在许多年以前，我和你们一样，也是个小孩子。"

宁哥和青妹不觉向前走了一步。

"我名叫聂郎，父亲早死了，我在财主家当长工，一年大旱，财主把我赶出来，我只好天天割草卖钱，养活母亲。那时到处的草都干死了，却有一块地方的草总是青的，我在那儿挖到一颗宝珠。把这珠子放在米缸里，就有吃不完的米，放在钱袋里，就有用不完的钱。这样，穷人都不愁吃穿了。财主家知道了，派人来抢它，我没地方藏它，只好吞到肚子里，谁想到就变成了一条龙。我发水淹死了财主，撇下了母亲，飞到这大海里来，一路上，一回头就是一个滩，一滴眼泪就是一股泉水。人家都叫我'孽龙'。我已经一个人在这大海里过了几百年了。"

宁儿和小青听了孽龙一番话，都很同情它，又喜欢它。宁儿拍手道："孽龙，孽龙，你跟我们一块儿回去吧。你可以上学。现在没有财主，也没有当官儿的欺压老百姓的事啦，你何必呆在这儿呢？"

小青也说："我们一块儿走吧，找到月亮珠，一块儿回家。妈妈会做顶好吃的甜饼给你吃！"

孽龙说："我在海上闲游时，也听来往的鸟儿们说起过，现在世道变了，现在的孩子们过得真高兴。我也很想到地上去看看，但是……"它忽然停住了，默默看着宁儿和小青，大眼睛被泪水润湿了，似乎心里很难过，又似乎很兴奋。

沉默了一会儿，龙说："我现在这个样子，怎好和你们在一起，再说，海也离不开我，——老实说，我也离不开海。"

宁儿和小青觉得也对，海里怎么好没有龙呢？海里有这样一条好龙，对大家也都有好处。眼前就可以请他帮助找月亮珠。他们一面想着，一面便把西王母如何欺侮嫦娥和星星，如何抢去月亮珠，他们又如何去找月亮珠，掉在海里等等事情原原本本讲了一遍。

龙说："西王母是个大坏蛋！我刚入海时，她也想给我个下马威，叫我年年送海产给她。我可不能再当别人的长工，就和她干了一仗，她跑得快，我只把她的尾巴咬掉了一半，现在她还躲着我。"

宁儿和小青这时想起来，怪不得西王母的尾巴是秃的。

孽龙又说："飞纱掉到海里了不是？我帮你找回来。"他把头轻轻一点。看啊，数不清的大大小小的鱼虾，成堆的龟蟹，都围拢来了，连开在海底的那些海葵也向孽龙慢慢爬过来。只听孽龙威严地发布命令："这两位小朋友在海里丢了一块白纱，快去找来！"各式各样的鱼虾都飞快地分头游到各处去寻找，行动不便的龟蟹也仔细地观察自己呆着的那块地方。不一时，就有一条朱红的大鱼，鳍上挂着一块薄薄的白纱，游过来停在宁儿和小青身边。这正是那块"飞纱"！宁儿连忙伸手取了过来。兄妹两人高兴地向鱼和龙都行了礼，连说："谢谢你！"

孽龙又想了一想，眼睛向左看了看，一只大虾马上就游过来，等候吩咐。孽龙说："把海鞭取来。"大虾立刻游开去，一会儿，钳子里举着一根藤条似的东西又游来了。孽龙把海鞭送给了宁儿和小青。

宁儿把鞭拿在手里，上下看了一遍。这是一条乌黑的圆棒，是海藻的叶子编的。编得很细密很光滑，尖头有一丛带尖的叶子，十分锋利。

孽龙说："若是遇见西王母，用这个打她，她就怕了。"宁儿连声谢了孽龙，把海鞭绑在腰带上。

青妹觉得这大龙太可爱了，很舍不得离开他，说："你跟我们一同走吧，你一个人在这儿，多闷得慌。"

龙微微摇头说："闷倒不能说闷，有许多事情要做，要管。——你们也快走吧，找月亮珠要紧，整个的海，都等着月光呢。"

那些鱼呀虾呀，蟹啊龟啊都向宁儿和小青点头，表示他们也都在盼望月亮。

宁儿说："龙，我们写信给你，行吗？"

龙的温柔的眼光显得更温柔了，他说道："怎么不可以呢，把信交给往海上飞的白鸟儿，它们会带给我的。"

"再见！"宁儿和小青留恋地望着孽龙，站在"飞纱"上，直向海面升去了。

6

照西王母的估计，宁儿和小青早已被孽龙吃掉了。她想，孽龙那样凶，难道会放过这两个小孩子？"这一回，孽龙这畜生倒帮了我的忙了。哈！真是妙事！"

她靠在七百只蜥蜴搭成的座位上，轻轻摇着，手里的猪毛扇子轻轻扇着，想到得意时，一条秃尾巴不断地摆动。这时，三头鸟忽然又飞来了，在空中就嚎叫着："那两个小鬼！那两个小鬼……"

西王母把虎牙一龇，把扇子也合起来，往远处看去，这一看，气得她暴跳如雷，把阶下伺候的小耗子都吓得满地乱跑。

原来在大海上，孽龙喷出一道上接云霄的水柱，发着奇异的闪动的光彩，西王母放出的黑云都驯服地绕在水柱上，跟着水柱落到海里去了。霎时间，海上晴空万里，看不到一点儿云彩。只有天边闪着一团银光，那是宁儿和小青正乘着那"飞纱"在空中飞行。

"你们总逃不出我的魔法！"西王母咆哮了一声，把扇子刷地打开，轻轻一扇，扇子里掉下了两块糖饼，转眼间，就变成两只小虫，跳到三头鸟的翅膀里去了。

西王母悄悄吩咐了三头鸟一些话，三头鸟的三个头七上八下乱点，连声说："知道了，知道了！"它用翅膀蒙着头，转了一个身，就消失了踪影。西王母还有些不放心，皱着眉想了想，又用手一指，从指尖里飞出一个蚊子。西王母一摆手，蚊子也跟着飞去。

宁儿和小青飞啊飞啊，飞到了"智慧之国"。

"飞纱"落在一座悬崖上，悬崖矗立在蔚蓝色的大海上，海水轻轻拍打着峭壁。峭壁这一面是秀丽的山峦，山上山下，长着许多笔直的树木，样子都很特别。有的头顶上长着很长的白茸茸的东西。宁儿想，它大概是用功用得白了头。有的身上有一凸一凹一凸一凹弯弯曲曲的皱纹，仔细看去，原来是缠在树身上的茑萝。有的树枝上开着一簇簇淡蓝色和粉红色的花朵。透过树林，现出一座座白色的房屋，却不见一个人影。

山路倒是平坦坦的，好像是用大理石铺成的，又光滑又漂亮。两旁是白杨和梧桐，中间有一道窄窄的花墙把路隔成左右两条，还有不知从哪儿飘来的槐花的香味。宁儿和小青觉得自己的脚步很轻快，心里充满了希望。他们想到这条路在月光下，一定会分外美丽。

走着走着，宁儿忽然看见路上有两块糖饼，他好奇地跑过去拾起来，一摸一闻，又热又香，就递给青妹一块，说："准是谁掉在路上的，咱们吃了罢。"小青想了想，说："不好！捡着人家的东西，该还人家。"宁儿踌躇了一会儿，只好把饼放回到地上。这时小青又发现了奇怪事：在他们站住看糖饼的时候，路旁的树却向后移动起来，原来不是树在移动，而是这条路在自动向前走！她叫了一声"宁哥"，赶快跑到花墙那边的路上去看看，宁儿也跟着跑过去。那条路也是自动的，只是走的方向正是相反的。两人笑喊道："原来这两条路像电车一样一来一往的！"都高兴得跳了起来。

两条路向相反的方向移动着，走哪条好呢？他们决定还是走原来那一条路好，因为原来那条路是通向那些白房子去的。他们便又跳过花墙走回来。刚刚站好，看见那两个糖饼还是摆在路边上，饼上一层厚厚的糖浆看起来真馋人。宁儿又要拾起来吃，小青瞪了他一眼，说："扔在地上的东西，脏死了，吃了不卫生！"宁儿觉得有理，就不拾了。路转了几个弯，快到白房子了。小青的一双黑亮的大眼睛东转西转，忽然用手拉住宁儿的衣服说："你看！"

路边不远的一株大树下，有一个白色的圆圆的大蘑菇（这里有许多大蘑菇，散布在林间，好像一些大圆石凳），蘑菇上坐着一个人，手里拿着一根石笔，在地下一块方石板上画呀画的。宁儿和小青忙走到大树底下，只见那人画的全是算学式子，各种各样的符号，复杂得很。

小青想要向那人问话，却又怕打扰他的工作，就站在旁边不响。忽听得叮叮当当的响声，像是珠子落在玉盘上。原来那人宽而平坦的额角上，全都是汗珠，汗珠顺着脸腮流下来，一直落到石板上，发出清脆的声音。

"汗珠!"小青伸手抓起几粒,它们像金刚石一样闪烁着绚烂的光彩。

宁儿抓了一把,还叫小青:"快数数,有几个了?"

小青不理他,自己嘟囔道:"真奇怪,天又不热,怎么会出这么些汗?"

"叔叔!"宁儿忍不住了,大声喊道。

那叔叔被惊醒了,抬起头来。这是一个年轻英俊的叔叔,有一双明亮的眼睛,看他的眼睛就知道他是个聪明人。他站起来,和气地对宁儿和小青说:

"小朋友,是找我么?"

宁儿说:"不是找你,"马上觉得这话不对,连忙改口说:"是找你,"说了又觉得不对,又说了个,"不……"就停住不说了。

亮眼睛的叔叔笑了起来,问:"你怎么啦?倒是说呀!"

小青也着急地望着哥哥,宁儿把眼瞪圆,一字一字地说:"我们是来找月亮珠的……"

"月亮珠?"亮眼睛叔叔用两只手揽着他们,仔细看着他们,说,"哦!你们就是昨天月亮碎时,在月亮里的那两位小朋友。我们从望远镜里看见了。你们知道怎样找月亮珠么?"

两人都忙不迭地点着头。亮眼睛的叔叔原来什么都知道。他又问:"百合花瓣有了么?"

这一问,两人都红了脸,半晌,宁儿说:"我们太笨太懒,没有拿到百合花……我们打算到明天再去收集露水,现在我们想先收集汗珠,可以么?"

叔叔没有回答这句话,他向空中看了看,和气地问:"有人和你们一道来么?"

宁儿抬起头来,也向空中看了看,很肯定地说:"没有。就是我们两个人。"

"那,那是谁呢?"亮眼睛叔叔微笑着,指指头上的树枝。

宁儿和小青顺着他指的方向看,树枝上空空的,什么也没有。

亮眼睛叔叔随手在树枝上摘下一把嫩叶,向空中抛去。

叶子抛上去了,啪的一声打中了什么东西,扑通一声那东西跌到地上来了。宁儿和小青一看,原来又是那只三头鸟。小青吓了一大跳,慌忙躲在宁儿身后。

"你到这里来什么事?"亮眼睛叔叔的语调很严厉但又很平静。

"我么?哦……我……"三头鸟支吾着用翅膀遮起头,想转个身逃走,亮眼睛的叔叔没等三头鸟转完一个身,就一把抓住它的一个脖子,顺手折了两根柳枝,把它拴在近旁一个大蘑菇柄上,说:"问你话难道不会回答?你好好想想,回头再问你罢。"

亮眼睛叔叔回头对宁儿和小青说:"西王母手下的妖物都最怕新鲜的花朵、树叶一类的东西,因为它们惧怕青春,惧怕生命。"

果然,三头鸟被新鲜的柳枝缠得浑身发软,没有一点儿力气。它的六只眼睛都流着眼泪,翅膀一扑扇,掉出两个糖饼来。

"这糖饼被它捡去了!"宁儿和小青叫起来。还告诉亮眼睛叔叔,他们在大路旁看见过这糖饼了。

亮眼睛叔叔说:"这不是它捡去的,这是它带来的呀。西王母以前也请我们吃过。当然,我们没有上她的当。"他说着用手巾把糖饼包了起来。"这些糖饼是毒药做的,有的能让人聋,有的能让人哑,有的能让人变成白痴,中了毒的人,只有龙涎才能治得好。"

189

亮眼睛叔叔又说："现在，我陪你们去收集汗珠吧。"

宁儿和小青随着亮眼睛叔叔走上大路，那叔叔在路旁的一棵树上搬了一下。嘻！这路忽然跑得飞快，他们像是坐上了童话里的飞毯一样，只听见风从耳边吹过，一眨眼就到了一座有着冬青树围墙的大房子前面。亮眼睛叔叔带着他们冲锋一样跑了进去。

穿过一条长的甬道，就是一个宽敞的大厅。透过长玻璃窗，宁儿和小青看到大厅里有许多各种各样的仪器，有许多穿着白衣服的叔叔阿姨们都在那儿忙着。他们的手在忙碌地做，脑子在紧张地想，大滴的汗珠，不断在额上渗出。

亮眼睛叔叔把他们带到一个小花园里。这里盛开着波斯菊、五色梅、西番莲、大理菊。花丛的这一边，有一个水晶石做的栅栏，栅栏上交叉着挂了无数用蜘蛛丝串起来的汗珠。花丛的那一边，紧靠着大实验室，有一个蔷薇花架。架下有个小池塘，长着漂亮的凤眼兰。架上有一排小孔，每一个孔里都在接连不断地滚出晶莹的汗珠，形成了一个闪光的珠帘。它们流到小池塘里，又从塘底里流走了。叔叔说，这塘通着大海，汗珠堆积在海底，年长日久，就变成了珍珠。

亮眼睛叔叔叫宁儿去解那水晶栅栏上挂着的汗珠，叫小青去收那蔷薇花架上流着的汗珠。两个人兴高采烈地跑了过去。

青儿站在那流动的珠帘前，眼睛都不肯眨一眨。这珠帘实在太好看了，在流动中闪出多么丰富的颜色！仿佛是天边的彩虹，可是彩虹哪里有这样活泼？又仿佛是夕照下的流水，可是流水又没有这样变幻的光亮。这里的汗珠子太多了，手一捧就可以捧住几十粒。三千粒汗粒，不上一个钟头就可以做完的。小青只顾看着，想着，竟忘记动手去接它了。

宁儿却不同，他一爬到那水晶架子上，就动手去解那珠串。谁知那几串珠都绞在一起，根本找不到线头在哪里，解来解去总解不开。他解得有些不耐烦了，也不再仔细想应该怎样变个法儿解，却把它们用力一拉，只听见叮叮当当一阵乱响，那些珠子全都散落在地上了。宁儿大叫道："快来捡！快来捡！"一面连滚带跌地从架上掉了下来。青妹忙跑去帮忙，可是两人四只手紧抢紧抢不过抢起来几十粒。眼看着光亮亮圆滚滚的一颗颗都滚在地上，没入花丛里不见了。

青妹气得噘着小嘴说："你看你！做事情就这样不动脑筋！"她看见宁儿满脸难过的样子，又转过话头说："不要紧，我这边还有的是，也足够了。"可是等她回头，地那边的也没有了。蔷薇花架这时已经不流汗珠了。她跑过去，只来得及看到最后一排亮晶晶的珠子流进了池塘。等了好久仍旧是一样，再没有汗珠流下来了。

这时亮眼睛叔叔走到花园里来了，他笑嘻嘻地说："实验室已经下班，劳动停止了。你们要的汗珠早就收集够了罢？"

他看见小青脸颊上停着晶莹的泪，宁儿在一旁嘟着嘴，两人都低下头不看他，觉得很奇怪，就问道："怎么了？我的小朋友，你们吵架了吗？"再一看，他发现四只小手松松地握着，手里只有几十粒汗珠子，他有点明白了，说："你们没收够三千粒？"

宁儿吞吞吐吐地说："我们……我们没好好做……"亮眼睛叔叔也不知该怎样才好，三个人站在池塘边上，朝着池水发愣。

这时候，忽见池里射出了一道浅紫色的光辉，跳起了一尾浑身闪着金光的小金鱼，它的尾巴拨起了一串水珠，这些水珠你碰我我碰你，奏出了一阕清脆的歌：

哪只小鸟平白地就会唱歌？

哪个枝头轻易就开放花朵？

头里有脑子，为什么不用来思索？

胳膊上长着手，为什么不用来劳作？

要想要做。才快活！

宁儿和小青听那声音，怪熟识的，看看这小金鱼，好像也有点认得，却又不知在哪里见过。小金鱼靠在凤眼兰叶子上，对他们说："你们好！还没有找到汗珠么？"他们两人这才想起来了，这小金鱼不是别人，就是那会动脑筋的小仙子"想"。他们不知道该怎么回答，只好低下头不说话。

"想"又问："你们打算怎样呢？"

两人齐声回答道："当然还是要找月亮珠！"

"那就做呀！"从蔷薇花架旁边传来了一声清脆的呼喊。宁儿、小青和亮眼睛叔叔都回过头去，看见在一株蜀葵的头顶上，站着那红衣的小人"做"。他手里挥动着一顶尖尖的红帽子，胸前的小甲虫扣子滴溜溜乱转，连声嚷着：

"快点做呀！"

随着他这一嚷，那些波斯菊、大理菊、五色梅、西番莲都跳起舞来了，跳得那么轻盈，那么活泼，那么美。它们歪着头亲切而又带有责备地看宁儿和小青，好像笑他们两次都那么不经心，那么懒；又好像鼓励他们继续努力，一定要找着月亮珠。

青儿蹲在池旁，悄声问"想"："我们还是到'幸福之土'去罢？"

小金鱼点了点头，尾巴一甩，又甩起一串水珠，它向凤眼兰叶子中

192

间一钻，一下子就滑了进去。"做"站在蜀葵的花心中，又嚷了一声："快点做呀！"也没入花心，不见了。

这时那些做科学研究的阿姨叔叔们都到这小园子里来了。他们还穿着雪白的工作服。一个戴眼镜的叔叔对一个小身材的阿姨说："今晚如果找回了月亮，咱们还到海边上去。"那阿姨瞪了他一眼，没有说话。又一个留着络腮胡子的伯伯说："没有月亮，星星在发愁呢，在望远镜里看着它们，我也心焦。"一个脸红红的满脸淘气样子的叔叔冲到大家前面，说："你们都这么惦记月亮！快见见这两位替大伙儿找月亮的小客人罢！"

宁儿、小青怕他们问起找月亮珠的事，两次失败，怪不好意思的，连忙拉拉亮眼睛叔叔的手，向他告别，登上了"飞纱"。

"飞纱"飘了起来，花儿们拉着彩色的裙子向他们行礼，亮眼睛叔叔带着信任的笑容向他们挥手，其他的叔叔阿姨也都抬头向他们喊道：

"小朋友，快把月亮珠找回来吧！我们都在等着月亮哩！"

7

三头鸟被亮眼睛叔叔擒住了以后，藏在鸟翅里的蚊子，偷偷溜走了。这蚊子拼命扇着它那薄薄的双翅，向"泥宫"飞。它赶到西王母跟前时，已筋疲力尽，就一头栽倒在地上。

西王母头上的毒蛇一条条都竖了起来。蚊子嗡嗡地报告（好像伤了风一样）："三头鸟让人捉去了！"

西王母气得连那两颗大虎牙都变了颜色，她喊道："好小子，你反正逃不出我的手心！"说着她连连跺脚，第一脚就踩死了瘫在地上的蚊子，以后几脚把"泥宫"中积年的灰尘都跺了起来，满天空里烟雾腾腾，混浊得像一锅粥。

这一阵莫名其妙的烟雾，正落在宁儿和小青的头上，呛得他们连连咳嗽。宁儿双手拉住青妹，怕她咳得从"飞纱"上跌下去。那"飞纱"上积满了灰尘，愈飞愈慢，愈飞愈慢，最后飞不动了，竟完全停住了。

"咱们到了哪儿？"小青小声问。

宁儿伸手往前一摸，石头！往后一摸，也是石头！原来碰到了石头山上！宁儿叫青妹站好，低声对"飞纱"喊道："到幸福之土去！到幸福之土去！"可是"飞纱"还是纹丝儿也不动。

正在紧张的时候，只听见一阵乱钟敲响，接着一声狞笑："你们可落到我手里了！"这是西王母的声音！宁儿和小青吓坏了，两人紧紧抱在一起。烟雾迷漫中，他们仿佛觉得有什么东西从头顶上扣下来，压得简直透不过气。

他们定了定神，才慢慢地看清了。原来他们是被扣在一个扇形的罩子下面。那罩子很奇怪，你站起来，它的顶也随着长，你蹲下来，它的顶也随着缩。四周一点儿缝也没有。这该怎么办呢？

宁儿急了，直叹气："那么多人等着咱们找回月亮珠，咱们却扣在这儿不能动！"

小青说："想办法呀！"

"你想得出你想。"宁儿蹲在地下，望都不望她一眼。

小青用手摸着那罩子，真是一点儿缝也没有，推了一下，觉得它有些软，心想如果带了剪子来，也许会把它剪开。忽然间，她觉得心里一亮，大喊道："宁哥！海鞭！大龙送我们的海鞭！"

宁哥跳了起来，把绑在腰带上的海鞭拔出，说："你要海鞭有什么用?"小青说:"你不记得吗?海鞭的一头很尖,也许它会有用,你摸摸,这墙是软的。"说着,小青接过海鞭,随手往罩子上扎了一下,"噢!扎不动,没用!"就又把海鞭还给了宁儿。

宁儿知道小青的脾气,她的手总像有千斤重,最不爱动,便对她说:"这又不是绣花针,只扎一下,你怎么就知道没用?"一面说一面接过海鞭来,用它锐利的尖头在罩子上钻了起来。小青蹲在一旁没事干,却想起家来:"妈妈找不到我们,该有多么着急,妈妈该不会哭吧?"她这样想着,自己却要哭了。

宁儿钻着钻着,不知钻了多少时候。手都酸了。手酸宁儿倒不在乎,换了一只手,还是继续钻着钻着。

小青在旁边蹲着,许久许久没听见哥哥说话,就说:"哥哥,你累了罢?你歇歇,让我来!"一面说,一面接过了海鞭,谁知她刚一碰那罩子,就"哎哟"一声大叫起来。原来罩子上已经钻出了一个洞,手都能伸到外面去了!

"钻开了呀!"小青叫道。宁儿连忙也摸过来。那钻开的洞起先还是很小的,后来就慢慢大起来,宁儿把头探出洞外,可以看到天上星星在向他眨眼睛。他就索性爬出去,又回身把青妹拖出来。还叫她:"别忘了海鞭!"小青像只小耗子一样,很敏捷地爬出了罩子。

宁儿把海鞭绑在腰带上,对小青夸奖道:"你想的主意倒真不错!"

小青说:"是你做得好呀!"

两人乐极了,忘了自己在什么地方,牵着手团团转。

他们正转得高兴时,猛听见又响起了一阵乱钟,一道惨白的光照亮了这座山,那扇形的罩子早没了踪影。宁儿和小青看清了自己是站在一座陡峭的石山上,下面是黑沉沉的水,山上到处是突兀的怪石,刀削般的绝壁，动一动就会跌下去，那么深的水，不知几时才能到底。

钟声愈敲愈急，比火警的钟声还凄厉，阴惨惨的白光一闪一闪。"哈……哈……哈！"一声令人毛骨悚然的长笑，使得无边的黑夜都震动了。

宁儿和小青抬头一看，只见在石山高处的一块石头上，站着西王母。她头上的毒蛇张牙舞爪，似乎要扑过来。她咬牙切齿地喝道："啊！你们敢钻坏了我的扇子！胆子可真不小啊！"宁儿和小青仔细一看，不错，她手中那把猪毛扇子，扇面上确实有一个大洞。原来刚才罩住他们的罩子就是这扇子变的。

西王母头上的毒蛇，每一条口中都在吐出火焰来。青妹看着那些毒蛇，实在有些害怕。可是无论怎么害怕也只好不管它，难道回家去不取月亮珠了么？不行。还是不要害怕吧。她自己告诉自己："没什么可怕的！这西王母，大龙还咬断了她的尾巴呢。"

宁儿却抬着头瞪着西王母，看她要怎样。还握紧了小拳头，预备和她决一死战。

西王母见他们一声不响，哼了一声，说："怎么你们都变成哑巴了？有话还是快说罢。再过一会儿，你们可就再也别想说话了！"她说着，得意地摇摇她的秃尾巴，又发出一阵狞笑。

小青妹看见西王母的半截的尾巴，这时忽又想起大龙给他们的海鞭，连忙拉了拉宁儿，轻轻地提醒他："海鞭！"宁儿会意了，闪电似的抽出藤条，抡开来就向西王母打去。

西王母立即不笑了，她连忙用手一指，山上忽然出现了一只大猫，很大很大的，有普通的猫一百倍那样大，瞪着茶壶大的两只眼睛。西王母冷冷地说："这鞭是孽龙给你的吧？你何必要打我！有本事打它去！"

宁儿想也不想，说："那有什么不敢，打它就打它！"他用全身的力气一鞭打过去，那猫一动不动，把嘴一张，就咬住了海鞭。

　　西王母这时又笑出来了。宁儿揪了两下拔不出来，扔了鞭，把小青妹一拉，向石山下夺路而逃。西王母站着不动，一双手臂凭空变得极长，把他们都抓回来，扔在地下。宁儿知道逃不脱，心里想，只有自己和西王母拼了，让小青逃走，可以继续找月亮珠，他低声对小青说："快跑！快去找月亮珠！"一面把"飞纱"偷偷塞给她。自己就赤手空拳地向西王母迎了过去，大声喊着："你吃我罢！你吃我罢！"宁儿只觉得西王母向他喷了一口又腥又臭的热气，身子向后一仰，浑身像棉花似的，失去了知觉。

　　小青哪里经过这样场面！她小小的心几乎停止跳动了。但她脑子里紧紧记着一件事："找月亮珠！找月亮珠！"她赶快把"飞纱"铺在一块石头上，想跳上去飞走，但是"飞纱"已经不灵了，飞不起来，西王母却又来抓她了。

　　西王母那尖利的毛手离小青只差一根头发，忽然天空里照下一道金光，又温暖又明亮，西王母马上缩回了手。小青抬头一看，只见两只雪白的大鸟衔着一个金光闪闪的大瓢，从空中落下。

　　西王母"哇呀"怪叫一声，头上的蛇乱藏乱躲，她向后退，向后退，大嘴一张，吐出一阵黑雾，黑雾愈来愈浓，西王母就不见了。

　　小青仔细看那金光闪闪的大瓢，原来这是一片龙鳞！小青真高兴透了，这分明是孽龙派大白鸟来接他们了。两只白鸟儿用它们的长嘴把宁儿抬上金鳞，小青也忙着跟了上去。两只大白鸟站在鳞片边沿上，一边一只，用翅膀轻轻扇了扇，那鳞片就飞了起来。

　　小青看宁儿还是昏迷不醒，向两只白鸟问道："宁哥怎么了？他死了么?"说着就哭了起来。

一只脖子上有一道金圈的白鸟儿说:"没死。你别着急!"另一只头顶上有个朱砂点的白鸟说:"他不过被西王母的毒气喷了,一会儿就会醒来。"它们的声音非常温柔好听,好像一只熨斗,把小青纷乱的心熨平了。她轻轻抽噎着,用攥在手里的飞纱扇着宁儿,想把那毒气驱散。

宁儿蒙蒙眬眬地觉得自己被谁抬起来,放进晃晃荡荡的船里,但却说不出来话。他惦记着小青,不知她怎样了。她逃出来了吗? 一个人去找月亮珠,真难为她了……想着想着,他慢慢醒过来了,他看见小青伏在自己身上哭,心里非常奇怪,忙问道:"我没有被西王母吃掉么?"小青见他清醒过来,高兴得瞪大了眼睛,脸上还挂着两行泪,却向哥哥分辩说:"我可没有哭哇!"

宁儿有气没力地说:"咱们这是在哪儿呀! 你先别管哭没哭,说要紧的!"

青儿嘟起了嘴:"你自己看呀,光问人家!"

宁儿揉揉眼睛,原来天已经蒙蒙亮了,天边一片玫瑰红。自己是躺在一个闪着金光的大瓢里,旁边坐着青妹,还有两只漂亮的雪白的鸟儿站在大瓢的边缘上,好像两个英俊的卫士。

大白鸟见宁儿醒过来了,都很高兴。脖子上有金圈的一只说:"亏得我们早来一步,要是来得晚了,你们可就糟啦!"头顶上有红点的一只说:"孽龙想到西王母一定还不肯罢休,就叫我们追来保护你们。我们在智慧之国才赶上,看见你们没有取到汗珠,真着急……"

青儿抱住白鸟的脖子,问道:"为什么西王母一看见你们就跑了? 它知道你们是从孽龙那儿来的么?"

另一只鸟儿用嘴指了指那金光闪闪的"瓢",说:"那是因为这个。

198

这是孽龙的一片鳞，孽龙知道西王母一看见他鳞甲上的金光就要逃，就从身上割了一片来救你们。"

宁儿觉得眼睛润湿了，伸手去抚摸这片鳞，眼前好像看见孽龙温和的大眼睛，自己喃喃说道："谢谢你，孽龙。你放心，大海上一定会有月亮照着的。"

小青把脸伏在白鸟的羽毛上，白鸟用嘴理着她的头发。

那片金鳞愈飞愈慢了，最后，平稳地落在地面上。这时宁儿已经完全恢复了元气。他和青妹跳出了"金瓢"，向两只白鸟儿行礼致谢。鸟儿彬彬有礼地张开闪着银光的雪白的翅膀，弯身鞠躬。

宁儿从小青手里拿过那块薄纱，说："幸亏你来救我们，这块纱不知道为什么不灵了。"

头上有着殷红的朱砂点的白鸟瞅了小青一眼，说："听孽龙说的，因为那块儿纱在飞泉里没有洗透，一碰到西王母的毒气，没洗透的地方就破了洞——好在现在已经到了，用不着了。"

小青连忙凑过去看："哪里有洞？哪里有洞？"果然那块纱的中间有一个三角形的小洞，青妹当时恨不得哪儿有一个更大的洞，好把脸藏进去。

这回宁儿也很特别，他一点儿没有像往常那样得理三分不让人，却低头自己想了半天，说："多亏了你们。我也太冒失，把海鞭送到猫嘴里。"

小青插嘴道："那猫是什么东西？"

有朱砂点的白鸟儿说："那是一只海猫，孽龙到海里来以前，它是海上的霸王，我们都让它给欺侮苦了。孽龙来了，大家就把它赶走了。它投靠了西王母，还想着重霸大海呢。"

脖子上有金圈的白鸟说："过去的事，提起来话长。是错就别再犯才好。现在你们还是快去找那三千声笑罢，大伙儿都在等着月亮……"两只白鸟又向他们弯了弯身子，轻轻扇了几下翅膀，那金瓢转眼间就缩成铜钱一样大小。脖子上有金圈的一只衔起它来，两只鸟就向天空飞去了。

宁儿和小青仰着头，眼看着两只白鸟慢慢小了，小了，最后完全没有了踪影。

8

幸福的地方是怎样一个地方？宁儿和小青急着想要知道。他们有自己的想法：幸福之土的河流里流着的是柠檬汽水，房子的墙壁是喷香的葱油饼，窗格子都是巧克力做的，可以随手拿来吃，吃了还会长出来。可是真奇怪，这时他们停落的地方虽说是幸福之土，眼前却只是一片黄沙，一阵风过，卷起一阵黄烟，别的什么都没有。太阳高挂在空中，没头没脑地晒着，热辣辣的。

宁儿想走几步，刚一抬脚就陷到沙里去了，沙子一直没过膝盖。小青伸手拉他，一使劲自己也直往沙里陷，眼看着人矮了下去。宁儿连忙叫道："别动！别动！越动越要陷下去了。"两人拉着手一动也不敢动。小青生气地说："哥哥，这就是幸福的地方么？准是错了！"

忽然从空中照下来一排比太阳光还强烈的白光。宁儿和小青抬头看去，只见空中隐约有许多房子，这白光就是从那里照下来的。小青惊慌地指着空中的房子，问宁哥："那别是西王母的家罢？"正说着，忽然一声惊天动地的巨响，把宁儿和小青从沙土里震了出来。

这时天空中电光闪闪，雷声隆隆、电闪和雷鸣迅速地从西往东移动着，沙漠上转眼间出现了一条碧清的河流，也从西往东蜿蜒流去。河水哗啦啦地流着，充满了生命的欢乐，灼人的阳光也马上变得清凉了。

"咱们是在做梦么?"小青又问。

她的话还没完，只见河岸边猛然冒起了一排绿色的树苗，往上冒，往上冒，顷刻间就变成了一排大树，绿荫如帐，柔枝轻轻拂着水面。那地面上干黄的沙，眼看着颜色愈来愈深，变成了褐色的沃土了。

这真是奇怪的事! 几分钟以前还是黄沙遍野的平原，眼看着都变成花园一样! 而且这里冒起了高楼，那里出现了大厦。仿佛空中有一双看不见的手，在随意涂画，改变着大地。宁儿和小青瞪大了眼睛，坐在阴凉的河岸上，望望河水，望望树木，望望房屋，不知说什么才好，直发呆。

不一会儿，远处空中，又出现了一点亮光，愈飞愈近了。萤火虫么? 怎么会有这样亮? 小星星么? 怎么会飞得这样快?

亮光愈来愈近，它飞到宁儿和小青头顶上，猛然冲了下来，落在河岸上。宁儿和小青抱着头往旁边躲，却听见一个温柔的声音说:

"小朋友，怕什么?"

他们抬头看时，原来是一辆漂亮的小汽车停在他们身边，车门开处，走下来一位年轻的阿姨，一根长辫子直拖过腰，眼角稍向上斜，显得神采飞扬，正微笑着向他们说话。

"发光的，就是这辆小汽车么?"宁儿问。

"就是它呀。"

"飞过来的，也是它么?"小青接着问。

"也是它。"年轻的阿姨一面对他们微笑，一面把宁儿和小青挽上车子，一起坐着。她在车里装的一个什么盒子上只一按，汽车左边就伸出一条长长的手臂似的杆子。宁儿和小青都很想知道那是干什么用的，他们马上就得到了回答。只见阿姨又在小盒子上一按，那条长长的杆子就对着一大片不知几时已经翻松了的田地，像救火车的橡皮管子一样，喷出许多绿色的泡沫来。杆子不住地喷，车子沿着田野飞也似的行驶。泡沫喷过，满地上都长起了四五寸长绿油油的麦苗，在轻风下起伏着绿色的微波。

宁儿和小青兴奋得直拍手，这真太奇怪了，这阿姨一定是从天上那座房子里下来的，是神仙！

"也要种点儿稻子啊！"宁儿冲着阿姨嚷嚷。

阿姨微笑着，又揿了揿小盒子上的一个钮子，车子右边又伸出一根杆子，又一按，杆子又像水龙头一样喷出绿色的泡沫，泡沫喷在右边的水田上，立刻，满地都长满了稻苗。稻田里，还有青蛙在"咯咯"地叫着，真有趣！

"阿姨，阿姨！给河岸上种点儿花罢！"小青提出了她的请求。

阿姨看见两个孩子脸上的表情那样热切，不由得微微笑了，说："对呀！也该种点儿花。"只见她从车里取出一个粉红色的小盒子，打开盖子，轻轻一吹，许多五色缤纷的碎屑在空中飞扬开来，落到河岸上。呀！一眨眼间，河岸上就长满了五颜六色的花朵：有红绒似的石竹，锦缎似的榆叶梅，有假面具似的令人发笑的大面花，也有那梦境一样的浅紫色的草兰……

车子停住了。宁儿、小青和阿姨都下了车。这阿姨真是神通广大！宁儿张着嘴望着她，心里直在捉摸，猛然脑子一亮，那三千瓣百合花，不也可以这样得来么？他跳到阿姨面前，叫道：

"阿姨！请您给变点百合花儿出来罢！"他叫的声音很大，好像那阿姨是个聋子。

"百合花？你要它干吗？"长辫子阿姨有些吃惊，把手离开了盒子，举到头上，瞧着他们两个。

宁儿急着把原因说明了。他上气不接下气地讲着西王母怎样欺负嫦娥，怎样夺去了月亮珠，他和青妹怎样要去找月亮珠，大家怎样喜欢月亮，找月亮珠又怎样需要百合花瓣、汗珠和孩子们的笑。

小青很佩服不动脑筋的宁哥居然想到这样高明的主意。向这位神通广大的阿姨要百合花，当然是最对不过的了。她也向那阿姨恳求道："给我们百合花罢，别舍不得呀！您一定不是凡人，您是从天空中的那座房子里来的神仙。这也费不了多大事！"

长辫子阿姨把那双神采飞扬的眼睛睁得很开，说："原来你们就是为大伙儿找月亮珠的小朋友！"她抚摸着宁儿和小青的头，说："找月亮珠可真是为大伙儿做好事。你们说我是神仙，可想错了，我不过是个普通的人。天空里的那座房子也不是神仙住的什么仙宫，那是我们的人工造河站。"她一面说着一面笑了，"你们看这些庄稼，这些花草长得太容易了是不是？这可不是容易得来的，你们不知道，有多少叔叔阿姨们经过多少试验，多少学习啊。就是你们看见的这些忽然出现的河流、树木、楼台、亭阁，也并不是随随便便就造成的，那里蕴藏着多么巨大的劳动，凝结着多么高度的科学的智慧！劳动，就是幸福。"她说着，自己又笑道："我这倒像是讲演了——你们要百合花，该上美丽之乡去，那里是现成的。"

"我们去过了呀！"宁儿急忙说了一句，底下的可就吞吞吐吐了。当然说出自己的错误是怪难为情的，但他还是说了，从头到底都说清楚，没有遗漏。

长辫子阿姨想了想，打开了车上的一只箱子，小心地从箱子里拿出一个锦袋来，然后慢慢地从袋里取出了一粒花籽，郑重地交给了小青，说："我原来没打算种百合花。这花籽没有经过科学手续的处理，要种它得格外当心，一步也不能错。"接着就附着小青的耳朵，把种花的手续详详细细告诉了她。最后，又说："我知道，小姑娘都有一双灵巧勤快的手，你一定会种出一片漂亮的百合花来！"

小青脸上的表情很紧张，宁儿猜想到种花的过程一定不简单，怕小青担当不了，想了想，自告奋勇说："阿姨，我来种罢！"小青瞪了宁儿一眼，赶快把那粒种子接了过来，说："我能行！"

阿姨对宁儿说："让她种花吧，你还得去找那三千粒汗珠。你的工作可能更难一些。"

"到哪里去找？还到聪明的地方去么？在这儿种出来，不可以么？"

阿姨笑了笑说："汗珠可不是种出来的。那还得你好好动脑筋想想……"说着自己跨上车子，在那小盒子上按了按，杆子都缩回去了，她说："对不起，我忙得很，还要到别处种庄稼、种花呢。我一会儿再来。再见！"说罢，车子升了起来，飞走了，宁儿和小青眼前只剩下一道白光。

真糟糕！那阿姨怎么这么快就走了呢？现在上哪儿去找那三千粒汗珠？还回智慧之国去，"飞纱"已经不能用了，要去也没法子去！宁儿和小青真着了急。忽听见一个细细的声音在说："要找汗珠么？怎么不先找我？"顺着声音一找，原来是一只青颜色的小鸟，站在柳树上。

这声音好像是老朋友在说话，这鸟也好生面熟！鸟儿说："又不认识了么？"再一分辨声音——哦！还是那青衣的小仙子"想"。"想"对他们说："不必到那智慧之国去了，这里也有汗珠。爱劳动的地方都有这宝贵的东西。只是这里的不如那里的现成。有些汗珠不是劳动得来的，而是因为天气热，或者因为生病。它们虽然也是亮晶晶的，可是没有分量，对咱们没有用。你们自己得分辨一下真假。"

"只要有地方找去，多么难的事也要把它办好！"宁儿和小青都激动地说。宁儿还加了一句："那些汗珠都在哪儿呢？"

小青鸟用它自己嫩黄的小嘴指着另一棵柳树下，"瞧！那树下就有一大箩。你想办法把它们分别开来吧，只要真的。假的没用。"

果然在柳树下有一个细竹篾子编的大圆筐，里面装的都是汗珠，不管真的假的，一颗颗都是亮晶晶的。那珠子，少说些，也有一万颗。这可怎么分辨呢？宁儿觉得自己的头嗡的一声像那筐子一样大了。

他想向小青鸟讨点办法，话还没有说出来，小青鸟歪着小头看了看他，扇起青缎般的翅膀，向空中飞去，转眼就不见了。

小青看到宁儿这样紧张，捧着那粒花籽对他说："咱们两个换换吧？好么？"

这回轮到宁儿瞪眼睛了，他说："用不着！"一转身就向那大筐跑过去。

他蹲在那一大筐汗珠前，把眉头皱得像解不开的结子。抓起一把闪闪发光的小珠，确是有的重，有的轻，若是这样一个一个地分，分到明年也分不完！可是总该有个办法吧？就是把眉头皱碎也要想出它来！

小青这回一点儿都不耽搁时间，看好了一块地方就动手挖土。她用手指一点点挖，一会儿都不停。她下了决心，就是手挖破也要种出百合花来。坑渐渐深了，大了。手，原来是这样有用。那"飞纱"就因为自己洗的时候，手不勤，洗得不透，害得他们几乎被西王母吃掉，这次种百合花可要样样都做到家。

挖着挖着，头上的汗珠滴下来了，"吧嗒"一声落在泥土上。小青没有注意，还是在挖坑。那汗水滴过的地方，猛然冒出了一个红衣的小人。他跳到小青面前，叫道："小姑娘，你停停！"

小青停了手，"噢，你是'做'吧？你好！"

"做"说："做事情不要光动手，蛮干，也要动脑筋，讲究方法。"他递给小青一个精巧的小铲子，"用这个挖吧。"

小青还没来得及谢他，他已经又向空中一跳，不见了。他们这些小仙人，一定也是很忙的。

有了小铲子，果然好挖得多了。不一时，坑挖好了，小青把种子放了进去，上面洒了层细土，又从河里打上来清凉的水，小心地浇在种子上。那种子真不含糊，一会儿工夫就长出一棵小苗，碧绿的，扬着头摆来摆去。小青马上照长辫子阿姨嘱咐的，找了牛蒡叶子，给小苗搭起了小帐篷，又找了张核桃叶子，轻轻扇着那棵小苗。那核桃叶子有一股幽雅的香气，香气覆盖着百合花苗，也熏染着小青。小青觉得就像在朦胧的月光下面，那样平静，那样幽雅，那样温柔……

小青的百合花秧子，眼看着往上长，宁儿的脑子还是一片空白。他一面喃喃地自己叨念着："真，假，真，假，用什么办法呢？"一面用手抚摸着身旁一棵石竹花，无意中掐了一片石竹叶子，丢进河水里，叶子在水面上打了几个旋，就顺水漂走了。他又摸了一小块儿石子丢进河里，河里冒了几个泡，便沉下去了。

"哦！"宁儿叫了起来，"轻的漂着，重的沉底儿！我有办法了。"他采了几大张荷叶，做了一个盆，装上河水，把那亮晶晶的小汗珠搁在水里，眼看着有的沉了，有的漂着。宁儿觉得自己心里从来没有这样亮过，真像人家说的：心上的七窍都通通打开了。他一面喊着"青妹"，一面朝小青跑过来。

小青的百合花已经开放了，雪白的，似乎是月光凝成的花朵，在轻风里徐缓地舞着。小青小心地摘下一朵花放在地上，那里就马上又长出一棵新的百合，开着大花。不一会儿，小青已经站在百合花丛里了。她高兴透了，两手举着百合花向宁哥跑来，正好和对面跑来的宁儿碰在一起，"砰"的一声，两个头上碰起两个大疙瘩。

就这样，小青种花，宁儿挑选汗珠，到天色黄昏时，一切都安排好了。三千片花瓣搭成了一个花座，完全像月亮里的花座一样。汗珠用蜘蛛丝（花园里有的是蜘蛛网，只要小心地解开来就得了）穿了起来，挂在花瓣尖上，在暮色里像许多小星星在闪耀着光辉。

宁儿和小青刚把花座收拾好，天空中忽然出现了无数闪亮的流星，一齐向这新辟的河岸上落下。原来长辫子阿姨带着许多"幸福之土"的小朋友们坐着飞车来了。长辫子阿姨招呼着大家，又给宁儿和小青介绍。大家都七嘴八舌地问："月亮珠呢？""我能帮什么忙么？"叽叽喳喳好不热闹。

远处又驰来一群飞车，比以前那些更快更亮，而且不停地变换着色彩，像是城市里的霓虹灯溜到天上去闲逛。它们停下来了，走下车来的是"智慧之国"的叔叔阿姨们。原来长辫子阿姨和他们都是认识的，她也在那个玻璃大厅里和他们一起工作过。宁儿和小青看见了许多熟人：戴眼镜的叔叔，小身材的阿姨，还有留着络腮胡子的伯伯，红脸的叔叔……看！那位亮眼睛叔叔也来了！他是坐最后一辆车到的。宁儿和小青扑上去抱住他，争着告诉他："汗珠和百合花瓣都有了。"

长辫子阿姨也走过去迎着他。长辫子阿姨和亮眼睛叔叔看来特别要好。他们年纪仿佛，都是那样俊秀。亮眼睛叔叔有一种灵秀之气，使宁儿和小青想起了"想";长辫子阿姨有一种毅力，使宁儿和小青想起了"做"。真的，说不上来是怎么回事，他们两个的确很像那两位小仙子。

杨柳枝轻拂水面，河水在浓重的暮色里流得缓慢多了，晚香玉沁人的香气也飘散开来。蓝黑色的匀净的天空上，稀稀落落闪着几颗小星星，它们的光辉是那样微弱。他们惦念着月亮，心里都在难过，有的因为太伤心了，根本就没有心思来点燃自己的蜡烛。那平原上新造的楼台亭阁，在夜光中隐隐约约，有的巍峨雄壮，有的纤细精巧，像一幅浓淡参差的水墨画。它们和新种的树木、庄稼、花草，都在等待着月光的照耀。

只差三千声笑还没有准备好。小青、宁儿和长辫子阿姨、亮眼睛叔叔把"幸福之土"的小朋友安排了一下，排来排去，还差十几个人。

"飞泉旁边的少先队小队来了就正够了。"宁儿说。

"我们等着罢！""跳起舞来！""唱起歌来！"大家兴高采烈地跳起来唱起来了。河岸上，像有成群的蝴蝶在飞，嘹亮的歌声，直冲到天空，空中飘着的几片白云，都停下来倾听。

可是这一切没有月光照着，毕竟是扫兴的事。不久，大家都疲倦了。小朋友们都嚷嚷起来："他们怎么还不来！"

又唱了一支歌，还没有来。

又跳了三圈舞，还是没有来！

9

飞泉旁边的小队究竟上哪儿去了呢？是忘记了？还是迷了路？

宁儿和小青都相信那戴眼镜的小学者和他的同伴们是守信用的，他们不会忘记这件大事。他们从小就在飞泉旁边，对航空学特别有研究，照说也不该迷路。但他们迟迟不来，真叫人又着急又纳闷。

又等了五分钟（这五分钟似乎比一年还要长），小青实在忍不住了，向大家建议："我们到空中看一看，好早点知道他们来了没有。"又慎重地说，"不走远，就回来。"大家研究了一下，同意了。亮眼睛叔叔教会了宁儿和小青驾驶飞车的办法，宁儿就拉着小青跳上飞车，腾空飞去了。

飞了不远，宁儿和小青看见远处有一座灰蒙蒙的小山，还听见一阵凄厉的喊声断断续续飘过来："救人哪！救……人……哪！"两人都愣了，早忘了不走远的诺言，直奔那小山开去了。

飞近了看，那小山像是个光光的馒头，上面什么也没有。这时又听见一声喊："救人哪！"一听，原来是白鸟儿的声音。宁儿在半空中停住了车，青儿马上要跳下车来，到山上去找。宁儿拉住了她，低声说："慢着，这山一定有毛病。"

可不是，这山真有点怪。宁儿和小青觉得有一阵愈来愈浓的香气扑过来。这香气有点酒味又有点甜味，闻了就浑身软绵绵的不想动弹。宁儿急忙说："这香味不好，得想个办法。"

宁儿说着用手在身上到处摸，从口袋里掏出一块手巾，扎在脸上，堵住鼻孔。还叫小青也如法炮制。原来什么事情只要肯动脑筋，总是有办法的！宁儿又开动了飞车，绕着馒头山飞了大半个圈。忽然在山的斜坡处发现了一个大洞，就在这洞口，站着一只白鸟儿，头顶上分明有一个朱砂点。就是它，曾经送宁儿和小青到幸福之土去的。

白鸟儿伸长了脖子，还不住地在喊着："救人哪！救人哪！"

"出了什么事？出了什么事？"飞车降到地上，宁儿和小青急忙跳下车来，朝白鸟儿跑去。

白鸟儿看见宁儿和小青，高兴极了，用嘴衔着他们的衣服，就把他们往洞口拉。呀！那洞里横七竖八躺着的是谁？就是那飞泉旁边的少先队员们呀！最急人的是，那个洞正在往下沉，虽然沉得很慢，可是眼看着愈沉愈深，不用多少时间，就要把这些躺着的孩子全部吞没了。

小青和宁儿都丝毫没有踌躇，一下子就跳进了那正在下沉的洞，紧抢着把小朋友们拖出洞口。只听见白鸟儿在一旁叫道："运到这儿来！"原来在离洞口不远的地方，有一段挖成了一个飞艇样子的大树干，这段树干在飞泉里泡过，说飞就飞，绝不含糊。那些小朋友们就是乘了它飞来的。宁儿和小青赶着把小朋友们一个个抬过去。这时大树飞艇也很着急，赶快侧过身来，好让小朋友们快快进去。

那戴眼镜的小学者还是很清醒的，只是他不能动，不能说话。他做着手势表示着急，表示感激，还表示许许多多表示不出来的东西……那小胖子已经完全昏沉不醒。那头上扎着一双花蝴蝶结的女孩不知为什么只剩了一个结子，懒洋洋地靠在洞壁上，一声不响。

宁儿和小青来不及问他们是怎么回事，一刻不停地把小朋友们搬的搬，扶的扶，弄上飞艇。小青手脚从来没有动得这样快，这样灵便，她简直恨不得多长上两只手。白鸟儿也帮着推一下，拉一把。刚把最后一个小朋友送上飞艇，就听见一阵急促的乱钟，接着哗啦一声，那洞口上面的土全坍了下来，把洞口封住了。

"哈！哈！哈！"空中传来一阵冷笑，"一群小哑巴，一群小哑巴全完蛋了！"

这是西王母的声音！

又是她！赶快逃吧！飞艇、飞车像射出的箭一样快。西王母一眼看到飞艇、飞车，知道馒头山并没有埋葬那些孩子们，气得哇呀怪叫，顺手举起那座馒头山，像扔手榴弹似的照着飞艇砸了过来（那馒头山可比手榴弹大了几千万倍）。

说时迟，那时快，随着一个耀眼的电闪，滚滚的雷声自远而近，猛然间一条大龙出现在宁儿和小青上空，正巧挡住了那馒头山。馒头山向天上逃去，一会儿就变成一堆黑雾。宁儿和小青高兴得大叫："孽龙！孽龙！"还向小朋友们得意地说："我们认识他，他就是孽龙！"这时孽龙在空中左盘右旋，像是在寻找西王母，想尝尝她剩下的那半根尾巴。

宁儿快活地说："西王母这回不笑了吧？我们的孽龙来了啊！"

小青兴奋地招呼孽龙："停一下，停一下，不要走！"白鸟儿知道龙涎能治百病，把翅膀一张，飞过去停在龙须上，告诉大龙那些小朋友们吃了西王母的毒药，哑了。大龙飞舞着，仰头探爪，使足全身力量，喷出了一口气。孩子们觉得一阵细雨洒在身上，大家不由自主地都连连咳嗽，咳出一块块儿的小石块儿，都醒过来了。

白鸟儿又飞过来，停在大树飞艇的船舷上，说："这就是你们吃的糕饼！现在请说话吧！"

小学者喊出一声："谢……谢你们！"小朋友们乱开了，有的向空中的大龙招手，有的扑过去拥抱白鸟儿，大树飞艇忙向另一个方向侧了侧身，免得飞艇翻个儿。大龙在空中点头微笑，说："孩子们，赶快把月亮珠找回来！"说罢，略一盘旋就飞腾而去。白鸟儿对大家招招翅膀，也随着大龙飞走了。宁儿和小青仰着头向天空中直喊："龙，好龙！我们给你写信……"可是碧蓝的天空里只剩下几缕白云，悠悠地飘浮着。

停了半晌，宁儿和小青才想起问少先队员们："你们遇见什么了？"

那头上扎花蝴蝶结的、说话又脆又快的女孩子叹了一口气："唉！

我又能说话了！"接着就给宁儿和小青讲她们碰见的事。小胖子不断打岔，小学者有时托托眼镜，来几句解释分析。大家你一言我一语，这个乱就别提了。

事情其实不算太复杂，原来是这样的：

这飞泉旁边的小队，在宁儿和小青走了以后，就到各处去约了一些小朋友，十几个人乘了那大树飞艇，向"幸福之土"进发，一路上也还顺利。路已经走了大半，不知从哪儿刮来一阵风，把那女孩子头上的花蝴蝶结子吹掉了一个。大家连忙都伸手去抢，但那结子在云彩里转了几个身，就不见了。

在离"幸福之土"不远的地方，他们看见一座小山，一座很美丽的小山，有葱葱郁郁的树木，有碧清碧清的小溪。小胖子首先叫了起来：

"这地方一定好玩！咱们停下来去看看罢！"

小学者立刻表示不同意，说："顶重要的事还没办好，哪儿有空去逛山！"

大家意见不一，嚷成一片，这时，他们看见在一株笔直的白杨树的尖顶上，飘着那个蝴蝶结子。小胖家伙又叫道："飞低些，去把那丝带捡回来吧！"

这意见没人反对。飞艇降下来了，快碰到树尖了，忽然好像有什么拉住了飞艇，拉得它一直向下掉，砰的一声，飞艇着了陆。小山上的树木花草，好像变戏法似的什么都不见了，只剩下一片光光的白地。

大家你看我，我看你，弄不清是怎么一回事，这时不知从哪里飘来了一阵醉人的香气，又浓又甜。

扎花结子的女孩子说："怎么这样香！我真想吃点什么。"

说话间，他们就在飞艇旁边的地上看到一盘极其精致的糕饼，大家都被香气熏得昏头昏脑，小胖子首先抢了几块吞了，大家都一窝蜂拥了上去，各自拿一块儿吃起来。小学者觉得这些糕饼来路有点蹊跷，想要阻止大家不要吃，但那糕饼发出的浓重的香味，使他管不住自己，话没有说出口，却也拿起一小块儿蛋糕吃了起来。

　　这时，那头顶有朱砂点的白鸟在天空中经过，看到了这情况，知道又是西王母耍的法术，它怕孩子们受罪，从空中急冲下来，几翅膀就打落了小朋友们手中的糕饼。

　　"小朋友，你们乱吃什么？"

　　小朋友们很生气。这只白鸟太没礼貌了，大家都想和它大吵一架，可是，那糕饼把他们的喉咙堵住了！他们都已变成了哑巴！

　　讲到这里，小学者很佩服地对宁儿和小青说："你们怎么就没有被香气熏坏了呢？还把我们都救了出来！"

　　宁儿不大好意思地说："我们把鼻子堵住了。"

　　青儿高兴地说："这是宁哥想的办法！他现在可会动脑筋啦！"宁儿说："青妹现在也很爱做事了，她会种花……"青妹听哥哥夸奖她，很不好意思，低头看着自己的小手。

　　在"幸福之土"等着他们的叔叔、阿姨和小朋友们，拼命看着远处的天空，几乎把天都看出洞来了。

　　孩子们到底来了！大呼小叫，欢声沸腾地来了！亮眼睛叔叔和长辫子阿姨抱住宁儿和小青。"幸福之土"的小朋友欢迎着飞泉旁边的小朋友。现在没有时间去讲那已成为过去的事，大家都从心底感到抑制不住的高兴，笑声好像泉水一样涌了出来。

"哈……"

"咯……"

"嘻……"

"嘿……"

笑声像是流动的山洪，也像是叮叮当当的银钟。就在这笑声里，百合花座下响起了一阵爆竹炸开的声音，紧接着是轰的一声，烧起了熊熊的大火，在火光中，百合花显得愈白，汗珠显得愈亮。那种美丽，真是神奇！

远方，黑暗里，忽然显出一团五色光华，自远而近，一转眼就落在那飞舞的火光里。刹那间，红色的火光变成了彩色，好像是流动的云霞。在云霞中，在百合花座上，出现了一颗光彩夺目的大珠！

"这就是月亮珠！"宁儿和小青几乎要扑到火里去了。

那光彩夺目的大珠，照得大家的脸都红红的，照得树木房屋都似乎活动起来了。一个个孩子的笑声，现在都变成了欢呼声，欢呼的声音直冲天空……

就在这欢呼声里，西王母的宫殿响起嘶哑的钟声，宫殿的墙壁也咯吱咯吱直响，耗子、蜥蜴和蜈蚣都四散奔逃。西王母头上的毒蛇向上蹿起一丈多高，似乎也要离开她逃走。

西王母的馒头山诡计失败后，又看见擘龙用龙涎给孩子们治好了哑巴病，已经气得半死。这时，听到轰雷一样的笑声，更是慌得手足无措。她的三头鸟早已被亮眼睛叔叔关起来，放在"智慧之国"当了活标本，她的猪毛扇子也已经破了一个洞，再不听她使唤。她想把笑声扇走，扇着扇着，竟冒出火来。刹那间，整个宫殿都浴在火海里了。

笑声冲进宫殿，宫殿里的各扇门都自己打开了。嫦娥从她被囚的牢房里走了出来。她还是那样美丽，那样从容，手里拈着一枝桂花。西王母一看见她，哇呀呀直叫，扑过去想抓住她，可是嫦娥用手中的桂花向她一指，她站在那儿不能动了，像化了的雪人似的，愈来愈小，愈来愈小，不一时就化成了一摊泥水。

山崩地裂的一声响，西王母整个的宫殿都碎成了灰尘，嫦娥从火光中飞出来，正迎着从地上升起的百合花座。这时火熄了，灰尘散了，在月亮珠明净的光彩中，人们看见嫦娥躬身向地下的人行礼。她特别对宁儿和小青点头微笑，然后又一拂长袖，随着百合花座向空中飘去了。

满天飞起了无数月亮的碎片，好像大大小小的彩灯，比"五·一""十·一"放焰火还要热闹得多，一瞬间，整个世界都成了透明的。再往天上看，一轮明月已挂在明净的天空上，比以前更光洁，月光照得河岸边像下了雪一样。

所有的星星这时候都点起了自己的蜡烛，欢迎月亮的归来。一颗颗亮闪闪的小星星，在空中活泼地眨着眼，像是在说："我真高兴！"

不知为什么，小朋友们和叔叔阿姨都不见了，只剩宁儿和小青站在水溶溶的月光里。他们看着高大的房子上闪着的月光，河水上耀着的月光，花朵上染着的月光，乐得不知怎样是好。两人手拉着手转圈子跳起来，还自己编着歌唱道：

> 我们是真正的少先队员，
> 我们不怕任何艰险。
> 我们用双手和大脑，
> 让月亮又挂在天边……

转过榆叶梅，跳过大面花和草兰，他们站在紫丁香花树下了。呀！

215

那紫丁香花朵上坐着的不是"想"吗？就像第一次看见她时那样，穿了一身淡青色的衣裳，显得那么精致，那么可爱，正对宁儿和小青微微笑着。那大理菊花朵中站着红衣的"做"！他举着双手，好像要跳开去似的。宁儿和小青连忙跑过去，喊道："喂！真谢谢你们！月亮珠找到了！你们看呀！"

这时响起了玲珑的琴声，这正是月亮的歌！是嫦娥正在整理那些摔得七零八落的梦，好让每个孩子都睡得甜甜蜜蜜安安稳稳的。

"想"和"做"随着琴声，在空中跳起舞来，他们一弯腰，一摆手，都有一大朵五彩的花朵在空中飘起。宁儿和小青一人抓住一大朵花，那些花像氢气球似的，把他们都拉起来了。他们往上飘往上飘，在花朵中间转来转去，快活极了。这时，从月亮上垂下了五彩的璎珞，慢慢地形成了一个银光闪闪的网，把青衣的"想"和红衣的"做"网在里面，向空中升去。忽然之间，琴声停了，花朵散了，那两个小仙子和彩色的璎珞都消失了。宁儿和小青一个劲儿往下落，四周是白茫茫的一片，是月光？是云海？谁也分不清。

10

宁儿和小青慢慢醒了过来，仿佛自己还在云海苍茫之间，月光照耀之下轻盈地飞舞。他们揉揉眼睛，把四周墙壁看了又看，觉得十分奇怪。

"哥哥，你怎么睡在床上哪？"小青问。

"你也睡在床上呀！难道你是在月亮里吗？"宁儿回答。

两人不约而同地坐起来，怔怔地想着，又不约而同跑到窗户前，揭开窗帘往外看。

窗外天蒙蒙亮，是早上三四点钟样子，西天的圆月还没有落下去，透过柳树梢，她正在亲昵地凝视着宁儿和小青。

宁儿放心地说："月亮是回到天上了，青妹。"

宁儿自己点着头，又想了一想，说："我以后可要多动脑筋了。"

"我得多动手啊。"青儿叹了口气。

宁儿又点头，好像多动脑筋要从点头开始似的。

月光从窗帘的缝隙里透了进来，又在地上染上了一道发亮的银白色，特别显得光滑柔软。宁儿和小青伸手去摸它，没想到却摸着又冷又硬的地板，而月光，却覆在他们手上。

这倒使他们觉得奇怪了，你看看我，我看看你，对望着。忽然，宁儿想起了那块飞纱，那帮助他们飞山越水的飞纱，那原是嫦娥肩上的披纱，应该还给她。

"青妹，那飞纱在哪儿呀？"宁儿遍翻着自己的口袋。

"你问我！不是一直在你口袋里吗？"小青一面回答，一面也帮着到处找。

隔壁的妈妈听见他们在说话，埋怨说："天还不亮就叽叽喳喳，有那么多话说！快再睡一会儿罢！"

宁儿和小青不敢再做声，低着头拼命想，怎么也想不起把"飞纱"丢在哪里。看看地板上，那一道银白色的月光不知几时也已消失了踪迹。

窗外的月亮微微笑着，她知道那飞纱在哪儿，只是不肯说罢了。

1956 年 12 月写完

（此篇 1957 年 11 月由中国少年儿童出版社出版）

锈损了的铁铃铛

秋天忽然来了，从玉簪花抽出了第一根花棒开始。那圆鼓鼓的洁白的小棒槌，好像要敲响什么，然而它只是静静地绽开了，飘散出沁人的芳香。这是秋天的香气，明净而丰富。

本来不用玉簪棒发出声音的，花园有共同的声音。那是整个花园的信念：一个风铃，在金银藤编扎成的拱形门当中，从缠结的枝叶中挂下来。这风铃很古老，是铁铸的，镌刻着奇妙的花纹。波状的花纹当然是水，小小的三角大概是山，还有几条长短线的排列组合。有人考证说是比八卦图还早的图样，因为八卦的长短线都是横排，而这些线是竖着的。铃中的小锤很轻巧，用细链悬着，风一吹，就摇摆着发出沉闷的、有些沙哑的声音。春天和布谷鸟悠远的啼声做伴；夏天缓和了令人烦躁的坚持不懈的蝉声；秋夜蟋蟀只有在风铃响时才肯停一停。小麻雀在冬日的阳光中叽叽喳喳，有时会站在落尽了叶子，但还是很复杂的枝条上，歪着头对准风铃一啄，风铃响了，似乎在提醒，沉睡的草木都在活着。

"铁铃铛!"孩子们这样叫它。他们跑过金银藤编扎的门，总要伸手拨弄它。

"铁铃铛!"勉儿,孩子中间最瘦弱的一个,常常站在藤门近处端详。从他装满问号的眼睛可以看出,他也是最喜欢幻想的一个。

风铃是勉儿的爸爸从一个遥远的国度带回的,却是个地道的中国古董。无论什么,从外国转一下都会身价十倍,所以才有那些考证。爸爸没说从哪一个国家,只带笑说这铃有巫师施过法术。勉儿知道这是玩笑,但又觉得即使爸爸不说,这铃也很不一般,很神秘。

风铃那沉闷又有些沙哑的声音,很像是富有魅力的女低音,又像是一声长长的叹息。

勉儿常常梦见爸爸,那总不在家的爸爸。勉儿梦见自己坐在铁铃铛的小锤上,抱住那根细链,打秋千似的,整个铃铛荡过来又荡过去,荡得高高的,飞起来飞起来!了不得!他掉下来了,像流星划过一条弧线,正落在爸爸的书桌上。各种书本图纸一座座高墙似的挡住他,什么也看不见。爸爸大概到实验室去了。爸爸说过,他的书桌已经够远,实验室还更远,在沙漠里。

沙漠是伟大的,使人心胸开阔。沙丘起伏的线条很妩媚。铁铃铛飘在空中,难道竟变成热气球了么?这是什么原理?小锤子伸下来又缩上去,像在招呼他回去。

"爸爸!"勉儿大声叫。

他的喊声落在花园里,惊醒了众多的草木。小棒槌般的玉簪棒吃惊地绽开了好几朵。紫薇摇着一簇簇有皱褶的小花帽,"爸爸?"它怀疑。自从有个狂妄的人把它写进文章,它就总在怀疑,因为纸上的情形确实与它本身相距甚远。马缨花到早上才有反应。在初秋的清冷中,它们只剩了寥寥几朵,粉红的面颊边缘处已发黄,时间确实不多了。"爸爸!"

它们轻蔑地强笑，遂即有两三朵落到地上。

风铃还在那里，从金银藤的枝叶里垂下，静静地，不像经过空中旅行。勉儿的喊声传来，它震颤了，整个铃身摇摆着，发出长长的叹息。

"你在这里！铁铃铛！"勉儿上学去走过藤门时，照例招呼老朋友。他轻轻抚摸铃身，想着它可能累了。

风铃忽然摇动起来，幅度愈来愈大，素来低沉的铃声愈来愈高昂，急促，好像生命的暴雨尽情冲泻，充满了紧张的欢乐。众草木用心倾听这共同的声音，花园笼罩着一种肃穆的气氛。

"它把自己用得太过了。"紫薇是见过世面的。

勉儿也肃立。那铃勇敢地拼命摇摆着，继续发出洪钟般的、完全不合身份的声响。声响定住了勉儿，他有些害怕。这样一件小物事，怎么能发出这样的大声音呢？它是在呼喊。为它自己？为了花园？还是为了什么？

好一阵，勉儿才迈步向学校走去。随着他远去的背影，风铃逐渐停下来，声音也渐渐低沉，最后化为一声叹息。不久，叹息也消失了，满园里弥漫着玉簪花明净又丰富的香气。

草木们询问地望着藤门，又彼此望着，几滴泪珠在花瓣上草叶间滚动。迷蒙的秋雨。

孩子们从学校回来，走过花园，跳起来拨弄那风铃，可是风铃沉默着，没有反应。

"勉儿！看看你们家的风铃！它哑了！"一个孩子叫着跑开了。

勉儿仰着头看，那吊着小锤的细链僵直了，不再摆动，用手拉，也没有一点动静。他自己的心悬起来，像有一柄小锤，在咚咚地敲。

他没有弄清到底发生了什么事，便和妈妈一起到沙漠中了。无垠的沙漠，月光下银子般闪亮。爸爸躺在一片亮光中，微笑着，没有一点声音。

他是否像那个铁铃铛，尽情地唱过了呢？

勉儿累极了，想带着爸爸坐在铃上回去。他记得那很简单。但是风铃只悬在空中，小锤子不垂下来。他站在爸爸的书桌上，踮着脚用力拉，连链子都纹丝不动。铃顶绿森森的，露出一丝白光。那是裂开的缝隙。链子和铃顶粘在一起，锈住了。

如果把它挂在廊檐下不让雨淋，如果常常给它擦油，是不是不至于？

"它已经很古老了，总有这么一天的。"妈妈叹息着，安慰勉儿。

花园失去了共同的声音，大家都很惶惑。玉簪花很快谢了，花柄下一圈残花，垂着头，像吊着一圈璎珞。紫薇的绉边小帽都掉光了。马缨只剩了对称的细长叶子敏感地开合，秋雨在叶面上滑过。

妈妈说，太沉闷了，没有一点声音为雨声作注脚。于是一位叔叔拿了一个新式的新风铃，金灿灿的，发光的链条下坠着三个小圆棒，碰撞着发出清脆悦耳的声音。

那只锈损了的铁铃铛被取下了，卖给了古董商。勉儿最后一次抱住它，大滴眼泪落在铃身上，经过绿锈、裂缝和长长短短的线路波纹，缓缓地流下来。

1988 年 8 月末于玉簪花香中

遗失了的铜钥匙

　　一扇普通的房门，好像通往另一个房间，其实里面是个壁橱。门上有连带着铜把手的锁，钥匙也是铜的，长柄末端有一个圈，悬挂方便，不像现在的钥匙只有一个孔。妈妈喜欢各种新潮玩意儿，唯独钟爱这古老的钥匙，用红绒线穿着，放在床头小儿的抽屉里。有时开过壁橱门，就把红绒线套在手腕上，到处走动。

　　在勉儿心目中，这壁橱是神圣又神秘的地方，妈妈开门时，他总要钻进去看，里面其实很普通，两层木板架，上面堆着不用的被褥，下层搁着几个箱子，箱子上放着一红一绿两个锦匣，妈妈叫它鸳鸯匣，是勉儿没有见过的祖母给妈妈的，似乎是神秘的集中点了。红匣里装着爸爸从沙漠写回来的信，以前妈妈常拿出来读，读着读着，晶莹的泪珠滴湿了信纸。这种时候，似乎爸爸就在家里，在他们身旁，勉儿觉得很平安，虽然他很怕妈妈哭。

　　绿匣里本来只有一个银胸针，还有些缎带、绢帕之类，近来东西多起来。三串项链用绢帕分别包着。一串红玛瑙，一串木变石，还有一串珍珠，但没有一颗圆的，有几粒较长，大概可以名之为玑，更多的是不

222

成形的小颗粒，有的长有的扁，串在一起，也算是珍珠项链了。还有两个戒指，一个嵌着一块闪光的灰蓝色小石头，另一个嵌着的石头是紫红色，妈妈说叫做紫牙乌宝石，怎么不叫紫乌鸦，要倒过来？勉儿好生奇怪。

妈妈很喜欢这些东西，有空时就拿出来戴，坐在镜前换着戴，只从来不拿那发黑了的银胸针。这时的妈妈似乎到了怡悦自得的极高境界，神色庄严，透出一线难以觉察的笑意。这时的妈妈似乎找到了她自己，那有追求美的天性的、温存的、自我欣赏的女性的自己。

因为新东西愈来愈多，那铜钥匙已经许久没有亲近主人的手腕了。有一天妈妈把玩过那几件首饰，想把它们放回壁橱，却找不到铜钥匙。桌下床下，角角缝缝都看过，没有。勉儿放学回来，也帮着找。他特别到摆过木头陀的玻璃书橱下找，还到厨房，仔细检查了筷笼子，怕这把钥匙混杂在里面。

不见踪影。

"我没有出去过。"虽然妈妈这样说，勉儿还是到花园去看。循玉簪花径走过去，拨开每一片叶子。那些肥大的叶子足够遮蔽一打钥匙，但只有两条蚯蚓躲在叶子的阴凉下。盛开的玉簪花弯着花蕊，低声问："要发警报么？"它们的丰润的叶子可以绷紧，让未放的花——那圆鼓鼓的小棒槌咚咚地敲。

勉儿摇头，走到紫薇和马缨前。紫薇的黯淡的小花朵愁眉苦脸，它们一定是无能为力的。马缨叶子悄然舒展着，表示这里没有任何人或物的藏身之处。

快到金银藤编扎的门了，绿叶中猛然跳出一点鲜明的红，使得勉儿一怔。

这是那拴在钥匙上的红绒线，正在原来悬挂风铃的地方，风铃卖掉已快一年了。红线从一片浓绿中露出一截，园中只有这一点红，红得打眼。

"在这儿。早该想到的。"勉儿一阵欢喜，正要跑过去，忽然觉得一种看不见的力量挡住了他。紧接着金银藤门的枝条活动起来，向两边分开，从中涌出一座巨大的双扇门，是关着的，发着幽暗的光。仔细看时，这门是大块木变石串成，串出有各种花朵的好看的图样，像一幅刺绣。门前有几个小人儿，也是木变石串成的，木偶似的一跳一跳。在做游戏么？

"让我过去！"勉儿大叫。

"不是所有遗失了的都能找到。"一个小人儿点着木变石的头，对勉儿说。

那看不见的力量向后推着勉儿，勉儿偏奋力向前推，忽然间双扇门开了。勉儿几乎跌一跤。门中又涌出一座闪烁着红光的月洞门。红光照着花园众草木，像一片绚烂的落霞。那红玛瑙做成的月洞门，便像一轮夕阳了。这近在咫尺的夕阳虽然发光，却是冷的，硬的，不流动的。下面一片绿草，随着微风摇曳，飘出和谐的轻柔的声音："过去的每天都不会再来。"

"过去的每一天都不会再来！"是的！是的！可是那红绒线挂在那儿呢。

红玛瑙门开了，一阵耀眼的光芒过后，慢慢涌出一扇白色的光华夺目的门，门的样子像那壁橱，是珍珠串成的。圆圆的饱满的珍珠，绝不是项链上那些屑片。它们的光辉变成拱形的桥，一直向前伸展。桥上站着一个卫士，身子像一个环，圆圆的头顶闪着灰蓝色的光。"我是星光宝石。"他向勉儿鞠躬，随即飞快地从桥上滚下来，急速地旋转，就像一枚铜板那样。这时从花草间涌出许多雪白的、亮晶晶的小人儿，跳起珍珠之舞。

这些珍珠很轻盈，飘飘然像肥皂泡，它们的队形似乎很不经意，却都很美。每一转侧便闪着七色的虹彩。天渐渐黑下来，夕阳早已消失，显出满天星斗。星斗和珍珠互相望着，蓦然间，几颗星落下来，几粒珍珠飞上去，在空中织出各种图案，像一个发光的网，罩住了花园。

珍珠门关着。门的一侧，从远处走来一个身影，愈来愈清晰，勉儿渐渐看清楚了。

"妈妈！"他叫道。妈妈没有听见，珠光宝气拥着她。她似乎飘在空中，无法走进那扇珍珠门。

"妈妈。快看！"勉儿又叫。忽然响起玉簪花棒急促的敲打声。门的另一侧又出现了红绒线，在光辉中显出一截透亮的红，却看不清挂着什么。

是遗失了的铜钥匙么？

妈妈微笑，摆摆手，手上戴着那紫红色的戒指。随即转身，渐渐消失在光彩间。

所有的门都消失了，各种光华都向勉儿射来，很沉重。勉儿挣扎着想逃开，但是光线愈逼愈紧，慌张间又见好几颗星星向他头顶落下，他想伸手去拦住，忽然醒了。

妈妈正俯身抚着勉儿的头，手上闪着紫红色的戒指。

勉儿很想哭，哑声问："找到了吗？"

妈妈微笑，接着是一声轻轻的叹息。"你梦里也惦记着，其实不必的。"

其实不必的。

1988 年 9 月中旬

225

名师引读《紫藤萝瀑布·丁香结》

  同学们，《紫藤萝瀑布·丁香结》是作者经历了岁月的淘洗之后含泪的微笑。让我们走进这本书，去倾听一位从容超然的智者向我们娓娓叙说她生命中的悲欢离合，去细细品味那清澈明净的文字，去静静地思考"我该怎样活着"的哲学命题。

  静静地用心阅读每篇文章，你一定会被她生动细腻的文笔吸引，一定会被她独特深邃的思想折服，也一定会被她流淌在灵魂深处的质朴真情打动。当你读完它的时候，一定会有一份惊喜迎接着你——那是视觉上的喜悦满足与精神上的润泽丰盈所带来的惊喜。

  读它，需要含英咀华，细细品味，那就让我们采用圈点批注的方法阅读吧！

  圈点批注，是一种有趣的读书方法。圈点是发现和选择的过程，批注是思考与对话的过程。在圈点批注的过程中，不仅可以积累精彩的语句，而且可以对作者的心情感同身受，还可以和作者进行思想的对话，实现心灵的契合。

  圈点哪些内容？怎样圈点？又如何进行批注？下面老师就以这本书

的内容为例，给同学们一些圈点批注的建议。

圈点批注不可面面俱到，应该把自己最疑惑的、描写最精彩的、意蕴最深刻的句子圈画出来，在这些句子旁边作上相应的批注。具体说来，可以做三种类型的圈点批注。

第一类：圈画疑点，批注疑惑

同学们对作者经历和写作背景比较陌生，可能会对有些文章所描述的内容难以理解。建议同学们读到这些句子的时候，用横线把它画出来，在旁边打上问号，然后把自己的疑惑写在旁边。如《紫藤萝瀑布》中，读到"那时的说法是，花和生活腐化有什么必然关系。"我们是不是会产生疑惑：花怎么会和生活腐化有必然关系？爱花种花就是生活腐化吗？又比如《热土》一文中，"可是在六十年代末期，一切过去的和将来的梦，一切美好的人为之生活、战斗的信念，都成为十恶不赦的罪行。正在建设的城池轰然倾倒，热土变成了废墟。"我们也会疑惑：梦想和信念为什么都成为十恶不赦的罪行？城池为什么轰然倾倒，热土变成废墟？做完圈点批注以后，再去查找资料，或者问老师，与同学交流，定会豁然开朗，也能更进一步地体会作品中蕴含的情感。

第二类：圈画美点，批注赏析

作者对事物观察细致，其作品生动细腻，是同学们学习写作的典范。一旦发现文中描写精彩的句子时，就用波浪线圈画出来，在它旁边写上赏析性的批注。如《松侣》中，"那松的气息，更是向每个毛孔渗来。一次雨后，走过夹道，见树顶上一片云气蒸腾，树枝上挂满亮晶晶的水珠，蜘蛛网也成了彩色的璎珞，最主要的是那气息，清到浓重的地步，劈头盖脸将人包裹住了。"读到这个句子时，我们就应该停下来咀嚼玩味欣赏，在旁边及时做上批注，例如：松的气息向每个毛孔渗来，劈头盖脸将人包裹住了。松林里氧气是多么充足，空气是何等清新！真让人神清气爽，如临其境。此时作者心里是多么愉悦满足，对这片松林又是多么地感激！又如《猫冢》中，"媚儿叫时，小花东藏西躲，想逃之夭夭。小花叫时，媚儿不但不逃，反而跑过来，想助一臂之力。其憨厚如此。"这句话对猫儿写得非常有趣，可以在旁边写下你的赏析批注，例如：这是多么活泼可爱的两只小猫啊。东躲西藏，逃之夭夭，助一臂之力，这些拟人化的手法活灵活现地再现了两只猫儿不同的性格特点，也写出了作者对两只猫深深的喜爱。

第三类：圈画焦点，批注感悟

　　几乎每篇文章里，都有意蕴深刻富有哲理的句子，这便是文章的焦点。它既是文章的主旨，也是作者想渗透给读者的价值观。在读到这些句子的时候，就用着重号把它圈画出来，细细体会它的言下之意，在旁边写上自己的人生感悟。如《花的话》中，"那些浅紫色的二月兰，是那样矮小，那样默默无闻。她们从没有想到自己有什么特殊招人喜爱的地方，只是默默地尽自己微薄的力量，给世界加上点滴的欢乐。"将这样富有哲理的句子圈画之后，可在旁边写上自己的感悟，例如：朴实无华的二月兰，不张扬不显摆，默默地开着浅色的花。人也应该像二月兰一样，虽然普通不起眼，但也默默地奉献着自己的力量，实现自己的人生价值。又如读《遗失了的铜钥匙》，"不是所有遗失了的都能找到"，"过去的每一天都不会再来"，这样的句子便是聚焦小说主题之所在，我们在圈画出来之后，写上自己的感悟：钥匙遗失了就再也找不到了。那么时间、生命等任何东西遗失了就都找不回来了。所以我们应该珍惜当下的时光，珍惜所拥有的一切，一旦弄丢就再也找不回来了。当然也有文章的焦点不在文章里直接呈现，需要读完全文后归纳提炼哦。

当你写下这三类批注时，你一定会为自己的"发现"激动不已，作者也一定会因你的"懂得"而欣慰万分。当你做完整本书的圈画批注时，你就已经练就了一双慧眼，锻造了一颗细腻的内心。希望批注阅读能带给你读书的快乐！

（李蓉　汪昌友　撰稿）

图书在版编目（ＣＩＰ）数据

紫藤萝瀑布·丁香结 / 宗璞著. -- 武汉：长江文
艺出版社，2020.12
ISBN 978-7-5702-1955-1

Ⅰ.①紫… Ⅱ.①宗… Ⅲ.①散文集－中国－当代
Ⅳ.①I267

中国版本图书馆 CIP 数据核字(2020)第 239052 号

责任编辑：梅若冰　胡金媛　　　　　责任校对：毛　娟
封面设计：徐慧芳　　　　　　　　　责任印制：邱　莉　胡丽平
───────────────────────────────────

出版：长江出版传媒　长江文艺出版社
地址：武汉市雄楚大街 268 号　　　　邮编：430070
发行：长江文艺出版社
http://www.cjlap.com
印刷：武汉科源印刷设计有限公司
───────────────────────────────────

开本：640 毫米×970 毫米　　　1/16　印张：15.5　　　　插页：1 页
版次：2020 年 12 月第 1 版　　　2020 年 12 月第 1 次印刷
字数：166 千字
───────────────────────────────────

定价：26.00 元
───────────────────────────────────